Frances E. Hodgson Burnett

IL GIARDINO SEGRETO

Edizione integrale

MURSIA

Titolo originale dell'opera: *The Secret Garden*

Traduzione integrale dall'inglese: Vincenzo Brinzi

Cura didattica: Laura Diella

Copertina: Studio Wise

Illustrazioni in copertina: Sandra Bersanetti

www.mursia.com

III edizione 2016

Stampato da Officine Grafiche F. Giannini & Figli S.p.A. - Napoli

Un giardino, tante vicende, tanti volti da scoprire

Già dal titolo, questo romanzo suscita la nostra curiosità, perché il giardino diventa subito un luogo da scoprire anche per noi: perché è segreto? Vorremmo conoscerne il mistero, a cui se ne aggiunge dopo alcuni capitoli un altro: chi vive nel grande castello inglese dove Mary, la protagonista, arriva dopo aver dovuto lasciare la sua casa in India? Perché lo zio che l'accoglie non si occupa di lei e la lascia sola?

Così il libro ci appare **all'inizio un romanzo d'avventura**: la nostra eroina, spinta dalla curiosità in quel clima misterioso, inizia la sua ricerca ricca di suspense per arrivare a una scoperta, che ne anticipa un'altra, ancora più coinvolgente.

Man mano che proseguiamo nella lettura ci accorgiamo, però, che il nostro interesse non è dovuto solo al fascino che evocano i luoghi sconosciuti e gli avvenimenti imprevedibili che accadono, ma anche al fatto che la protagonista vive un dramma personale, perché è sola, triste e quindi suscita la nostra compassione; d'altra parte proviamo anche simpatia e ammirazione per questa ragazza, che dimostra notevoli doti, come la tenacia e una grande forza di volontà.

Trovano spazio nella storia anche altri personaggi, che aiutano la protagonista e condividono i suoi sogni e i suoi desideri: conosceremo a fondo, quindi, anche questi e il secondo protagonista della storia che, come lei, è infelice e anche un po' misterioso.

Ecco allora che il libro **diventa un romanzo educativo «di formazione»**, nel quale sono importanti la descrizione, la caratterizzazione psicologica e i comportamenti dei personaggi; in particolare sono interessanti i loro percorsi di maturazione, che porteranno i nostri due protagonisti a cambiare, emancipandosi e migliorando il loro carattere. È forte in entrambi la spinta personale ad acquistare **fiducia in se stessi**, a farsi riconoscere e amare, accettando anche l'aiuto degli altri.

Se la storia ci appassiona e ci fa riflettere, ciò è dovuto al modo in cui la scrittrice delinea con grande spontaneità e profondità i molti **personaggi** e descrive una **natura** meravigliosa, che accompagna e influenza le vicende dei protagonisti.

L'autrice dimostra una particolare sensibilità nel comprendere e raccontare i sentimenti e i comportamenti, spesso ingenui, tipici dei bambini: non potrai non condividere certe emozioni o provare simpatia per questi personaggi, che vivono storie molto commoventi.

In alcune parti del romanzo troviamo elementi di **fantasia** e animali che si comportano come gli umani, un aspetto fiabesco che rende la vicenda ancora più curiosa.

Come in altri romanzi dell'Ottocento, l'intento degli scrittori per ragazzi era quello di educarli attraverso esempi di percorsi di maturazione e di crescita, nei quali è riconosciuta ed esaltata la validità di **valori come l'amicizia, la solidarietà, la tenacia, il rispetto e l'amore per la natura**.

Anche oggi risulta piacevole e interessante leggere storie che, seppur ambientate in tempi e società molto diversi dai nostri, raccontano esperienze significative di ragazzi che vivono il delicato passaggio dall'infanzia all'adolescenza.

L'Ottocento in Inghilterra: una nota storica

In Inghilterra l'Ottocento fu un periodo di grande potenza politica ed economica. Gli inglesi possedevano molte colonie, avevano cioè il controllo di molti Paesi extraeuropei che avevano conquistato e sottomesso. Con queste colonie, in special modo con le risorse di questi territori, l'Inghilterra divenne ancora più forte e potente. Uno di questi Paesi era l'India, in cui il dominio inglese durò dal 1858 al 1947: durante questo periodo il governo inglese inviava i propri funzionari perché governassero in nome del re d'Inghilterra, amministrando i vari territori. Questi funzionari restavano in India molti anni (come il padre di Mary), e vivevano in condizioni di grande agiatezza, contrariamente alla popolazione indiana.

L'Inghilterra, quindi, era una nazione molto ricca. In seguito alla rivoluzione industriale e alle numerose scoperte e invenzioni scientifiche di straordinaria importanza, si era trasformata da Paese scarsamente popolato e prevalentemente agricolo in un Paese industriale tra i più popolati d'Europa. In alcune regioni, però, ad esempio nei luoghi in cui è ambientato il romanzo, e cioè tra Scarborough e Whitby, nello Yorkshire, l'economia rimaneva basata sull'agricoltura, e la vita dei grandi proprietari terrieri era molto diversa da quella della gente comune. In queste regioni c'era ancora una notevole differenza tra classi sociali, tra ricchi e poveri, tra proprietari e servitori, differenza che si sarebbe ridimensionata con le grandi riforme della fine del secolo.

Capitolo Primo

Non è rimasto nessuno

Quando Mary Lennox fu mandata in Inghilterra per stare con lo zio nella casa di Misselthwaite Manor, tutti furono concordi nel ritenere che fosse la ragazza più brutta che avessero mai visto. E purtroppo era vero. Aveva il viso affilato, il corpicino magro magro e l'espressione scontrosa. I capelli, radi, erano di un biondo giallognolo, e giallognolo era anche il visino, forse perché era nata in India e, per un motivo o per l'altro, era sempre stata malaticcia.

Suo padre, impiegato alle dipendenze del governo inglese, aveva sempre avuto molto lavoro da sbrigare, quando non era ammalato, come spesso capitava. Sua madre, che era stata una donna bellissima, non aveva mai avuto altra preoccupazione che quella di divertirsi e di non mancare mai a feste e a ricevimenti. Poiché non aveva mai voluto bambini, quando Mary nacque l'affidò subito alle cure di un'ayah, una balia indigena, alla quale aveva fatto capire che se avesse voluto entrare nelle grazie della Mem Sahib, cioè della padrona, avrebbe dovuto tenere la figlia il più lontano possibile dai suoi occhi. Per questo motivo, finché Mary fu una bambina brutta, piagnucolosa e malaticcia, venne tenuta lontano dalla madre, e quando diventò una bambina sgambettante, scontrosa e malaticcia, fu tenuta lo stesso lontano da lei.

La bimba non ricordava di avere mai visto un altro viso familiare oltre a quello scuro della sua ayah e di altri servi indiani. E poiché questi le obbedivano ciecamente e lasciavano che facesse sempre a modo suo (la Mem Sahib si sarebbe infatti arrabbiata se fosse stata disturbata dal suo piagnisteo), a sei anni Mary era una bambina dispotica ed egoista. La giovane istitutrice inglese, venuta a insegnarle a leggere e a scrivere, provò una tale avversione[1] per lei da rinunciare al suo incarico dopo soli tre mesi. Le altre istitutrici, che cercarono di sostituirla, resistettero ancora meno. Mary, perciò, non avrebbe mai appreso l'alfabeto, se non avesse davvero voluto imparare a leggere i libri.

Una mattina caldissima, allora aveva circa nove anni, si svegliò di pessimo umore. Quando si accorse che la cameriera accanto al suo letto non era la sua ayah, la sua scontrosità aumentò.

– Che cosa ci fai tu qui? – disse alla donna che non aveva mai visto. – Vattene e mandami qui subito la mia ayah!

La donna la guardò impaurita e mormorò che la sua ayah non era potuta venire; quando Mary si arrabbiò e cominciò a tempestarla di pugni e calci, si spaventò ancora di più e ripeté ancora una volta che l'ayah non era potuta venire dalla Missie Sahib, la padroncina.

Quella mattina c'era qualcosa di misterioso nell'aria. In ciò che si faceva non veniva seguito il solito ordine: molti servi indiani sembravano scomparsi e

[1] *avversione*: antipatia.

quei pochi che Mary intravedeva sgattaiolavano di qua e di là, con visi pallidi e spaventati. Ma nessuno le diceva nulla e la sua ayah continuava a non farsi vedere. Rimasta sola, decise perciò di andare a gironzolare in giardino, e alla fine si mise a giocare sotto un albero, non lontano dalla veranda. Decise di fare un'aiuola e piantò grandi fiori scarlatti di ibisco in piccoli mucchi di terra. Ma intanto la sua rabbia aumentava e Mary rimuginava tra sé le parole e gli insulti che avrebbe rivolto a Saidie, quando questa fosse tornata.

«Cattiva! Cattiva! Brutta cattiva!», diceva tra sé.

Stava ancora ripetendo tra sé quelle parole, quando vide uscire sulla veranda sua madre, accompagnata da un giovane ufficiale biondo che aveva l'aspetto di un ragazzo. I due parlottavano tra di loro e sembravano preoccupati. Mary aveva già visto quell'uomo: aveva sentito dire che era arrivato proprio allora dall'Inghilterra. La ragazzina lo guardò, ma guardò soprattutto sua madre. La guardava sempre, quando aveva l'occasione di vederla. Mem Sahib, anche Mary la chiamava molto spesso così, era alta, snella, bella e indossava sempre abiti elegantissimi. I suoi capelli mossi erano come la seta. Aveva grandi occhi ridenti e un nasino delicato che sembrava disprezzare ogni cosa. Tutti i suoi vestiti erano sempre ampi e leggeri: Mary diceva che erano «pieni di trine». Quella mattina il suo abito sembrava avere più trine del solito, ma gli occhi non erano affatto ridenti: erano grandi, pieni di paura, e guardavano imploranti il viso del biondo e giovanissimo ufficiale.

– È proprio così terribile? Ne è sicuro? – Mary sentì che diceva.

– È spaventoso! – rispose il giovane con voce tremante. – Proprio spaventoso, signora Lennox! Avrebbe dovuto rifugiarsi sulle colline almeno due settimane fa.

La Mem Sahib si strinse nervosamente le mani.

– Lo so! – esclamò. – E invece sono rimasta qui per partecipare a quella stupida festa. Che sciocca sono stata!

In quel momento si sentirono venire dalle stanze della servitù delle grida così strazianti che la Mem Sahib si aggrappò al braccio del giovane ufficiale, mentre Mary prese a tremare dalla testa ai piedi. Il pianto divenne sempre più disperato.

– Che cosa sarà successo? – chiese ansiosamente la signora Lennox.

– Deve essere morto qualcuno – rispose l'ufficiale. – Lei non mi aveva detto che era scoppiato anche tra i vostri servi.

– Non lo sapevo! – esclamò la Mem Sahib. – Venga con me. Presto. Venga! – e corse in casa.

Accaddero poi cose spaventose e il mistero del mattino fu svelato. Il colera era scoppiato nella sua forma più violenta e la gente moriva come le mosche. Anche la sua ayah ne era stata colpita durante la notte e ora i servi ne piangevano la morte. Durante la notte successiva altri tre servi morirono e gli altri fuggirono via in preda al terrore. Il panico regnava ovunque. In ogni bungalow moriva qualcuno.

Nella confusione e nello sbalordimento del giorno seguente, Mary si rifugiò nella stanza dei bambini e nessuno pensò più a lei. Nessuno si ricordò di lei, nessuno la cercò, mentre strane e incomprensibili cose accaddero, a sua insaputa, intorno a lei. Mary passò gran parte del suo tempo un po' piangendo e un po' dormendo. Sapeva soltanto che la gente era ammalata e sentiva solo dei rumori misteriosi e terribili.

Una volta si azzardò ad andare in sala da pranzo, ma la trovò vuota. I cibi sulla tavola erano stati consumati solo in parte; sembrava che le sedie e i piatti fossero stati allontanati in fretta, come se quelle persone intente a mangiare si fossero alzate precipitosamente per qualche strano motivo. La bambina mangiò della frutta e qualche biscotto; poi, avendo sete, tracannò un bicchiere di vino pieno fino all'orlo. Era dolce, ma lei ignorava quanto fosse forte. Quasi subito si sentì prendere dal sonno. Allora tornò in camera sua e si chiuse dentro, spaventata dalle grida che provenivano dalle baracche e dal trambusto di quelli che stavano scappando. Il vino l'aveva intontita. Non riusciva a tenere gli occhi aperti. Si distese sul letto e per molto tempo non seppe più nulla.

Durante il suo sonno profondo accaddero molte cose, ma né i pianti, né il fracasso prodotto da ciò che veniva trasportato dentro e fuori il bungalow riuscirono a svegliarla.

Quando aprì gli occhi, si ritrovò sdraiata sul letto con il viso rivolto verso la parete. La casa era immersa nel silenzio. Prima d'allora non aveva mai immaginato che potesse essere così silenziosa. Non si sentivano più né voci, né rumori di passi. Allora si chiese se tutti fossero guariti dal colera e se ogni preoccupazione fosse finalmente scomparsa. Si chiese inoltre chi si sarebbe occupato ora di lei, visto che la sua ayah era morta. Certamente ci sarebbe stata una nuova ayah, che forse le avrebbe raccontato nuove fiabe. Mary era stufa delle vecchie storie. Non aveva pianto per la morte della sua ayah. Non era una bambina che si affezionasse facilmente agli altri e non si era mai preoccupata per nessuno. Le grida, i passi affrettati e i pianti l'avevano spaventata, ma si era arrabbiata soprattutto perché nessuno si era ricordato di lei. Erano tutti troppo in preda al panico per preoccuparsi di una ragazzina che non era mai stata simpatica a nessuno. Ecco, quando la gente aveva il colera, sembrava non pensasse ad altro che a se stessa. Ma se ora stavano tutti bene, qualcuno si sarebbe finalmente ricordato di lei e sarebbe venuto a cercarla.

Ma non veniva nessuno, e mentre Mary aspettava, la casa sembrava diventare sempre più silenziosa. A un certo punto percepì un lieve fruscio: guardò per terra e vide un serpentello che stava strisciando sul tappeto e che la guardava con due occhietti simili a due gioielli. Non si spaventò affatto: era un serpentello innocuo, che non avrebbe fatto male a nessuno e che sembrava avere una gran fretta di abbandonare la stanza. Infatti, pochi istanti dopo, questo piccolo ospite si infilò sotto la porta.

– Che strano silenzio! – disse Mary. – Si direbbe che non ci sia più nessuno nel bungalow, tranne il serpente e io.

Di lì a poco, però, sentì dei passi in giardino e poi sulla veranda. Erano passi di uomini. Capì che stavano entrando nel bungalow. Parlavano a bassa voce. Nessuno andò loro incontro o parlò con loro. Ebbe la sensazione, anzi, che aprissero le porte e guardassero nelle stanze.

– Che tristezza! – disse una voce. – Era una donna

così bella! Immagino che anche la ragazzina... Ho sentito dire che c'era anche una ragazzina, sebbene nessuno l'abbia mai vista.

Mary era in piedi in mezzo alla camera, quando pochi minuti dopo qualcuno aprì la porta. In quel momento era proprio brutta e aveva sul viso un'espressione risentita, perché cominciava ad avere fame e a sentirsi sola e abbandonata. Per primo entrò un ufficiale robusto che Mary aveva già visto parlare una volta con suo padre. Sembrava stanco e turbato. Quando la vide, fece un balzo indietro per la sorpresa.

– Barney! – gridò. – Qui c'è una ragazzina! Una ragazzina sola! In un posto come questo! Santo Cielo! Ma chi può essere?

– Sono Mary Lennox – disse lei, raddrizzandosi di colpo. Pensò che quell'uomo che aveva chiamato il bungalow di suo padre «un posto come questo!» fosse un vero e proprio villano. Poi aggiunse: – Mi sono addormentata quando tutti avevano il colera e mi sono svegliata solo adesso. Perché non viene nessuno?

– È la ragazzina che nessuno ha mai visto! – esclamò l'uomo, rivolgendosi ai compagni. – Si sono proprio dimenticati di lei!

– Perché si sono dimenticati di me? – chiese Mary indispettita, battendo il piede per terra. – Perché non viene nessuno?

Il giovane Barney la guardò con un'espressione di penosa tristezza. Mary ebbe addirittura l'impressione che sbattesse le palpebre, quasi volesse ricacciare indietro una lacrima.

– Povera bambina! – disse. – Non c'è nessuno che possa venire!

Mary apprese così in quel modo insolito e improvviso che i suoi genitori non c'erano più, che suo padre e sua madre erano morti ed erano stati portati via durante la notte, e che quei pochi servi indiani che erano sopravvissuti erano fuggiti dalla casa a gambe levate, senza ricordarsi minimamente dell'esistenza di Missie Sahib, la loro padroncina. Ecco perché la casa era rimasta vuota e silenziosa. Nel bungalow non era rimasto più nessuno, tranne lei e il serpentello che strisciava per terra.

Capitolo Secondo

Madama Mary, Bastian contrario

A Mary era sempre piaciuto ammirare sua madre da lontano, affascinata dalla sua bellezza, ma l'aveva conosciuta troppo poco, per poterle volere molto bene o per sentirne la mancanza, ora che era morta. Era una ragazzina chiusa ed egoista, e continuò quindi a preoccuparsi solo di se stessa, come d'altronde aveva sempre fatto. Se avesse avuto qualche anno in più, il pensiero di essere rimasta sola al mondo l'avrebbe certamente preoccupata. Ma Mary era molto giovane e qualcuno aveva sempre avuto cura di lei: come non credere quindi che sarebbe stato sempre così? Avrebbe solo voluto sapere se sarebbe andata a finire tra gente simpatica, tanto buona con lei da permetterle di continuare a fare a modo suo, come aveva sempre fatto con la sua ayah e con tutte le domestiche indiane.

Sapeva che non sarebbe rimasta nella casa del pastore[1] inglese, dove era stata portata subito dopo la disgrazia. Né d'altronde intendeva restarci. Il pastore era povero e aveva cinque bambini, più o meno della

[1] *pastore*: sacerdote di religione protestante.

sua età. Indossavano vestitini frusti[2] e non facevano che litigare e strapparsi i giocattoli l'un l'altro. Mary, che non sopportava il loro bungalow sporco, si rese subito antipatica a tutti. Dopo il primo giorno, infatti, nessuno dei ragazzini volle più giocare con lei e già il secondo giorno le affibbiarono un soprannome che la mandò su tutte le furie.

Era stato Basil ad appioppparglielo. Basil era un ragazzo sfrontato, con gli occhi azzurri e il nasino all'insù. Mary non lo poteva soffrire. Un giorno stava giocando da sola sotto un albero, proprio come allora quando era scoppiato il colera. Con alcuni mucchietti di terra faceva delle aiuole e dei sentieri per un giardino immaginario, quando Basil le si avvicinò e si mise a guardarla. Ben presto si interessò al suo gioco e le diede un suggerimento.

– Perché non ci metti un mucchietto di sassi, come se fossero delle rocce? – disse. – Lì, nel mezzo – e si chinò per indicarle il punto.

– Va' via! – gridò Mary. – Non voglio ragazzi tra i piedi. Vattene!

Per un momento Basil ci rimase male, poi però cominciò a prenderla in giro. Del resto, prendeva sempre in giro anche le sue sorelle. Cominciò quindi a salterellarle intorno, a farle delle smorfie, a ridere e a cantare la seguente strofetta:

Madama Mary, Bastian contrario,[3]
cosa pianti nel tuo giardino?

[2] *frusti*: consumati.
[3] *Bastian contrario*: si dice così di una persona che dice sempre di no.

Pianti campanelle d'argento,
o le rose e il gelsomino?

Cantò finché anche gli altri bambini non lo sentirono e non si misero a ridere e a cantare anche loro. E più Mary si arrabbiava, più forte si mettevano a cantare. Anche in seguito, per tutto il tempo che rimase con loro, Mary continuò a essere chiamata «Bastian contrario».

– Alla fine di questa settimana, – le disse Basil un giorno – sarai spedita a casa tua. E noi ne siamo proprio contenti.

– Se è per questo, ne sono contenta anch'io – rispose Mary. – Ma dov'è la mia casa?

– Non sa nemmeno dov'è casa sua! – replicò Basil, deridendola dall'alto dei suoi sette anni. – In Inghilterra, naturalmente, dove c'è anche la nostra nonna. Nostra sorella Mabel è stata mandata da lei, l'anno scorso. Ma tu non andrai dalla nonna: non ce l'hai più. Andrai da tuo zio, Archibald Craven.

– Non ne so assolutamente niente – disse Mary sgarbatamente.

– Lo so che non ne sai niente – rispose Basil. – Tu non sai mai niente. Le ragazze non sanno mai niente. Ho sentito mio padre e mia madre che parlavano di lui. Abita in campagna, in un'enorme e vecchia casa solitaria. Ha un carattere così scostante che non vuole mai vedere nessuno, e nessuno vuole vedere lui. È gobbo e bruttissimo.

– Non ti credo – ribatté Mary. Gli voltò le spalle e si tappò le orecchie per non sentire altro.

In seguito pensò moltissimo a ciò che le era stato

detto; e quella sera, quando la signora Crawford le disse che tra pochi giorni si sarebbe imbarcata per l'Inghilterra, per andare dallo zio Archibald Craven che viveva a Misselthwaite Manor, Mary si mostrò così fredda e indifferente, che il pastore e sua moglie non seppero cosa pensare. Cercarono di essere gentili, ma quando la signora Crawford cercò di darle un bacio, Mary girò la testa dall'altra parte e si irrigidì tutta quando il signor Crawford le fece una carezza.

– È una ragazzina viziata – disse poi la signora Crawford, con commiserazione. – E pensare che sua madre era una così bella donna, educata e gentile. Mary invece ha un modo di fare proprio antipatico... I bambini la chiamano «Bastian contrario». È maleducato da parte loro, ma non si può fare a meno di capirli.

– Se sua madre le fosse stata più vicina, con il suo affetto e i suoi modi garbati, forse Mary avrebbe imparato a essere più gentile. È triste pensare, ora che non c'è più, che molti non sapevano che avesse una figlia...

– Credo che non l'abbia mai degnata di uno sguardo – sospirò la signora Crawford. – Quando è morta la balia, nessuno si è più preoccupato della bambina. I servi sono fuggiti via e l'hanno lasciata sola nel bungalow abbandonato. Il colonnello McGrew mi ha detto che quasi non credeva ai suoi occhi, quando l'ha vista sola in mezzo alla stanza.

Durante il lungo viaggio per raggiungere l'Inghilterra, Mary fu affidata alla sorveglianza della moglie di un ufficiale, che doveva accompagnare i suoi figli in un collegio inglese. La signora, che durante il viaggio si era occupata quasi esclusivamente dei suoi due bambini, fu felice, appena arrivata a Londra, di consegnare la ragazzina alla signora Medlock, governante di Misselthwaite Manor, che il signor Archibald Craven le aveva mandato incontro. La signora Medlock era una donna sana e robusta, con le guance rosse e gli occhi neri e penetranti. Indossava un abito color porpora, un mantello di seta nero con delle frange, e un cappellino nero ornato di fiorellini di velluto viola che oscillavano a ogni movimento della testa. A Mary non piacque per niente. Raramente provava simpatia per qualcuno, quindi non c'era nulla di cui meravigliarsi. D'altra parte ci si rese subito conto che anche la signora Medlock non aveva una gran bella opinione di lei.

– Dio mio, che sgorbietto insignificante! – commentò. – E dicono che sua madre fosse una bellezza! Dalla figlia non si direbbe proprio, non le pare, signora?

– Forse migliorerà crescendo – rispose la moglie dell'ufficiale, che era di animo gentile. – Se non avesse quel colorito olivastro e se l'espressione del viso fosse meno scontrosa, i suoi lineamenti non sarebbero brutti. I bambini cambiano moltissimo.

– Dovrà cambiare proprio tanto – rispose la signora Medlock, con scetticismo. – E non c'è niente a Misselthwaite Manor, mi creda, che possa cambiare in meglio i ragazzi!

Credevano che Mary non le avesse sentite. La ragazza, invece, era poco distante e guardava fuori dalla finestra della pensione presso cui si erano stabilite momentaneamente. Guardava la gente, gli autobus e le carrozze che passavano, ma non perdeva una parola di quello che dicevano, curiosa di sapere qualcosa sul conto dello zio e della casa dove sarebbe andata ad abitare. Che razza di posto era Misselthwaite Manor? E com'era lo zio? Che cos'era un gobbo? Non ne aveva mai visto uno. Forse in India non ce n'erano.

Da quando era andata a finire in casa d'altri, senza più la sua ayah, aveva cominciato a sentirsi sola e depressa, e a fare strani pensieri. Aveva cominciato a chiedersi come mai le era sempre sembrato di non avere nessuno, anche quando suo padre e sua madre erano ancora vivi. Tutti gli altri bambini avevano un padre e una madre, ma a lei non era mai sembrato di avere dei genitori, di essere insomma la figlia di qualcuno. Aveva avuto domestici, cibi, vestiti a volontà, ma nessuno si era mai interessato a lei. Non si rendeva conto che ciò era dovuto al fatto che si rendeva antipatica a tutti. Pensava spesso che gli altri fossero antipatici, ma non si rendeva conto di esserlo a sua volta.

Decise che la signora Medlock, con la sua faccia rossa e volgare e con quel ridicolo cappellino, fosse la donna più antipatica che avesse mai visto. Così il giorno dopo, quando partirono per lo Yorkshire, Mary attraversò a testa alta la stazione per raggiungere in fretta il vagone ferroviario, cercando di tenersi il più possibile lontano da lei: non voleva che la gente capisse che erano insieme, e tanto meno voleva far loro credere che fosse sua figlia. La cosa le sarebbe dispiaciuta davvero tanto.

Ma la signora Medlock non si preoccupava affatto di lei e dei suoi pensieri. Era quel tipo di donna che «non tollera sciocchezze da parte dei ragazzi»… Questo è esattamente quello che avrebbe detto, se qualcuno gliel'avesse chiesto. Le era seccato molto dover andare a Londra proprio il giorno del matrimonio di sua nipote, ma occupava un posto tranquillo e ben retribuito come governante di Misselthwaite, e il solo modo per tenerselo buono era quello di eseguire senza discutere tutto ciò che il signor Archibald Craven le ordinava di fare.

– Il capitano Lennox e sua moglie sono morti di colera – le aveva detto il signor Craven, con quel suo modo freddo e sbrigativo. – Il capitano Lennox era il fratello di mia moglie e io sono il tutore di sua figlia. La ragazza verrà ad abitare qui. Deve andare a Londra a prenderla.

La signora Medlock aveva quindi preparato la valigetta ed era partita.

Mary sedeva in un angolo dello scompartimento con un'espressione risentita e di pessimo umore. Non aveva niente da leggere o da guardare e teneva le mani sottili guantate di nero intrecciate in grembo. Il vestito nero e il cappellino di crespo,[4] dal quale fuoriuscivano alcune ciocche di capelli biondi, la facevano sembrare più olivastra del solito.

«Non ho mai visto in vita mia una ragazzina dall'aspetto più... balordo», pensava la signora Medlock («balordo» è una parola dello Yorkshire usata con il significato di viziata e lunatica). Non aveva infatti mai visto una ragazza di quell'età stare seduta così tanto tempo, immobile senza far nulla. Alla fine, stufa di starla a guardare, cominciò a parlarle con un tono di voce energico e vivace.

[4] *crespo*: tessuto con molte pieghe.

– Immagino che ti faccia piacere sapere qualcosa sul luogo dove siamo diretti – disse. – Sai qualcosa di tuo zio?

– No, niente – rispose Mary.

– Non hai mai sentito tuo padre o tua madre parlare di lui?

– No – disse Mary, turbandosi al pensiero che né suo padre né sua madre le avevano mai parlato di qualcosa o di qualcuno.

– Mah! – mormorò la signora Medlock, con un'occhiata al suo strano visino indifferente. Per qualche istante non disse altro; poi riprese: – Penso sia meglio che ti dica qualcosa... per prepararti. Misselthwaite Manor è un posto strano.

Mary non disse niente e la signora Medlock sembrò sconcertata dalla sua apparente indifferenza. Dopo aver ripreso fiato, proseguì: – Non tanto perché la casa sia molto grande, tetra e malinconica, o perché il signor Craven ne sia orgoglioso, a modo suo... Il che è già abbastanza triste. È una casa che ha seicento anni ed è situata al limite della brughiera.[5] Conta quasi un centinaio di stanze, anche se la maggior parte di esse sono chiuse a chiave. Ci sono dei quadri, dei bei mobili antichi e altre cose che stanno là da secoli. È circondata da un grandissimo parco, da giardini e da alberi i cui rami si piegano fino a terra... alcuni, almeno – fece un'altra pausa per riprendere fiato. – Ma non c'è assolutamente altro – concluse poi in modo brusco.

Mary aveva cominciato, anche se controvoglia, a

[5] *brughiera*: terra pianeggiante ricoperta da eriche e bassi arbusti.

prestarle una qualche attenzione. Le sembrava tutto molto diverso da quanto aveva visto in India, e le cose nuove destavano in lei sempre un certo interesse. Ma non voleva far vedere che l'argomento aveva suscitato la sua curiosità. Quello era purtroppo un suo modo di fare che la rendeva antipatica. Perciò rimase immobile e silenziosa.

– Be', – disse la signora Medlock – che te ne pare?

– Niente – rispose. – Non so niente di posti del genere.

La signora Medlock non poté trattenersi dal ridere.

– Ehi, – disse – ma lo sai che parli come una vecchietta. La cosa non ti interessa per niente?

– Che mi interessi o meno, non ha alcuna importanza – rispose Mary.

– Su questo punto hai ragione – fece la signora Medlock. – Non ha alcuna importanza. Io non so per quale motivo tu debba restare a Misselthwaite Manor. So soltanto che questa è la cosa più semplice da fare. *Lui* non vuole fastidi a causa tua, di questo ne sono certa. Non si preoccupa mai di niente e di nessuno.

Tacque di colpo, come se si fosse ricordata in tempo di qualcosa.

– Ha la gobba sulla schiena, lo sai? – disse. – Ciò lo ha sempre messo di pessimo umore. Quando era giovane, era scostante e bisbetico e non fece mai niente di buono con tutti i suoi soldi e con quella grande casa, fino a quando non si sposò.

Gli occhi di Mary si voltarono verso di lei, nonostante la sua ferma intenzione di mostrare un assoluto disinteresse. Non aveva mai pensato che i gobbi si sposassero e ne rimase un po' sorpresa. La signora

Medlock se ne accorse e, poiché le piaceva chiacchierare, continuò il suo discorso. Era un modo come un altro per passare il tempo.

– La moglie era una ragazza dolce e graziosa, e lui sarebbe andato in capo al mondo per procurarle anche un filo d'erba. Nessuno immaginava che lo sposasse, ma lo sposò e la gente disse che lo aveva fatto per i soldi. Ma non era vero... non era affatto vero, credimi. Quando morì...

Involontariamente Mary ebbe un piccolo sussulto.

– È morta! – esclamò, quasi senza volerlo. Si era ricordata proprio allora di una fiaba francese che aveva letto, dal titolo *Ciuffettino*,[6] dove si parlava di un povero gobbo e di una bellissima principessa. Quel ricordo le fece provare improvvisamente una forte compassione per il signor Archibald Craven.

– È morta – rispose la signora Medlock. – E ciò lo ha reso ancora più strano. Non si preoccupa più di nessuno. Viaggia molto, e quando torna a Misselthwaite Manor, si chiude nei suoi appartamenti e non vuole vedere nessuno, tranne Pitcher. Pitcher è un vecchio domestico che ebbe cura di lui quando era piccolo e che sa come prenderlo.

Tutto ciò aveva l'aria di un racconto tratto da un libro e Mary non ne fu affatto contenta. Una casa con un centinaio di camere, quasi tutte chiuse a chiave; una casa in prossimità della brughiera (che cosa era poi la brughiera?) faceva pensare a una casa triste e lugubre. E un uomo, per giunta gobbo, che vi si rinchiude dentro! Strinse le labbra e guardò fuori dal

[6] *Ciuffettino*: celebre fiaba di Charles Perrault.

finestrino: le sembrò una cosa naturale che la pioggia avesse cominciato a cadere, schizzando e scorrendo lungo i vetri del finestrino. Se la bella moglie fosse stata viva, avrebbe potuto rendere ogni cosa più allegra, come aveva fatto d'altronde sua madre, correndo dentro e fuori, frequentando le feste e i ricevimenti con quei vestiti «pieni di trine». Ma lei non c'era più.

– Non aspettarti di vederlo. Con nove probabilità su dieci, non lo vedrai – disse la signora Medlock. – E non aspettarti neppure che ci sia qualcuno con cui tu possa parlare. Potrai giocare, questo sì, ma per conto tuo. Saprai in quali stanze potrai entrare e in quali non dovrai metter piede. Ci sono molti giardini. Ma quando sarai in casa, non dovrai andare in giro a curiosare. Al signor Craven non piace affatto.

– Non ho l'abitudine di andare in giro a curiosare – replicò acidamente la piccola Mary. E all'improvviso, nello stesso modo in cui aveva cominciato a essere dispiaciuta per il signor Craven, cominciò a pensare che era abbastanza antipatico per essersi meritato le disgrazie che gli erano capitate.

Si voltò verso il finestrino e guardò la pioggia che ora cadeva a dirotto e che sembrava non dovesse finire mai. Fissò a lungo e insistentemente l'acqua che veniva giù, finché il grigiore non divenne sempre più grigio e gli occhi non le si chiusero per il sonno.

Capitolo Terzo

Attraverso la brughiera

Dormì a lungo. Quando si svegliò, si accorse che la signora Medlock, durante la sosta in una stazione, aveva acquistato un cestino da viaggio con un pezzo di pollo, un po' di manzo freddo, del pane, burro e del tè caldo.

Pioveva sempre più forte e nelle stazioni tutti indossavano impermeabili bagnati e lucidi di pioggia. Il capotreno accese le luci della vettura e la signora Medlock mangiò con grande appetito sia il pollo che il manzo, accompagnando il tutto con un'abbondante tazza di tè. Dopo una tale abbuffata si addormentò. Mary rimase seduta nel suo angolo intenta a guardare il cappellino della signora Medlock che le era scivolato tutto da una parte, poi, cullata dal monotono rumore della pioggia sui vetri, finì per addormentarsi anche lei.

Quando si svegliò, era già buio. Il treno si era fermato in una stazione e la signora Medlock stava scuotendo la ragazzina.

– Hai fatto una bella dormita! – disse. – È ora di riaprire gli occhi! Siamo alla stazione di Thwaite e dobbiamo ancora fare un lungo tratto di strada in carrozza.

Mary si alzò e cercò di tenere gli occhi aperti, mentre la signora Medlock raccoglieva i suoi bagagli. Non cercò neppure di aiutarla: in India, erano i servi indiani che raccoglievano o trasportavano pacchetti e valigie. Le sembrò quindi perfettamente naturale che gli altri la servissero.

La stazione era minuscola e le parve che, oltre a loro due, nessun altro scendesse dal treno. Il capostazione parlò alla signora Medlock con paesana cordialità, pronunciando le parole con uno strano accento aperto e strascicato. In seguito Mary scoprì che quella era la pronuncia dello Yorkshire.

– Vedo che sei tornata, – disse – e che hai portato con te la ragazzina.

– Già! Eccola! – rispose la signora Medlock, parlando con lo stesso accento e indicando Mary con un cenno della testa. – Come sta tua moglie?

– Abbastanza bene. La carrozza ti aspetta fuori.

Una carrozza chiusa le aspettava sulla strada, accanto alla tettoia esterna della stazione. Mary notò quanto fosse elegante il domestico che l'aiutò a salire. Il suo lungo impermeabile e il cappuccio che le riparava il cappellino erano lucidi e grondanti di pioggia, come d'altronde ogni altra cosa lì intorno, capostazione compreso.

Dopo aver chiuso lo sportello, il domestico montò a cassetta con il cocchiere e la carrozza partì. La ragazza si accomodò allora in un angolo del sedile pieno di soffici cuscini, ma la voglia di dormire le passò. Guardò fuori dal finestrino, curiosa di vedere la strada che doveva condurla nello strano posto che la signora Medlock le aveva descritto. Mary non era né timida né paurosa, ma aveva l'impressione che potesse succedere qualsiasi cosa in una casa che aveva un centinaio di stanze, quasi tutte chiuse, posta tra l'altro ai margini della brughiera.

– Che cos'è la brughiera? – chiese improvvisamente alla signora Medlock.

– Guarda fuori dal finestrino e tra dieci minuti la vedrai – rispose la donna. – Dovremo attraversare per cinque miglia la brughiera di Missel, prima di giungere a destinazione. Non vedrai molto perché è buio, ma ti basterà per capire qualcosa.

Mary non fece altre domande e stette ad aspettare, nel suo angoletto buio, tenendo gli occhi fissi sui vetri del finestrino. I fanali della vettura illuminavano solo un breve tratto di strada, e si poteva distinguere qualcosa. Dopo aver lasciato la stazione, attraversarono un piccolo villaggio, dove Mary era riuscita a scorgere alcune casette bianche e le luci di un'osteria. Passarono poi davanti a una chiesa, alla canonica, alla piccola vetrina di un negozio, o a qualcosa del genere, in cui erano esposti giocattoli, dolci e altre cose strane. Raggiunta la strada maestra, Mary vide solo siepi e alberi. Per molto tempo, o almeno così sembrò a Mary, l'aspetto monotono della strada rimase immutato.

Alla fine i cavalli cominciarono a rallentare l'andatura, come se stessero risalendo una collina, e qui ebbe l'impressione che non ci fossero più né siepi né alberi. Non riuscì infatti a vedere niente da una parte e dall'altra della strada, tranne il buio. Si sporse in avanti verso il finestrino e batté il viso contro il vetro perché proprio in quel momento la carrozza sobbalzò.

– Eh sì! – disse la signora Medlock. – Ora siamo sicuramente nella brughiera.

I fanali della carrozza gettavano la loro luce giallastra sopra una strada sterrata, che sembrava tagliare in due una massa scura di cespugli e di alberelli nani che si intravedevano ogni tanto nel buio fitto della grande distesa che ora li circondava. Il vento che cominciò allora ad alzarsi fischiava con impeto selvaggio e cupo.

– Sembra il mare – disse Mary.

– No, non è il mare – disse la signora Medlock. – Qui non ci sono né mare né campi, tantomeno montagne, ma solo miglia e miglia di terra selvaggia, dove non cresce niente, tranne l'erica, la ginestra e il ginestrone, e dove non vive nessuno, tranne le pecore e i cavallini selvaggi.

– A me dà l'impressione che la brughiera sia una distesa ricoperta d'acqua – disse Mary. – Non le sembra di sentire il rumore del mare?

– È il vento che soffia tra i cespugli – disse la signora Medlock. – A me la brughiera dà l'impressione di un luogo tetro e selvatico, anche se a tanta gente piace, soprattutto quando l'erica è in fiore.

La carrozza continuava ad avanzare nel buio. Aveva smesso di piovere, ma il vento soffiava con violenza, fischiando e ululando intorno a loro. La strada saliva e scendeva e più volte la carrozza attraversò piccoli ponti, sotto i quali l'acqua scorreva rapida e fragorosa. A Mary sembrava che quel viaggio non dovesse finire più e che la squallida e immensa brughiera non fosse altro che un grande oceano di acqua nera che lei stava attraversando sopra una striscia di terra asciutta.

«Non mi piace», disse tra sé. «Non mi piace», e strinse ancora di più le labbra sottili.

I cavalli risalirono la ripida strada di una collina, e Mary vide in lontananza una piccola luce. Anche la signora Medlock la vide e tirò un lungo sospiro di sollievo.

– Sono contenta di veder brillare finalmente quella piccola luce – esclamò. – È la finestra della portineria. Tra poco, grazie a Dio, potremo bere una buona tazza di tè.

Quel «tra poco» si rivelò solo un modo di dire. Dopo che la carrozza ebbe attraversato l'ingresso del parco, dovette percorrere infatti un viale lungo due miglia, fiancheggiato da alberi che intrecciavano i rami quasi al disopra delle loro teste, suggerendo l'impressione che la carrozza stesse passando sotto un'interminabile galleria.

Si ritrovarono infine in un piazzale lastricato davanti a un edificio imponente più lungo che alto, che sembrava estendersi senza un ordine ben preciso intorno a un cortile. In un primo momento Mary credette che le finestre fossero tutte buie, ma quando uscì dalla carrozza vide che una stanza, in un angolo del primo piano, era fiocamente illuminata.

L'enorme porta d'ingresso era fatta di massicci pannelli di quercia, di forma strana, fissati con dei grossi chiodi e rinforzati con delle sbarre di ferro. Si apriva su un immenso atrio, così scarsamente illuminato che le armature e i visi dei ritratti appesi alle pareti fecero molta impressione a Mary, che fece di tutto per non guardarli. Sperduta nella vastità di quell'ambiente male illuminato, quella fragile figuretta vestita di nero sembrava ancora più piccola.

Un ometto anziano dall'aspetto inappuntabile apparve accanto al domestico che aveva aperto loro la porta.

– Accompagnatela in camera sua – disse a bassa voce. – Non vuole vederla. Domattina partirà per Londra.

– Benissimo, signor Pitcher – rispose la signora Medlock. – Basta che io sappia esattamente cosa vuole da me.

– Vuole che lei faccia in modo che nessuno lo disturbi – disse il signor Pitcher – e che non veda ciò che non intende vedere.

Mary Lennox fu quindi accompagnata su per un'ampia scalinata, e poi lungo un corridoio interminabile. Dovette poi salire ancora una breve rampa di scale, attraversare un ampio corridoio, e poi un altro ancora, e finalmente la signora Medlock aprì una porta e la fece entrare in una stanza dove il fuoco ardeva nel camino e la cena era pronta sulla tavola apparecchiata.

Senza tante cerimonie, la signora Medlock le disse: – Be', eccoti qui! Abiterai in questa camera e in quella accanto, e non devi andare in nessun'altra stanza. Vedi di tenerlo bene a mente!

Fu così che Mary arrivò a Misselthwaite Manor, e forse in vita sua non si era mai sentita così tanto... «Bastian contrario».

Capitolo Quarto

Martha

Mary aprì gli occhi solo il mattino dopo. Una giovane cameriera, entrata nella sua stanza per accendere il fuoco, si era inginocchiata davanti al caminetto dal quale aveva iniziato a togliere rumorosamente la cenere. La ragazzina non si mosse dal letto e, dopo averla osservata per qualche minuto, cominciò a guardarsi attorno. Le pareti erano ricoperte di arazzi[1] che raffiguravano scene di caccia, popolate per lo più da persone vestite con degli abiti particolari sedute sotto a degli alberi, mentre in lontananza, tra le fronde,[2] si intravedevano le torri merlate di un castello. Non mancavano cavalli e cacciatori, dame e cani. Mary ebbe la sensazione di essere con loro, nella foresta. Dalla finestra riuscì a scorgere un grande tratto di terreno in salita, spoglio di alberi, simile a un mare sconfinato, violaceo e malinconico.

– Che cos'è? – chiese, indicando ciò che vedeva dalla finestra.

[1] *arazzi*: tessuti disegnati che sono usati come quadri per decorare le pareti.

[2] *fronde*: foglie.

Martha, la giovane cameriera che si era appena rialzata, guardò a sua volta e indicò fuori.

– Quella là? – chiese.

– Sì.

– È la brughiera – disse la ragazza, con un largo sorriso di simpatia. – Ti piace?

– No – rispose Mary. – La odio.

– Perché non ci sei abituata – disse Martha, ritornando a pulire il caminetto. – Ti sembrerà troppo grande e spoglia, ora, ma poi ti piacerà.

– A te piace? – chiese Mary.

– A me sì – rispose Martha, lucidando allegramente gli arnesi del caminetto. – Mi piace tantissimo. Non è affatto spoglia. È ricoperta di molte piante che crescono e mandano un buon profumo. In primavera è molto bella, e anche in estate, quando fioriscono la ginestra, l'erica e il ginestrone. Allora tutto profuma di miele e si respira tanta aria fresca... Il cielo sembra altissimo, le api ronzano allegramente e le allodole cantano. Non vorrei vivere lontano dalla brughiera per niente al mondo!

Mary l'ascoltò con un'espressione di perplessità sul viso. Le domestiche indiane, alle quali era stata abituata, non erano come quella. Erano rispettose e obbedienti, e non pensavano neppure lontanamente di parlare ai rispettivi padroni come se fossero stati loro eguali. Facevano loro *salaam*, cioè un sacco di inchini, e li chiamavano «protettori dei poveri», o qualcosa del genere. Ai servi indiani non veniva chiesto di fare certe cose, ma semplicemente si ordinava loro di farle. Non si diceva loro «per favore» e «grazie», e Mary aveva sempre schiaffeggiato la sua ayah quando era arrabbiata. Si chiese che cosa avrebbe fatto quella ragazza se qualcuno l'avesse schiaffeggiata. Era grassottella, di colorito roseo, buona e gentile, ma aveva dei modi alquanto decisi. Mary si chiese se non avrebbe risposto con delle sculacciate, nel caso avesse provato a schiaffeggiarla.

– Sei una strana serva – disse altezzosamente, sollevandosi sul cuscino.

Martha si mise a sedere in ginocchio e cominciò a spazzolare, sorridendo e senza mostrare la benché minima collera.

– Lo so – disse. – Se a Misselthwaite ci fosse una padrona, io non sarei neppure una sua sottocameriera. Sarei solo una semplice sguattera e mi verrebbe severamente proibito di salire ai piani superiori. Sono troppo alla buona e parlo troppo il dialetto dello Yorkshire. Ma questa è una casa così strana! Tutto è così grande che sembra non ci sia né una padrona né un padrone, eccetto il signor Pitcher e la signora Medlock. Il signor Craven è quasi sempre lontano, e quando è qui, non vuole essere assolutamente disturbato. La signora Medlock mi ha assunto solo perché è molto buona. Mi ha detto che non lo avrebbe mai fatto, se Misselthwaite fosse stata come tante altre grandi case.

– Sarai la mia serva? – chiese Mary, con il suo solito tono imperioso[3] con cui era abituata a rivolgersi alle indiane.

Martha cominciò a strofinare la griglia.

– Sono la cameriera della signora Medlock – disse

[3] *imperioso*: di comando.

con fermezza. – E lei è agli ordini del signor Craven... ma qui devo tenere in ordine queste stanze, e aiutarti se ne avrai bisogno. Ma credo che avrai bisogno di ben poco.

– Chi mi vestirà? – chiese Mary.

Martha si rimise in ginocchio e la guardò. – Non sei capace di vestirti da sola? – esclamò stupita, parlando in dialetto.

– Che cosa hai detto? Non ho capito niente di quello che hai detto – ribatté Mary.

– Ah, scusa, non ci pensavo più – riprese Martha. – La signora Medlock mi aveva detto di fare attenzione a non parlare in dialetto, se volevo farmi capire da te. Ti ho domandato se non sai vestirti da sola.

– No – rispose Mary indignata. – Non mi sono mai vestita da sola, in tutta la mia vita. Era la mia ayah che mi vestiva.

– Be', – disse Martha, senza rendersi minimamente conto della sua sfacciataggine – è ora di imparare, se non hai potuto farlo prima. Ti farà solo bene. Mia madre dice sempre che non riesce a capire come fanno i figli dei signori a non diventare tutti stupidi... con tutte quelle bambinaie che li lavano, li vestono e li portano a spasso come se fossero delle bambole!

– In India le cose sono diverse – replicò Mary sdegnosamente. Non poteva proprio tollerare quanto le stava succedendo.

Ma Martha non aveva alcuna intenzione di arrendersi.

– Posso capire che là le cose siano differenti – rispose quasi con indulgenza. – Immagino che succeda perché ci sono tantissimi negri, invece di rispettabile gente bianca. Quando ho saputo che arrivavi dall'India, ho creduto che anche tu fossi negra.

Mary si alzò a sedere sul letto. Era furibonda.

– Cosa? – esclamò. – Che cosa hai detto? Credevi che io fossi indiana? Sei... sei... una stupida ignorante!

Martha la guardò con un'aria quasi indispettita.[4]

– Perché mi offendi? – disse. – Non è il caso di arrabbiarsi tanto. Non è così che parla una bambina bene educata. Io non ho niente contro i negri. Da quello che si legge su di loro nei libri, sembra che siano molto religiosi. Si legge sempre che il negro è un uomo e un fratello. Non ho mai visto un negro ed ero contenta al pensiero di vedere una negretta da vicino. Quando questa mattina sono venuta per accendere il fuoco, mi sono avvicinata in punta di piedi al tuo letto e ho spostato le coperte adagio adagio per guardarti. E tu eri lì, – disse con delusione – non più nera di me... anche se sei un po' olivastra.

Mary non tentò nemmeno di dominare la rabbia e l'umiliazione.

– Credevi che fossi un'indiana! Come hai osato pensarlo! Tu non sai niente degli indiani! Non sono persone come le altre... sono servi che devono farti *salaam*. Tu non sai niente dell'India! Non sai niente di niente!

Era arrabbiata e si sentiva impotente davanti allo sguardo candido[5] della ragazza. All'improvviso le sembrò di essere terribilmente sola e lontana da tutto ciò

[4] *indispettita*: irritata.
[5] *candido*: ingenuo.

che capiva o che la riguardava. Si lasciò ricadere sul letto, nascose la faccia nel cuscino e cominciò a singhiozzare disperatamente. Martha fu un po' spaventata e un po' dispiaciuta da quel pianto improvviso, che sembrava inarrestabile. Si avvicinò al letto e si chinò su di lei.

– Non devi piangere – la supplicò. – Non ne hai motivo. Non avrei mai creduto che ti saresti arrabbiata. Io non so niente di niente, proprio come hai detto tu. Ti prego di scusarmi. Dai, per favore, smetti di piangere!

C'era qualcosa di affettuoso e di amichevole nel suo strano dialetto e nei suoi modi sinceri. A poco a poco Mary smise di piangere e si calmò. Martha provò un senso di sollievo.

– È ora di alzarsi, adesso – disse. – La signora Medlock mi ha detto di portarti la colazione, il tè e il pranzo nella stanza accanto. È stata trasformata in una camera per i bambini, appositamente per te. Ti aiuterò a vestirti, se vorrai alzarti. Se i bottoni del vestitino sono sulla schiena, non potrai certo abbottonarlo da sola.

Quando alla fine Mary decise di alzarsi, il vestitino che Martha tirò fuori dall'armadio non era quello che aveva indossato la sera precedente, quando era arrivata con la signora Medlock.

– Quel vestito non è mio – disse. – Il mio è nero.

Guardò la giacca e la gonna di pesante lana bianca e aggiunse con fredda approvazione: – Però… è più bello del mio.

– Questo è il vestito che devi mettere – rispose Martha. – Il signor Craven lo ha fatto comprare apposta a Londra dalla signora Medlock. Ha detto: «Non voglio che una ragazzina vestita di nero giri per casa, come un'anima dannata. Renderebbe la casa ancora più triste di quello che è. Le faccia indossare vestiti di qualsiasi colore, ma non neri». Mia madre capisce perfettamente quello che ha voluto dire. La mamma sa sempre ciò che la gente intende dire. Anche lei non può sopportare il nero.

– Anch'io odio il nero – concluse Mary.

La procedura della vestizione insegnò qualcosa a tutte e due. Martha aveva «abbottonato»[6] sorelline e fratellini, ma non aveva mai visto una ragazzina che stesse ferma ad aspettare che un'altra persona facesse ogni cosa per lei, come se non avesse né mani né piedi.

– Perché non ti metti le scarpe? – domandò, quando Mary sollevò il piedino.

– Me le metteva sempre la mia ayah – rispose Mary guardandola. – L'usanza voleva così.

Molto spesso diceva quella frase: «Era l'usanza». I servi indiani la ripetevano sempre. Se qualcuno diceva loro di fare qualcosa che i loro antenati non avevano fatto da migliaia di anni, vi guardavano con dolcezza e dicevano: «Non è l'usanza» e ognuno sapeva che quelle parole mettevano fine a ogni discussione.

Non era usanza che Mary facesse qualcosa, se non permettere che la vestissero come se fosse una bambola. Ma prima che fosse pronta per fare colazione, cominciò a sospettare che la sua vita a Misselthwaite Manor avrebbe finito con l'insegnarle un certo nume-

[6] *aveva «abbottonato»*: in questa frase significa «aveva aiutato a vestirsi».

ro di cose assolutamente nuove: e cioè, a infilarsi da sola calze e scarpe e a raccogliere tutto ciò che faceva cadere. Se Martha fosse stata una cameriera bene addestrata, sarebbe stata più servizievole e rispettosa e avrebbe saputo che era compito suo spazzolare i capelli, abbottonare gli stivaletti, raccogliere le cose cadute e rimetterle al loro posto. Ma era solo una contadinotta dello Yorkshire, impreparata a fare la cameriera, cresciuta in una casetta della brughiera con una schiera di fratellini e sorelline che sapevano badare a loro stessi e ai fratelli più piccoli; i quali, a loro volta, quando non era più necessario tenerli in braccio, imparavano a camminare barcollando e inciampando a ogni passo.

Se Mary fosse stata una bambina di carattere allegro, avrebbe sorriso davanti alle inarrestabili chiacchiere di Martha: invece, rimase fredda e silenziosa, quasi offesa dall'eccessiva familiarità della ragazza. In un primo momento non si mostrò interessata a quello che diceva, ma poi a poco a poco si sentì attratta da quel modo simpatico e cordiale di raccontare.

– Dovresti vederci tutti! – diceva Martha. – Siamo in dodici fratelli e mio padre guadagna sedici scellini alla settimana. Ti posso assicurare che mia madre non ha altro su cui contare per dar da mangiare a tutti. Si rotolano nella brughiera e ci giocano tutto il giorno. Mia madre dice che è l'aria della brughiera che li fa ingrassare. Crede che mangino l'erba, come fanno i cavallini selvaggi. Dickon, che ha dodici anni, ha un cavallino tutto suo.

– Dove l'ha preso? – chiese Mary.

– L'ha trovato nella brughiera con la madre, quando era ancora molto piccolo. Gli ha dato qualche pezzetto di pane e ha raccolto per lui l'erbetta tenera. Il cavallino gli si è affezionato, ha cominciato a seguirlo di qua e di là e ora si lascia montare da lui. Dickon è un bravo ragazzo e gli animali gli si affezionano.

Mary non aveva mai avuto un animale di cui prendersi cura e aveva sempre pensato che le sarebbe piaciuto averlo. Cominciò quindi a essere un po' curiosa nei confronti di Dickon; e visto che prima non si era mai interessata di nessuno, eccetto che di se stessa, questo fu per lei un nuovo sentimento.

Quando entrò nella stanza che le era stata assegnata per i suoi giochi, notò che era perfettamente uguale a quella in cui aveva dormito. Non era la stanza dei ragazzi, ma quella di una persona adulta, con quadri vecchi e tetri appesi alle pareti e con pesanti sedie di quercia. In mezzo c'era una tavola apparecchiata con un'abbondante colazione. Aveva sempre avuto pochissimo appetito e ora guardò con la massima indifferenza il primo piatto che Martha le posò davanti.

– Non lo voglio – disse.

– Non vuoi la minestra d'avena! – esclamò Martha, incredula.

– No.

– Non sai com'è buona. Mettici sopra un po' di melassa e un po' di zucchero.

– Non la voglio! – ripeté Mary.

– Che peccato! – disse Martha. – Non posso sopportare che così tanta buona roba vada sprecata. Se i miei fratellini fossero qui, ripulirebbero i piatti in cinque minuti.

– Perché? – chiese Mary con freddezza.

– Perché! – fece eco Martha. – Perché non hanno

mai avuto lo stomaco pieno in vita loro. Hanno sempre una fame da lupi.

– Non so che cosa significhi aver fame – disse Mary, con quell'indifferenza determinata dall'ignoranza.

Martha la guardò indignata.

– Ti farebbe bene provare. Ora vedo tutto in modo molto chiaro – disse senza peli sulla lingua. – Non ho mai potuto sopportare quelle persone che si siedono a tavola e che non si degnano di assaggiare quello che hanno davanti. Vorrei che Dickon, Phil, Jane e gli altri potessero mangiare tutto quello che c'è qui!

– Perché non glielo porti? – suggerì Mary.

– Non è roba mia – rispose Martha con fermezza. – E oggi non è il mio giorno di permesso. Ho un giorno di permesso una volta al mese, come tutti gli altri. Allora vado a casa e faccio le pulizie: così mia madre può riposarsi un po'.

Mary bevve del tè, mangiò una fettina di pane abbrustolito e della marmellata.

– Ora copriti bene e corri fuori a giocare – disse Martha. – Ti farà bene e ti farà venire un po' d'appetito.

Mary andò alla finestra. Si vedevano giardini, sentieri e grandi alberi, ma ogni cosa sembrava triste e fredda.

– Fuori? Perché dovrei uscire in una giornata come questa?

– Be', se non uscirai, dovrai stare in casa. E allora che cosa farai qui tutto il santo giorno?

Mary si guardò intorno. Non c'era proprio niente da fare. Nel preparare la stanza dei giochi, la signora Medlock non aveva affatto pensato agli svaghi. Forse sarebbe stato meglio andare a vedere i giardini.

– Chi verrà con me? – chiese.
Martha la guardò.
– Andrai da sola – rispose. – Devi imparare a giocare da sola, come fanno quei ragazzi che non hanno né fratelli né sorelle. Dickon va nella brughiera e gioca da solo per molte ore. È in questo modo che ha potuto fare amicizia con il cavallino. Nella brughiera ci sono delle pecore che ormai lo riconoscono e degli uccellini che vanno a beccargli il cibo dalle mani. Per quanto ci sia poco da mangiare, Dickon mette sempre da parte qualche briciola di pane per sfamare i suoi piccoli amici.
Fu proprio ciò che Martha riferì sul conto del fratellino che indusse Mary, senza che lei se ne accorgesse, a uscire. Fuori ci sarebbero stati gli uccellini, piuttosto che cavallini e pecore, ma sarebbero stati diversi da quelli che aveva visto in India e forse si sarebbe divertita a guardarli.
Martha tirò fuori un soprabito e un cappellino, oltre a un paio di robusti stivaletti, e l'accompagnò fino al portone.
– Se vai da quella parte, troverai i giardini – disse, indicandole una porta che si intravedeva su una parete ricoperta di vegetazione. – Ci sono moltissimi fiori in estate, ma in questa stagione non è ancora fiorito niente – Sembrò esitare un attimo, prima di aggiungere: – Un giardino è chiuso a chiave. Sono ormai dieci anni che nessuno vi mette più piede.
– Perché? – chiese Mary quasi senza accorgersene. Ecco un'altra porta chiusa che si aggiungeva alle cento altre di quella casa strana.
– Quando gli è morta la moglie, quasi all'improv-

viso, il signor Craven ha ordinato che venisse chiuso. Non vuole che nessuno ci entri. Era il giardino preferito di sua moglie. Chiuse perciò la porta, scavò una buca e sotterrò la chiave. Ah, la signora Medlock mi chiama... Bisogna che vada.

Non appena si fu allontanata, Mary si incamminò verso la porta che le era stata indicata. Non poté fare a meno di pensare al giardino chiuso, nel quale nessuno era più entrato da dieci anni. Si chiese se vi crescessero ancora dei fiori e quale fosse ora il suo aspetto. Quando attraversò la porta, si ritrovò nei grandi giardini, con vasti prati, sentieri sinuosi[7] e siepi accuratamente potate. C'erano alberi, aiuole e sempreverdi tagliati in forme strane, e un ampio laghetto girava intorno a una vecchia fontana di pietra grigia. Ma le aiuole erano spoglie e tristi e la fontana muta. Quello non era il giardino chiuso. Ma com'era possibile che un giardino fosse stato chiuso? In un giardino si dovrebbe sempre poter passeggiare.

Mentre era assorta in tali pensieri, notò al termine del sentiero un lungo muro ricoperto di edera. Non conosceva abbastanza l'Inghilterra per sapere che era andata verso l'orto, dove crescevano alberi da frutto, ortaggi, legumi e verdure. Raggiunse il muro, rintracciò tra l'edera la porta verde e vide che era aperta. Anche questo, evidentemente, non era il giardino chiuso: quindi entrò.

Oltrepassò la porta e si ritrovò in un giardino circondato da muri, il primo di una serie di giardini cintati che sembravano susseguirsi l'uno all'altro. Un'al-

[7] *sinuosi*: con tante curve.

tra porta, anch'essa dipinta di verde, le rivelò la presenza di cespugli e sentieri ritagliati tra aiuole di ortaggi e verdure invernali. Gli alberi da frutto crescevano rasente il muro, mentre alcune aiuole erano state protette dal freddo con delle lastre di vetro. Il luogo era triste e spoglio. Forse sarebbe stato più bello in estate, quando tutto sarebbe stato verde; ora, invece, non aveva proprio niente di attraente.

In quel momento, dalla porta del secondo giardino entrò un vecchio con una vanga sulle spalle. Sembrò sorpreso nel vedere Mary e si toccò il berretto in segno di saluto. Aveva l'aspetto scontroso e non parve contento di vederla. Ma anche Mary non fu contenta di incontrarlo: non era soddisfatta del giardino e aveva sul viso un'espressione da «Bastian contrario».

– Che giardino è questo? – gli chiese.

– Non è un giardino, è un orto – le rispose.

– Che cos'è quello? – chiese Mary, indicando l'altra porta verde.

– Un altro orto – rispose il vecchio brevemente. – Ce n'è ancora un altro dall'altra parte del muro, e poi c'è il frutteto.

– Posso andarci? – chiese Mary.

– Se ti fa piacere, ma non c'è niente da vedere.

Mary non disse nient'altro. Seguì il sentiero e attraversò la seconda porta verde. Qui vide altri muri, altri ortaggi e verdure invernali riparate da pannelli di vetro, ma nel secondo muro notò un'altra porta verde, che però non era aperta. Forse quella porta conduceva in quel giardino che da dieci anni nessuno aveva più visto. Mary non era una ragazza timida e per di più era abituata a fare sempre tutto ciò che voleva. Quindi andò direttamente alla porta e girò la maniglia. Sperava che la porta non si aprisse: in questo caso sarebbe stata sicura d'aver trovato il giardino misterioso... Invece, la porta si aprì facilmente e Mary si ritrovò nel frutteto. Anch'esso era circondato da muri, vicino ai quali crescevano gli alberi. Altri alberi spogli spuntavano tra l'erba resa scura dal freddo. Ora non si vedeva nessun'altra porta verde, da nessuna parte. Mary la cercò dappertutto, ma inutilmente. Eppure, quando era entrata in quel giardino, aveva avuto l'impressione che il muro non terminasse con il frutteto, ma che si estendesse oltre, come se racchiudesse un altro giardino. Oltre il muro, poteva anche scorgere le cime di alcuni alberi. Rimase immobile per un po' a guardarsi in giro, finché la sua attenzione non fu attratta da un uccellino dal petto rosso, appollaiato sul ramo più alto di un albero, la cui cima spuntava al disopra del muro. L'uccellino intonò il suo canto invernale, come se l'avesse vista e la chiamasse.

Si fermò ad ascoltarlo. Il suo canto allegro e simpatico le procurò una sensazione di piacere: anche una ragazzina, infatti, può sentirsi triste. La grande casa dalle numerose porte chiuse, l'immensa brughiera spoglia e gli altrettanto spogli giardini avevano suscitato in Mary l'impressione di una desolante solitudine. Se fosse stata una ragazza affettuosa, certa di essere amata, le si sarebbe spezzato il cuore; ma anche se era «Madama Mary, Bastian contrario», si sentiva lo stesso triste. Il canto dell'uccellino portò così, sul suo visino scontroso, l'ombra di un sorriso. Rimase ad ascoltarlo finché non volò via. Non somigliava affatto agli uccellini indiani, ma le piacque lo stesso. Si chiese se lo avrebbe rivisto. Forse viveva nel giardino segreto e ne conosceva ogni angolo.

Forse era perché non aveva niente di meglio da fare che il pensiero del giardino abbandonato continuava a tornarle alla mente. Era curiosa di sapere dove fosse, di vedere che aspetto avesse. Perché il signor Craven ne aveva seppellito la chiave? Se aveva amato tanto la moglie, perché odiava così tanto il suo giardino? Si chiese anche se avrebbe mai visto il signor Craven. Era comunque sicura che non le sarebbe piaciuto, che lei non sarebbe piaciuta a lui e che gli sarebbe rimasta davanti senza aprire bocca, pur desiderando ardentemente di chiedergli il motivo per cui avesse fatto quella strana cosa.

«Non piaccio mai alla gente né la gente piace a me», pensò. «Non potrò mai parlare come parlano i figli della signora Crawford. Non facevano altro che parlare, ridere e giocare.» Pensò al pettirosso e si convinse che avesse rivolto a lei il suo canto; pensò alla cima dell'albero su cui si era posato, e si fermò di colpo.

– Credo che quell'albero sia nel giardino segreto… ne sono sicura – disse. – C'era il muro tutt'intorno, ma mancava la porta.

Tornò nell'orto in cui era entrata prima e ci trovò il vecchio che stava zappando. Gli si avvicinò e per qualche minuto rimase ferma a guardarlo con aria indifferente, com'era sua abitudine. E poiché lui non le badava minimamente, alla fine gli rivolse la parola.

– Sono stata negli altri giardini – disse.

– Non c'era niente che te lo impedisse – rispose con tono brusco.

– Sono stata nel frutteto.

– Non c'era nessun cane sulla soglia che potesse morderti – rispose.

– Non c'era nessuna porta per andare nell'altro giardino – disse Mary.

– Quale giardino? – domandò lui con voce alterata, smettendo per un momento di zappare.

– Quello che c'è dall'altra parte del muro – rispose Mary. – Ci sono gli alberi. Ho visto le loro cime. Un uccellino dal petto rosso si è posato sopra un ramo e ha iniziato a cantare.

Con sua sorpresa, il viso severo e rugoso dell'uomo cambiò espressione. Un lieve sorriso comparve sulla sua bocca e i suoi lineamenti si distesero. Ciò la fece riflettere su un fatto stranissimo, e cioè che una persona sembra molto più simpatica quando sorride. Non ci aveva mai pensato, prima di allora.

L'uomo mosse verso il frutteto e cominciò a fischiare. Era un fischio dolce e tenue. Mary si stupì del fatto che un uomo così burbero potesse emettere un fischio così armonioso.

Quasi subito accadde un fatto straordinario. Si udì nell'aria un battito d'ali rapido e lieve e l'uccellino dal petto rosso, volando verso di loro, andò a posarsi sopra un grosso mucchio di terra, quasi ai piedi del giardiniere.

– Eccolo – disse sottovoce il vecchio. Poi si rivolse all'uccellino e gli parlò come a un bambino.

– Dove sei stato, piccolo vagabondo? – disse. – Oggi non ti ho ancora visto. Hai forse cominciato a cercarti la fidanzatina, con così tanto anticipo sulla stagione? Non ti sembra che sia ancora troppo presto?

L'uccellino piegò la testolina da una parte e lo guardò con due occhietti che brillavano come due gocce nere di rugiada. Non era minimamente spaventato. Anzi, sembrava fosse in confidenza con il vecchio. Saltellò di qua e di là e beccò la terra vivacemente, alla ricerca di semi e insetti. Mary sentì nel suo cuore uno strano sentimento. L'uccellino era vispo e grazioso e si comportava quasi come una persona: aveva il corpo minuscolo e paffutello, il becco piccolo e le zampette sottili.

– Viene sempre, quando lo chiami? – chiese con un soffio di voce.

– Certo che viene. Lo conosco da quando era molto piccolo. Aveva il nido nell'altro giardino e quando volò per la prima volta al disopra del muro, per qualche giorno non ebbe più la forza di tornare indietro. Fu così che diventammo amici. Quando volò nuovamente al di là del muro, il resto della nidiata era già andato via. Allora si sentì triste e tornò da me.

– Che uccello è? – chiese Mary.

– Non lo sai? È un pettirosso. I pettirossi sono gli uccelli più curiosi e socievoli che esistano. Sono amici dell'uomo quasi quanto i cani, se li si prende per il verso giusto. Guardalo come becca qui in giro e come ci guarda. Sa che stiamo parlando di lui.

Era veramente insolito vedere quel vecchio che guardava teneramente l'uccellino dal petto rosso, come se ne fosse orgoglioso.

– È molto vanitoso – sussurrò. – Gli piace che la gente parli di lui. Ed è curioso… mio Dio, non conosco un uccellino più curioso e più intrigante di lui. Viene sempre a vedere che cosa semino. Sa tutto quello che il signor Craven non si è mai preoccupato di sapere. È lui il capo-giardiniere!

Il pettirosso si dava da fare saltellando di qua e di là per beccare la terra, ma ogni tanto si fermava a guardarli. Mary ebbe la sensazione che i suoi occhietti neri la osservassero con curiosità, come se cercasse di sapere tutto di lei. Nel suo cuore quello strano sentimento si fece più intenso.

– Dove è andato il resto della nidiata? – chiese.

– Chi può saperlo? I genitori li mettono fuori dal nido e insegnano loro a volare; prima ancora che ce ne rendiamo conto, si sono già dispersi. Questo è furbo e capì subito di essere rimasto solo.

Mary fece un passo verso il pettirosso e lo fissò.

– Anch'io sono sola – disse.

Non aveva mai compreso fino ad allora che il sentirsi sola era una di quelle cose che la rendevano selvatica e scostante. Sembrò rendersene conto solo quando il pettirosso la guardò e lei guardò il pettirosso.

Il vecchio giardiniere spinse all'indietro il berretto che aveva sulla testa calva e la osservò per qualche istante.

– Sei la bambina che è arrivata dall'India? – le domandò.

Mary fece di sì con la testa.

– Allora non mi stupisce il fatto che sei sola. E ti sentirai ancora più sola, in seguito! – disse. Ricominciò a zappare, affondando la vanga nella terra nera e fertile del giardino, mentre il pettirosso continuava, tutto indaffarato, a saltellare.

– Come ti chiami? – chiese Mary.

L'uomo si raddrizzò per risponderle.

– Ben, Ben Weatherstaff – disse. Poi aggiunse, soffocando un sorriso amaro: – Anch'io sono solo, quando il pettirosso non è con me – e indicò con il pollice l'uccellino. – È l'unico amico che ho.

– Io non ho amici – disse Mary. – Non ne ho mai avuti. Alla mia balia, la mia ayah, non piacevo e non giocavo mai con nessuno.

È consuetudine nello Yorkshire dire con schietta franchezza quello che si pensa. Il vecchio Ben, che per di più era nativo della brughiera dello Yorkshire, non si lasciò scappare quell'occasione.

– Tu e io ci somigliamo un po' – disse. – Siamo stati tagliati dalla stessa stoffa.[8] Nessuno di noi è bello e tutti e due siamo scontrosi giusto quanto sembriamo. Abbiamo lo stesso brutto carattere, ne sono sicuro.

Questo era parlar chiaro e Mary Lennox, da quando era nata, non si era mai sentita dire la verità. I servi indiani facevano sempre *salaam*, con sottomissione, qualunque cosa si dicesse loro. Non si era mai ritenuta bella, ma ora si chiese se era proprio brutta come Ben Weatherstaff, e se il suo viso era scontroso come quello del giardiniere prima dell'arrivo del pettirosso. Cominciò anche a chiedersi se aveva davvero un brutto carattere. Si sentì a disagio.

All'improvviso udì accanto a sé un vivace cinguettio. Si voltò: il pettirosso era volato sul ramo di un giovane melo, a qualche passo da lei, e aveva emesso un piccolo gorgheggio. Ben scoppiò a ridere.

– Perché fa così? – chiese Mary.

– Ha deciso di diventare tuo amico – rispose Ben. – Mi venga un accidente se non gli sei riuscita simpatica.

– Io? – disse Mary.

[8] *Siamo stati tagliati dalla stessa stoffa*: siamo simili.

Si diresse piano piano verso l'alberello e guardò tra i rami.

– Vuoi fare amicizia con me? – chiese al pettirosso, proprio come se stesse parlando con una persona. – Davvero? – Non disse quelle parole con la sua solita voce aspra o con il tono imperioso che aveva sempre usato con gli indiani, ma con un tono di voce dolce e allettante. Il vecchio Ben ne fu sorpreso altrettanto quanto lo era stata lei nel sentirlo fischiare.

– Oh! – esclamò. – Hai parlato con tanta grazia e calore umano come se fossi una vera bambina, invece di una vecchia bisbetica. Hai parlato quasi come parla Dickon con gli animali della brughiera.

– Conosci Dickon? – chiese Mary, voltandosi di colpo verso di lui.

– Tutti lo conoscono. Dickon gira da tutte le parti. Lo conoscono anche le more e i fiori dell'erica. Sono sicuro che le volpi gli indicano dove sono i loro piccoli, e le allodole non gli nascondono i loro nidi.

A Mary sarebbe piaciuto fargli altre domande. Era tanto curiosa di sapere altre cose sul conto di Dickon quanto sul giardino abbandonato. Ma proprio in quell'istante il pettirosso, terminato il suo canto, sbatté un po' le ali e volò via. Aveva fatto la sua brava visitina, ma ora aveva altre faccende da sbrigare.

– È volato al di là del muro! – esclamò Mary, seguendolo con lo sguardo. – È volato nel frutteto… è volato oltre l'altro muro… è andato nel giardino che non ha la porta!

– Vive là – disse il vecchio Ben. – È lì che è nato. Forse fa la corte a qualche pettirossa che vive tra i vecchi rosai.

– Rosai? – chiese Mary. – Ci sono dei rosai in quel giardino?

Ben prese nuovamente la vanga e ricominciò a dissodare.

– Ce n'erano, dieci anni fa – borbottò.

– Mi piacerebbe vederli – disse Mary. – Dov'è la porta? Ci dev'essere la porta, da qualche parte.

Ben affondò la vanga profondamente nel terreno e di colpo tornò a essere poco socievole, come quando Mary gli aveva parlato per la prima volta.

– C'era, dieci anni fa, ma ora non c'è più – disse.

– Non c'è più la porta! – esclamò Mary. – Ma ci deve essere!

– Non c'è nessuna porta; e questa, in ogni caso, è una faccenda che non ti deve riguardare. Non fare la ficcanaso… e quindi evita di andare a curiosare dove non devi. Io devo lavorare, ora. Vai a giocare. Non ho altro tempo da perdere.

Smise di lavorare, si portò la vanga sulla spalla e se ne andò senza guardarla e senza neppure salutarla.

Capitolo Quinto

Qualcuno piange

Nei primi tempi a Mary Lennox tutti i giorni parvero uguali. Si svegliava ogni mattina nella camera dalle pareti ricoperte di arazzi e vedeva Martha inginocchiata davanti al caminetto, intenta ad accendervi il fuoco. Ogni mattina faceva colazione nella stanza dei giochi (che non conteneva proprio niente con cui si potesse giocare), e dopo colazione guardava dalla finestra l'immensa brughiera, che sembrava estendersi all'infinito e salire fino al cielo. Dopo aver guardato per un po' di tempo, si rendeva conto che se non fosse uscita sarebbe dovuta restare in casa a far niente: allora, andava fuori decisa. Ignorava che fosse la cosa migliore che potesse fare così come ignorava che, quando cominciava a camminare in fretta, o a correre lungo i viali e i viottoli, lottando contro il vento che soffiava dalla brughiera, non faceva che stimolare la circolazione del sangue e irrobustirsi. Correva solo per riscaldarsi e odiava con tutta se stessa il vento che, come un gigante invisibile, si avventava contro il suo viso, ululando[1] e impedendole di avanzare. Ma le grandi folate di aria fredda e impetuosa che scuotevano l'erica le riempiva-

[1] *ululando*: il vento mandava un rumore simile ai lamenti dei lupi.

no i polmoni di qualcosa che faceva bene al suo gracile corpicino, che dava un po' di colore alle sue guance e le rendeva brillanti gli occhi appannati, tutto questo senza che se ne rendesse conto.

Dopo alcuni giorni passati quasi interamente all'aria aperta, una mattina si svegliò sapendo che cosa volesse dire avere fame. Quando si sedette a tavola per far colazione, invece di guardare con disgusto la minestrina di fiocchi d'avena e metterla da parte, prese il cucchiaio e cominciò ad assaggiarla. Smise solo quando ebbe ripulito la scodella.

– Ti è piaciuta la minestra stamattina, non è vero? – chiese Martha.

– Oggi è squisita – rispose Mary, sorprendendosi un po' di quanto aveva detto.

– È l'aria della brughiera che fa bene allo stomaco – aggiunse Martha. – È una fortuna per te avere così tanta roba da mangiare quando hai fame. A casa mia siamo in dodici ad avere lo stomaco e c'è poco o niente da metterci dentro. Se continuerai a giocare ogni giorno all'aria aperta, metterai su un po' di ciccia e non sarai più così verdognola.

– Non gioco, – disse Mary – non ho niente con cui giocare.

– Niente con cui giocare! – esclamò Martha. – I miei fratelli giocano con pietre e pezzetti di legno. Non fanno che correre di qua e di là, gridare e guardarsi attorno.

Mary non gridava, ma si guardava in giro. Non c'era altro da fare. Camminava a lungo attraverso i giardini e gironzolava per i viali e i sentieri del parco. Qualche volta cercava Ben, ma sebbene lo avesse visto più volte al lavoro, aveva capito che era troppo occupato per accorgersi di lei, o troppo di cattivo umore per darle retta. Una volta, mentre stava andando proprio verso di lui, lo vide prendere la vanga e andarsene via. Mary ebbe la netta sensazione che lo avesse fatto apposta.

C'era un posto dove Mary andava più spesso, e cioè sul lungo viale fiancheggiato di aiuole spoglie che correva all'esterno dei giardini cintati dai muri. Su tutti i muri l'edera cresceva folta, ma in modo particolare sopra uno di essi, nel tratto in cui terminava il viale, le foglie verde scuro erano assai più fitte che altrove. Sembrava che da molto tempo quella parte di muro fosse stata trascurata, mentre su tutto il resto l'edera appariva in ordine, accuratamente tagliata.

Qualche giorno dopo il breve scambio di parole con Ben, una mattina Mary si fermò a osservare quel muro e i lunghi tralci di edera che lo ricoprivano, cercando di capire il perché di quella trascuratezza. Stava contemplando un lungo ramo di edera che oscillava al vento, quando sentì un allegro cinguettio e subito dopo vide in cima al muro il pettirosso di Ben che la fissava, con la testolina piegata da una parte.

– Oh! – esclamò. – Sei tu? Sei proprio tu? – E non le sembrò affatto buffo parlargli, sicura che potesse capirla e risponderle.

E l'uccellino, infatti, le rispose. Cinguettò, pigolò e saltellò lungo il muro, come se volesse dirle tante cose. A Mary sembrò addirittura di capirlo, come se le dicesse: «Buongiorno! Non è bello il vento? Non è bello il sole? Non è bella ogni cosa? Dai Mary, cinguettiamo, pigoliamo e saltelliamo insieme! Su!».

Mary cominciò a ridere; e poiché il pettirosso saltellava e faceva brevi voli lungo il muro, gli corse dietro. La piccola Mary, esile,[2] olivastra e brutta per un momento sembrò quasi graziosa.

– Sei carino! Mi piaci! – gridò, correndo ai piedi del muro. E tentò di fischiare, per quanto non sapesse assolutamente come fare. Ma il pettirosso parve esserne ugualmente soddisfatto e le rispose cinguettando e fischiando. Alla fine, aprì le ali e volò direttamente in cima a un albero, dove si posò per cantare a gola spiegata.

Mary pensò allora alla prima volta che lo aveva visto sul rametto oscillante di un albero del frutteto. Ora lei si trovava fuori dal frutteto, sul viale che correva al di là del muro: il muro era molto più basso, ma all'interno c'era sempre lo stesso albero.

«È nel giardino in cui nessuno può entrare», si disse. «È nel giardino che non ha la porta. Vive là dentro. Come mi piacerebbe vedere quel giardino!»

Corse alla porta verde, attraverso la quale era entrata il primo giorno; poi, lungo il sentiero, raggiunse l'altra porta ed entrò nel frutteto. Quando si fermò e guardò in alto, vide l'albero dall'altra parte del muro e il pettirosso, che nel frattempo aveva terminato di cantare, e ora si stava lisciando le penne col becco.

– È quello il giardino – disse Mary. – Ora ne sono sicura.

Vi girò intorno ed esaminò con attenzione la parte di muro che confinava col frutteto. Come aveva già notato prima, non c'era nessuna porta. Allora attra-

[2] *esile*: magra e sottile.

versò un'altra volta gli orti e percorse il viale lungo il muro ricoperto di edera, fino all'estremità del muro stesso, che esaminò con attenzione ma non vide nessuna porta.

– È molto strano – disse. – Ben ha detto che non c'è nessuna porta e infatti non ce n'è traccia. Ma la porta doveva esserci dieci anni fa, se il signor Craven ne ha seppellito la chiave.

Tutto ciò la incuriosì e la fece riflettere molto. Cominciò a non sentirsi più dispiaciuta di trovarsi a Misselthwaite Manor. In India aveva avuto sempre caldo e si era sentita sempre troppo abbacchiata per interessarsi a qualcosa. Ma ora il vento freddo della brughiera aveva cominciato a spazzare via le ragnatele dal suo cervellino e a renderla un po' più sveglia.

Stava fuori di casa quasi tutto il giorno e quando alla sera si metteva a tavola era affamata, stanca e assonnata, ma si sentiva bene, a proprio agio. Non provava più nessuna irritazione se Martha chiacchierava; anzi, ora l'ascoltava con piacere. Alla fine pensò di rivolgerle una domanda e lo fece dopo aver finito di mangiare. Si era già seduta sul tappeto davanti al fuoco, quando le chiese: – Perché il signor Craven non ha più voluto vedere il giardino?

Aveva chiesto a Martha di restare un pochino con lei e la ragazza aveva accettato volentieri. Era molto giovane e abituata a una casa piena di fratellini e sorelline. Non si soffermava volentieri nella sala della servitù, dove le cameriere e il domestico la prendevano in giro per il suo modo paesano e sgraziato di parlare e la tenevano in disparte, chiacchierando tra di loro. A Martha, invece, piaceva parlare e la strana ragazza che era vissuta in India, servita dai «negri» era per lei una novità che la incuriosiva molto.

Così si era seduta sul tappeto, senza aspettare che Mary glielo dicesse.

– Pensi ancora al giardino? – le chiese. – Sapevo che ci avresti pensato. Ci pensavo anch'io quando ne sentii parlare per la prima volta.

– Perché il signor Craven non vuole vederlo? – insistette Mary.

Martha si accovacciò sulle gambe per essere più a suo agio.

– Senti il vento come «ulula» contro la casa... – mormorò poi. – Se questa sera qualcuno si trovasse nella brughiera, non riuscirebbe a stare neppure in piedi.

Mary non sapeva che cosa significasse la parola «ululare», ma tese l'orecchio e capì. Doveva significare quel sordo muggito che si stava avventando a raffiche contro la casa, come se un gigante invisibile stesse lottando contro i muri e le finestre per cercare di spezzarli e invadere l'edificio. Ma non sarebbe riuscito a penetrare all'interno, e questa convinzione le fece apprezzare di più il calduccio della stanza, dove nel caminetto ardeva un bel fuoco di carbone.

– Ma perché non sopporta l'idea di vedere quel giardino? – continuò dopo aver ascoltato l'ululato del vento. Voleva sapere se Martha ne conoscesse il motivo.

Allora Martha le disse tutto quello che sapeva.

– Ricordati, – disse – che la signora Medlock ha detto che non bisogna parlarne. Ci sono molte cose qui di cui non bisogna parlare. Sono gli ordini del signor Craven. Dice che le sue disgrazie non riguardano la servitù, e che si trova nell'attuale situazione esclusivamente per colpa del giardino. Quello era il giardino della signora Craven. Lo aveva creato lei, agli inizi del loro matrimonio. La signora ne andava matta. Lo curavano tutti e due. A nessun giardiniere fu mai permesso di entrare. Quando i due sposini andavano in quel giardino, chiudevano la porta e ci passavano molte ore leggendo e chiacchierando. Lei era proprio come una bambina. C'era un vecchio albero, nel giardino, con un ramo piegato a forma di sedile. La signora aveva fatto arrampicare le rose su quell'albero e andava spesso a sedersi su quel ramo. Ma un giorno il ramo si spezzò e lei cadde in malo modo. Il giorno dopo morì. I medici credettero che lui sarebbe impazzito di dolore e che forse sarebbe morto a sua volta. Ecco perché il signor Craven odia quel giardino. Da allora nessuno ci ha più messo piede. Non vuole neppure che se ne parli.

Mary non fece altre domande. Rimase a guardare il fuoco e ad ascoltare il vento, che ululava più forte che mai.

In quel momento in lei stava succedendo qualcosa di buono. Quattro buone cose le erano accadute, in realtà, da quando si trovava a Misselthwaite Manor. Aveva avuto la sensazione di capire ciò che diceva il pettirosso e che il pettirosso capisse quello che diceva lei; aveva corso incontro al vento finché il sangue ne aveva ricevuto una specie di frustata; si era sentita affamata per la prima volta in vita sua; e aveva saputo che cosa significasse provare compassione per qualcuno. Evidentemente, qualcosa stava cambiando in lei.

Ma nell'ascoltare il vento le sembrò a un tratto di

udire qualche altro suono. Non riusciva a capire che suono fosse, e in un primo momento non riuscì nemmeno a distinguerlo dal vento. Era qualcosa di strano... sembrava che un ragazzo piangesse, da qualche parte, in quella casa immensa. A volte il vento che soffiava sembrava davvero il pianto di un ragazzo... Ma ora Mary ebbe la certezza che quel pianto era vero, e che proveniva dall'interno dell'edificio, non da fuori. Era lontano, sì, ma proveniva dall'interno della casa. Allora si voltò a guardare Martha.

– Qualcuno piange... – disse. – Non lo senti?

Martha sembrò confusa.

– No, – disse – è il vento. Qualche volta dà l'impressione che qualcuno si sia perso nella brughiera e che pianga. Il vento fa dei versi strani.

– Ma non lo senti? – replicò Mary. – È proprio in casa... nelle stanze qui sotto... dove ci sono quei lunghi corridoi.

In quell'istante una porta si aprì da qualche parte, al piano sottostante. Una folata impetuosa di vento investì il corridoio e la porta della loro stanza si spalancò con fracasso. Mentre le due ragazze saltarono in piedi, le candele si spensero e dal corridoio lontano giunse molto più chiaramente di prima un pianto infantile.

– Ecco, ascolta! – gridò Mary. – Te l'avevo detto io! C'è qualcuno che piange... sembra il pianto di un bambino.

Martha corse subito a chiudere la porta e girò la chiave nella toppa; ma prima che lo facesse, tutte e due sentirono un'altra porta chiudersi con fracasso, nel corridoio in basso. Poi ogni cosa fu immersa nel silenzio, perché anche il vento cessò per alcuni istanti di avventarsi contro l'edificio.

– Era il vento – disse Martha, caparbia. – E se non è stato il vento, sarà stata certamente la sguattera, la piccola Betty Butterworth. È tutto il giorno che ha mal di denti.

Ma il suo comportamento era quello di una persona piuttosto imbarazzata e Mary la scrutò con occhio indagatore: era sicura che Martha non avesse detto la verità.

CAPITOLO SESTO

EPPURE QUALCUNO PIANGEVA!

Il giorno dopo la pioggia aveva ripreso a cadere a catinelle.[1] Mary guardò fuori dalla finestra: la brughiera era quasi interamente nascosta da una nebbia grigia e uniforme. Non era possibile andare in giro per i giardini.

– Che cosa fate a casa vostra quando piove? – chiese a Martha.

– Per lo più cerchiamo di non inciampare uno nell'altro – rispose Martha. – La mamma è buona, ma si innervosisce facilmente. I grandi vanno a giocare nella stalla. A Dickon, invece, non importa se piove; esce ugualmente, come se ci fosse il sole. Dice che nei giorni di pioggia le cose hanno un aspetto molto diverso rispetto a quando il tempo è bello. Una volta trovò un cucciolo di volpe in una buca quasi piena d'acqua, e lo portò a casa cercando di tenerlo al caldo sotto la camicia. Aveva trovato la madre sdraiata poco lontano: era stata uccisa, e gli altri cuccioli erano morti annegati nella buca. Ora vive a casa nostra. Un'altra volta trovò

[1] *pioggia... a catinelle*: a dirotto, violentemente.

un piccolo corvo, mezzo annegato. Portò a casa anche quello e lo addomesticò. Lo chiamò Soot[2] perché è nero come la pece, e ora lo segue dappertutto.

Mary non provava più alcun senso di disagio per la familiarità con cui le parlava Martha. Aveva anzi cominciato a ritenere interessante il suo modo di parlare e ne sentiva la mancanza quando la ragazza taceva o se ne andava. Le storie della sua ayah, in India, erano state completamente diverse: non erano come quelle di Martha, che le raccontava della casa nella brughiera, delle quattordici persone che vivevano nelle sue quattro camerette e che non avevano mai abbastanza da mangiare, e dei fratellini che sembravano rotolarsi per terra e divertirsi come una figliata di coniglietti vivaci e irrequieti. Mary provava molta simpatia per la madre di Martha e per Dickon. Quando Martha le parlava di ciò che «la mamma» diceva o faceva, l'ascoltava sempre volentieri.

– Se avessi un piccolo corvo o un cucciolo di volpe, potrei giocare con loro – disse Mary. – Ma non ho niente.

Martha la guardò, perplessa.

– Sai lavorare a maglia? – le chiese.

– No – rispose Mary.

– Sai cucinare?

– No.

– Sai leggere?

– Sì.

– Perché allora non leggi qualche libro o impari un po' di pronuncia? Sei abbastanza grande per studiare.

[2] *Soot*: in inglese «fuliggine».

– Non ho neanche un libro – disse Mary. – Quelli che avevo sono rimasti in India.

– Peccato! – disse Martha. – Se la signora Medlock ti desse il permesso di andare in biblioteca, ci troveresti migliaia di libri.

Mary non chiese dove fosse la biblioteca. Le balenò in mente una nuova idea: decise di andare a cercarsela da sola. Non si preoccupava della signora Medlock. Sembrava che se ne stesse sempre nella sua comoda stanza di soggiorno al pian terreno. In quella grande casa non era facile vedere o incontrare qualcuno. Non c'era nessuno da vedere, infatti, tranne la servitù; e quando il padrone era lontano, i domestici si davano alla bella vita nello scantinato, dove c'era una cucina immensa con ottoni e peltri splendenti,[3] e un'ampia sala, nella quale venivano divorati ogni giorno quattro o cinque pasti abbondanti, e dove il chiasso non mancava mai quando la signora Medlock non era presente.

I pasti di Mary venivano serviti regolarmente da Martha, che era stata messa al suo servizio; non c'era nessun altro che badasse a lei. La signora Medlock veniva ogni paio di giorni a darle un'occhiata, ma nessuno le chiedeva mai che cosa facesse o le diceva che cosa fare. Forse in Inghilterra si usava trattare i bambini in quel modo, pensava. In India era stata sempre servita dalla sua ayah, che la seguiva dappertutto come una schiava. Spesso si era anche seccata della sua compagnia. Ora non la seguiva più nessuno e stava perfino imparando a vestirsi da sola. Sembrava che Martha la

[3] *una cucina immensa con ottoni e peltri splendenti*: una cucina piena di attrezzi per cucinare e pentole di rame e di peltro.

giudicasse una sciocca e un'incapace, quando voleva che le passasse le cose oppure che la vestisse.

– Non hai un po' di buonsenso? – le disse una volta, mentre Mary, in piedi, aspettava che le infilasse i guanti. – La piccola Susan, che ha appena quattro anni, è molto più intelligente di te. Qualche volta mi sembra che tu abbia il cervello rammollito.

Dopo quelle parole Mary le aveva tenuto il broncio per un'ora, ma non aveva potuto fare a meno di meditare su quanto Martha le aveva detto.

Quella mattina, dopo che Martha ebbe ripulito il caminetto e se ne fu andata, rimase a guardare fuori dalla finestra per una decina di minuti. L'aver sentito parlare della biblioteca le aveva fatto venire un'idea. La biblioteca non la interessava molto, avendo letto pochissimi libri. Ma il sentirne parlare le aveva fatto tornare in mente quel centinaio di stanze della casa le cui porte erano chiuse. Si chiese se erano veramente tutte chiuse a chiave, e che cosa vi avrebbe trovato se fosse riuscita a entrare in qualcuna di esse. Erano davvero un centinaio? E perché non andare a vedere quante porte sarebbe riuscita a contare? Era un modo come un altro per passare la mattinata, dato che non si poteva uscire. Poiché nessuno le aveva insegnato che bisognava chiedere il permesso per fare certe cose, e poiché non aveva mai fatto esperienza dell'autorità altrui, non ritenne necessario chiedere alla signora Medlock l'autorizzazione per andare in giro per la casa.

Aprì la porta e uscì nel lunghissimo corridoio. Lo percorse fino in fondo, trascurando i corridoi che incrociava, finché giunse davanti a una breve rampa di scalini che la condusse ad altre rampe. Vide un gran numero di porte e di quadri appesi alle pareti. A volte i quadri rappresentavano strani e cupi paesaggi, ma più spesso erano ritratti di uomini e di donne con dei bizzarri e ampi vestiti di seta o di velluto. Si ritrovò poi in una lunga galleria dalle pareti ricoperte di quei ritratti. Non aveva mai immaginato che ce ne potessero essere tanti in una casa. Avanzò lentamente, osservandone i visi. Ebbe la sensazione che quei volti la guardassero e si chiedessero che cosa facesse mai nella loro casa la ragazzina venuta dall'India. Non mancavano ritratti di bambine in lunghissimi vestiti di raso e di ragazzi con maniche a sbuffo, colletto di pizzo e capelli lunghi, oppure con grandi gorgiere[4] intorno al collo. Si fermava volentieri a guardare i ritratti dei ragazzi e delle bambine e si chiedeva quale fosse stato il loro nome, dove fossero andati e perché indossassero quegli strani abiti. Vide anche il ritratto di una ragazzina insignificante che le somigliava, con la sua stessa espressione scontrosa e ostinata. Indossava un vestitino di broccato verde e teneva un pappagallo su una mano. Gli occhi avevano uno sguardo strano e penetrante.

– Dove sei ora? – disse Mary a se stessa, ma ad alta voce. – Vorrei che fossi qui.

Nessuna ragazzina trascorse mai, di certo, una mattinata più bizzarra di quella. Sembrava che in quella casa assurdamente immensa non ci fosse nessuno tranne lei, che gironzolava da un piano all'altro, lungo corridoi larghi e stretti, dove nessuno pareva esserci mai passato prima. Ma se c'erano tutte quelle stanze qual-

[4] *gorgiere*: colli dei vestiti molto alti ed eleganti, che coprivano la gola.

cuno doveva averci abitato, anche se ora tutto era così deserto da non sembrare possibile.

Quando fu al secondo piano, ebbe la tentazione di girare la maniglia di una porta. La porta era chiusa come tutte le altre, secondo quanto aveva detto la signora Medlock. Ma nel girare un'altra maniglia ebbe un attimo di sorpresa nell'accorgersi che la porta non era chiusa a chiave e che, spingendola, si apriva lentamente. Era la porta massiccia di un'ampia camera da letto. Drappi[5] ricamati addobbavano le pareti e i mobili che l'arredavano le ricordarono quelli visti in India. Un'ampia finestra, fissata con pannelli di piombo, dava sulla brughiera. Dalla mensola del camino, un altro ritratto della ragazzina scontrosa, ostinata e insignificante sembrò guardarla, più curiosa che mai.

«Forse dormiva qui, un tempo», si disse Mary. «Il modo in cui mi guarda mi mette a disagio.»

Dopo quella aprì moltissime porte, e vide moltissime stanze, tanto che alla fine si stancò. Cominciò a credere che fossero un centinaio, sebbene non le avesse contate. In tutte c'erano dei vecchi ritratti oppure dei vecchi arazzi che riproducevano scene bizzarre. In quasi tutte non mancavano strani mobili e strani soprammobili.

In una stanza, che si sarebbe detta la stanza di soggiorno di una signora, notò che drappi e arazzi erano di velluto ricamato e che in una vetrina erano stati sistemati un centinaio di piccoli elefanti d'avorio di varie dimensioni, alcuni dei quali avevano sul dorso il

[5] *drappi*: arazzi.

palanchino[6] oppure il *mahout*, cioè il conducente. Mary aveva visto in India avori cesellati e sapeva tutto riguardo agli elefanti: aprì lo sportello della vetrina, montò sopra uno sgabello e giocò a lungo. Quando si stancò, rimise gli elefanti in ordine e richiuse lo sportello.

Gironzolando lungo i corridoi e per le stanze vuote, Mary non aveva incontrato anima viva. Ma mentre stava chiudendo lo sportello dell'armadietto, le sembrò di udire un fruscio. Fece un balzo e si guardò subito intorno. Guardò soprattutto verso il divano, accanto al caminetto, dal quale le sembrò fosse venuto quel fruscio. In un angolo del divano c'era un cuscino e nel cuscino c'era un buco da cui faceva capolino un musino con un paio d'occhietti spaventati.

Mary si avvicinò lentamente. Gli occhietti scintillanti appartenevano a un topino grigio, il quale si era costruito un comodo nido. Sei topini stavano dormendo, rannicchiati accanto alla madre. Se nelle cento stanze non c'era altra creatura vivente, c'erano almeno sette topini che non sembravano affatto tristi e soli.

– Se non avessero tanta paura di me, li porterei via – disse Mary.

Aveva vagato a lungo e ora si sentiva troppo stanca per continuare ancora a gironzolare: perciò decise di tornare indietro. Si smarrì però un paio di volte: aveva imboccato il corridoio sbagliato e fu costretta ad andare su e giù finché non trovò quello giusto. Alla fine raggiunse il piano della sua camera, anche se ne era ancora lontana e non sapeva esattamente dove si trovasse.

[6] *palanchino*: baldacchino che serviva per stare seduti comodamente sul dorso degli elefanti.

– Credo di essermi persa di nuovo – disse, fermandosi all'estremità di un breve corridoio dalle pareti ricoperte di arazzi. – Non so da che parte andare. Che silenzio!

Ma non aveva ancora finito di pronunciare quelle parole che il silenzio fu rotto all'improvviso. Qualcuno si era messo a piangere. Era un pianto diverso da quello che aveva udito la sera precedente; era un piagnucolare breve, irritato, infantile, attutito dalle pareti spesse.

– È meno lontano di quello di ieri – disse Mary, con il cuore in tumulto. – Qualcuno piange, non c'è dubbio.

Pose per caso la mano sull'arazzo che le era vicino e fece un balzo indietro per lo stupore. L'arazzo nascondeva una porta, e da essa sbucò la signora Medlock con il solito mazzo di chiavi in mano e uno sguardo irritato negli occhi.

– Che cosa fai qui? – disse. Poi prese Mary per un braccio e la trascinò via. – Che cosa ti avevo detto?

– Ho sbagliato corridoio – spiegò Mary. – Non sapevo da che parte andare. Poi ho sentito che qualcuno piangeva...

La signora Medlock non le piaceva, ma un attimo dopo giunse persino a odiarla.

– Non hai sentito proprio un bel niente – mentì infatti la governante. – Vieni con me, ti accompagno in camera tua, se non vuoi prenderle.

La prese per un braccio e un po' trascinandola e un po' spingendola da un corridoio all'altro, la condusse davanti alla porta della sua camera.

– E ora, – disse – starai dove ti è stato ordinato di

restare, se non vuoi che ti chiuda dentro a chiave. Il padrone farebbe bene ad affidarti a un'istitutrice, come aveva detto. Hai proprio bisogno di qualcuno che ti stia sempre dietro. Io ho già troppo da fare per conto mio.

La signora Medlock uscì sbattendo la porta dietro di sé. Mary sentì di odiarla. Andò a sedersi sul tappeto davanti al camino, pallida di rabbia. Non si mise a piangere, ma strinse i denti.

«Eppure *c'era* qualcuno che piangeva... c'era... c'era!», ripeté a se stessa.

Era la seconda volta che sentiva quel pianto. Un giorno o l'altro avrebbe scoperto chi piangeva. Aveva già scoperto molte cose, quella mattina. Aveva l'impressione di aver fatto un lungo viaggio. In ogni caso era riuscita a ingannare il tempo e a svagarsi: aveva giocato con gli elefanti d'avorio e aveva visto nel loro nido, nel cuscino di velluto, la topina grigia e i suoi piccoli.

Capitolo Settimo

La chiave del giardino

Due giorni dopo, quando aprì gli occhi, Mary si mise a sedere sul letto e chiamò subito Martha.

– Guarda la brughiera!

Il temporale era finito e durante la notte il vento aveva spazzato via le nuvole e la nebbia. Uno splendente cielo azzurro ricopriva ora la brughiera. Mai e poi mai Mary avrebbe immaginato di poter vedere un cielo così azzurro. In India il cielo era sempre infuocato; questo invece era di un azzurro freddo e intenso e sembrava sfavillare come le acque di un bellissimo lago sconfinato. Qua e là, altissime nel cielo, galleggiavano piccole nuvole di bambagia, bianche come la neve. La brughiera non aveva più il solito e malinconico colore rosso cupo: aveva assunto ora una lieve sfumatura azzurrina.

– Il temporale è finito, per ora – disse Martha con un allegro sorriso. – Fa così il tempo, in questo periodo dell'anno. I temporali vanno e vengono in una notte e, quando il cielo è così azzurro, sembra quasi che non ci siano mai stati né che debbano tornare. Questo succede perché la primavera si avvicina. Non è ancora arrivata, ma è per la strada.

– Credevo che in Inghilterra piovesse sempre o facesse sempre buio – disse Mary.

– No! – disse Martha, inginocchiandosi per pulire il caminetto... – È una grossa fanfaluca.

– Fanfaluca? Che cosa vuoi dire? – chiese Mary. In India gli indigeni parlavano dialetti diversi che solo pochi capivano. Non si sorprendeva perciò quando Martha utilizzava qualche parola che lei non conosceva.

Martha rise, come aveva fatto la prima volta che si erano viste.

– Ho detto una parola strana – disse. – La signora Medlock dice che non dovrei. Comunque, fanfaluca vuol dire bugia, sciocchezza – aggiunse lentamente e con chiarezza. – Quando c'è bel tempo, lo Yorkshire è il posto più assolato della terra. Te l'avevo detto che la brughiera ti sarebbe piaciuta, dopo un po'. Aspetta di vedere i fiori dorati del ginestrone e quelli della ginestra, l'erica sbocciata, le campanelle color porpora; e poi le centinaia di farfalle che volano, le api che ronzano e le allodole che si alzeranno in volo cantando! Allora dovresti uscire nella brughiera all'alba e star fuori tutto il giorno, come fa Dickon.

– Credi che ci potrò andare? – chiese Mary con aria pensosa, guardando dalla finestra l'azzurro lontano. Tutto era così nuovo, immenso e meraviglioso e aveva un colore così stupendo!

– Non lo so – rispose Martha. – Credo che tu non abbia mai usato molto le gambe, da quando sei nata, e non riusciresti certo a percorrere cinque miglia a piedi. Casa mia dista, infatti, da qui cinque miglia.

– Mi piacerebbe venire a casa tua.

Martha la guardò per un attimo con curiosità, prima di riprendere in mano la spazzola e di ricominciare a pu-lire il caminetto. Quel visino insignificante non le sembrava più così scontroso come le era apparso la prima volta che lo aveva visto. Assomigliava un po' a quello di Susan Ann, quando voleva a tutti i costi qualcosa.

– Lo dirò a mia madre – disse. – Lei trova sempre una soluzione a tutto. Oggi è il mio giorno di libertà e sto per andare a casa: sono così contenta! La signora Medlock ha una grande opinione di mia madre. Forse la mamma potrebbe parlargliene.

– A me tua madre piace tanto – disse Mary.

– Lo sapevo – approvò Martha, continuando nel suo lavoro di pulizia.

– Anche se non l'ho mai vista – disse Mary.

– Già.

Martha si fregò la punta del naso col dorso della mano. Per un attimo parve impacciata, poi aggiunse: – È sensibile e ordinata; ha un buon carattere ed è anche una lavoratrice instancabile. Piace a tutti, la si conosca o no. Quando vado a casa per il mio giorno di vacanza, salto di gioia nell'attraversare la brughiera.

– Anche Dickon mi piace – aggiunse Mary. – E non ho mai visto neanche lui.

– Be' – disse Martha con fermezza, – ti ho già detto che gli uccellini, i conigli, le capre selvatiche, i cavallini selvatici e persino le volpi gli vogliono bene. Mi chiedo – aggiunse, guardandola con attenzione – che cosa penserebbe Dickon di te.

– Non gli piacerei di certo – disse Mary con il suo tono freddo e scostante. – Io non piaccio a nessuno.

Martha sembrò nuovamente assorta.

– Ma dimmi un po', tu piaci a te stessa? – le chiese

di punto in bianco, come se fosse veramente curiosa di saperlo.

Mary esitò prima di rispondere, quasi volesse pensarci un po' su.

– No, veramente no… se devo essere sincera… – rispose. – Non ci avevo mai pensato, prima d'ora.

Martha sorrise, come se si fosse ricordata di qualcosa della sua famiglia.

– Una volta mia madre mi fece la stessa domanda – disse. – Ero di pessimo umore e parlavo male della gente. Lei stava facendo il bucato, ma a un certo punto si girò verso di me e mi disse: «Piccola brontolona! Smettila di dire che questo non ti va e che quello non ti piace. Ma tu, piaci a te stessa?». Quelle parole mi fecero ridere tanto e conclusi che la mamma aveva ragione.

Non appena Mary ebbe finito di far colazione, Martha se ne andò tutta felice. Doveva percorrere cinque miglia attraverso la brughiera prima di raggiungere casa sua, dove avrebbe aiutato sua madre a fare il bucato e il pane per tutta la settimana.

Mary si sentì più triste del solito non appena si rese conto che Martha non era più in casa. Scese di fretta in giardino e la prima cosa che fece fu quella di girare di corsa intorno al laghetto per dieci volte di seguito. Contò scrupolosamente i giri compiuti e, quando li ebbe fatti tutti, si sentì veramente stanca ma felice. Il sole dava un altro aspetto alle cose. Il cielo era un'unica distesa di azzurro intenso che ricopriva sia Misselthwaite sia la brughiera. Mary tenne il viso rivolto verso l'alto e cercò di immaginare cosa avrebbe provato se avesse potuto sdraiarsi sopra una nuvola bianca come la neve e navigare così nello spazio. Andò nel primo orto, dove trovò Ben che stava lavorando con altri due giardinieri. La bella giornata sembrava aver mutato il suo umore. Fu lui, infatti, a rivolgerle per primo la parola.

– La primavera è in arrivo – disse. – Non ne senti il profumo?

Mary annusò l'aria e credette di sentirlo veramente.

– Sento qualcosa di piacevolmente fresco, di umido – disse.

– È l'odore della terra fertile appena smossa – rispose Ben, zappando. – È nelle migliori condizioni per far crescere presto le cose. È felice quando arriva il tempo della semina. In inverno, infatti, è triste perché non ha niente da fare. Nei giardini, sottoterra, al buio, le cose riprendono a vivere solo ora. Il sole comincia a riscaldarle. Tra poco vedrai spuntare fuori dalla terra scura delle puntine verdi.

– E che fiori saranno? – chiese Mary.

– Crochi, bucaneve e asfodeli. Li hai mai visti?

– No. In India, dopo le piogge, tutto è caldo, umido e verde – disse Mary. – Credo che le piante crescano in una sola notte.

– Queste non cresceranno in una sola notte – aggiunse Ben. – Bisognerà aspettare prima di vederle. Spuntano fuori un po' per volta, ogni giorno di più, e metteranno una fogliolina oggi, un'altra domani. Facci attenzione.

– Oh, sì, ci farò attenzione – rispose Mary.

Poco dopo un frullo d'ali le fece capire che il pettirosso non era lontano. Allegro e vivace, saltellò ai suoi piedi e piegò la testa da una parte per guardarla furtivamente.[1] Allora Mary domandò al vecchio giardiniere: – Pensi che si ricordi di me?

– Se si ricorda di te? – esclamò Ben, indignato. – Lui conosce tutto ciò che c'è nei giardini e riconosce tutti. Vuoi che non si ricordi di te? Non ha mai visto qui, prima d'ora, una ragazzina e sta cercando di sapere tutto di te. È inutile cercare di nascondergli qualcosa.

– Anche nel giardino in cui vive lui, le cose si stanno risvegliando sottoterra, al buio? – chiese Mary.

– Quale giardino? – borbottò Ben, facendosi di colpo sospettoso.

– Quello dove ci sono i vecchi rosai.

Non poté trattenersi dal fare quella domanda, perché moriva dalla voglia di saperlo.

– I fiori sono tutti morti o in estate ne fiorisce ancora qualcuno? Ci sono ancora le rose?

– Chiedilo a lui – rispose Ben, con un cenno verso il pettirosso. – È il solo che lo sappia. Da dieci anni nessun altro ci è più entrato.

Dieci anni erano tanti, pensò Mary. Lei era nata dieci anni prima.

Si allontanò lentamente, meditando. Aveva cominciato a sentirsi attratta dal giardino, allo stesso modo in cui aveva cominciato a sentirsi attratta dal pettirosso, da Dickon e dalla madre di Martha. Ora cominciava a nutrire simpatia per Martha. Troppe simpatie, forse, quando non si è abituati ad averne per nessuno. Pensava al pettirosso come avrebbe pensato a una persona. Continuò la sua passeggiata verso il lungo muro ricoperto di edera, al disopra del quale si vede-

[1] *furtivamente*: di nascosto.

vano le cime degli alberi. E nell'andare in su e in giù lungo il muro, le accadde una cosa straordinaria, e fu tutto merito del pettirosso di Ben.

Udì un cinguettio e un pigolio e, guardando alla sua sinistra l'aiuola spoglia, vide l'uccellino che saltellava e faceva finta di beccare qualcosa per terra, quasi volesse farle credere di non averla seguita. Ma Mary sapeva che il pettirosso l'aveva seguita, e questa scoperta la riempì di gioia e di tenerezza.

– Ti ricordi di me, allora! – esclamò. – Ti ricordi di me! Sei la cosa più bella del mondo!

Mary fischiettò a sua volta, gli parlò, lo vezzeggiò, mentre l'uccellino continuava a saltellare e a cinguettare. Sembrava che volesse risponderle. Il suo petto rosso sembrava di raso: lo gonfiava con superba eleganza o con grazia, come se volesse mostrare quanto un pettirosso potesse essere importante e simile a una persona umana. Quando le permise di avvicinarsi un po' di più, di chinarsi per parlargli e per cercare di emettere dei richiami simili a quelli dei pettirossi, Mary dimenticò che in vita sua era sempre stata «Madama Mary, Bastian contrario».

Oh! Come poter credere che ora le permetteva di avvicinarsi tanto? L'uccellino sapeva che per nulla al mondo la bambina avrebbe allungato la mano o avrebbe comunque voluto spaventarlo. Lo sapeva perché era una persona reale… solo che era più grazioso di qualunque altra persona al mondo. Mary era così felice che non osava nemmeno respirare.

L'aiuola non era del tutto spoglia; era spoglia di fiori perché le piante sempreverdi erano state potate per il loro riposo invernale, ma una fila di cespugli di varia grandezza cresceva alle sue spalle. Il pettirosso saltellava ora intorno a essi. Mary lo seguì con lo sguardo e lo vide saltare sopra un mucchio di terra smossa di recente, come se un cane l'avesse rivoltata profondamente nel tentativo di farne uscire una talpa. Sembrava che l'uccellino fosse alla ricerca di vermi.

Mary non sapeva perché quella buca fosse stata scavata, ma per curiosità guardò dentro. Vide subito qualcosa che pareva sepolta lì da tanto tempo. Lo si poteva credere un anello di ferro o di ottone arrugginito. Quando il pettirosso volò sopra un albero vicino, allungò la mano e afferrò l'anello. Ma non era un anello: era una vecchia chiave che aveva tutta l'aria di essere stata sepolta da tempo.

Mary si rialzò e osservò quasi con sgomento la vecchia chiave che le ciondolava dalle dita.

– Forse è stata sepolta qui dieci anni fa – mormorò. – Forse è la chiave del giardino!

Capitolo Ottavo

Il pettirosso indica la via

Mary si rigirò la chiave tra le mani, osservandola con attenzione, e rifletté a lungo. Come ho già detto, nessuno le aveva insegnato che era doveroso chiedere il permesso ai grandi prima di fare qualcosa, o domandare loro almeno un parere. Ma riguardo alla chiave Mary pensò solo una cosa: se questa era la chiave del giardino chiuso, ciò che doveva fare adesso era scoprire dove fosse la porta; e se poi fosse riuscita ad aprire quella porta, allora avrebbe finalmente visto che cosa si nascondeva dietro quelle mura e che fine avevano fatto i rosai.

Voleva vedere quel giardino per il solo motivo che era stato tenuto chiuso per tanti anni. Doveva essere diverso dagli altri giardini, visto che in dieci anni potevano essere successe tante di quelle cose. E poi, se ne avesse avuto voglia, avrebbe potuto andarci ogni giorno, chiudersi la porta alle spalle e inventarsi qualche nuovo gioco. Nessuno avrebbe saputo dove andare a cercarla, poiché la porta avrebbe continuato a essere chiusa e la chiave sepolta. Quell'idea l'affascinava.

Viveva, per così dire, da sola in una casa che contava un centinaio di stanze misteriosamente chiuse; e poiché non sapeva che cosa fare e come ammazzare il tempo, aveva dovuto rimettere in esercizio il cervellino intorpidito, risvegliando la propria fantasia. L'aria fresca, forte e pura della brughiera aveva senza dubbio contribuito moltissimo. Le aveva dato un grande appetito e aveva stimolato la sua mente, così come la lotta contro il vento aveva stimolato la sua circolazione. In India aveva avuto sempre caldo e si era sempre sentita debole e indolente;[1] qui, invece, aveva cominciato a mostrare interesse per ciò che la circondava e a voler fare cose nuove. Le sembrava di non essere più tanto un «Bastian contrario», anche se non riusciva a spiegarsene il motivo.

Si mise la chiave in tasca e ricominciò a passeggiare in su e in giù lungo il muro. Era sola, e poteva quindi camminare lentamente per esaminare con attenzione il muro o, meglio, l'edera che lo ricopriva. L'edera era la cosa che la sconcertava di più. Per quanto guardasse tra di essa con la massima cura, non riusciva a vedere altro che le sue lucide foglie verde scuro che crescevano fitte. Ne fu molto delusa. Un po' della sua ostinazione riaffiorò in lei mentre, camminando in su e in giù, si soffermava ogni tanto a guardare le cime degli alberi che crescevano al di là del muro. Era così scocciante, diceva a se stessa, essere lì a due passi dal giardino e non poterci entrare! Quando tornò a casa, decise di portare la chiave sempre in tasca: sarebbe stato meglio averla a portata di mano, nell'eventualità che trovasse la porta nascosta.

La signora Medlock aveva dato il permesso a Martha di trascorrere la notte dalla madre. Quando, il mat-

[1] *indolente*: affaticata, svogliata, pigra.

tino dopo, Martha fece ritorno al suo lavoro, aveva le guance più rosse del solito ed era allegra e felice.

– Mi sono alzata alle quattro – disse. – La brughiera era così bella a quell'ora: gli uccellini si erano svegliati, i conigli scappavano da ogni parte e il sole stava spuntando. Non ho fatto a piedi tutta la strada: un uomo mi ha dato il permesso di salire sul suo carro. Mi sono proprio divertita!

Aveva un sacco di cose da raccontare sulla sua giornata di permesso. La madre era stata molto felice di vederla: insieme avevano fatto il pane e il bucato. Martha aveva anche preparato per i fratellini più piccoli un dolcetto: un pezzo di zucchero grezzo in mezzo a un panino.

– Avevano giocato nella brughiera ed erano rientrati molto accaldati. La casa odorava di pane appena cotto, c'era un bel fuoco e tutti gridavano di gioia. Dickon ha detto che a casa nostra potrebbe viverci un re.

Alla sera si erano seduti tutti intorno al fuoco e Martha, insieme alla mamma, aveva rammendato i calzini, messo le toppe sugli abiti strappati e tagliato dei vestitini. Poi Martha aveva parlato loro della ragazzina venuta dall'India, la quale, essendo stata servita fin dalla nascita da domestici «negri», non sapeva nemmeno infilarsi le calze da sola: aveva, infatti, sempre bisogno dell'aiuto di qualcuno.

– Sono stati felici di sentirmi parlare di te – disse Martha. – Hanno voluto sapere tutto dei negri e della nave che ti ha portato in Inghilterra, ma io non ho potuto dire molto.

Mary rifletté per qualche momento: – Ti racconterò

molte altre cose prima della tua prossima giornata di libertà – disse. – Così potrai raccontare altre storie ai tuoi fratellini. Penso che si divertirebbero un mondo a sentir parlare anche di gite fatte in groppa a elefanti e cammelli, e di ufficiali che vanno a caccia di tigri.

– Santo Cielo! – esclamò Martha, incantata. – Avrebbero perduto la testa a sentirne parlare! Dici sul serio, signorina Mary? Sarebbe come andare al circo equestre. Abbiamo sentito dire che una volta ce n'è stato uno a York.

– L'India è molto diversa dallo Yorkshire – disse Mary lentamente. – Ma cosa hanno detto di me Dickon e tua madre?

– Gli occhi di Dickon sembravano voler uscire dalle orbite – rispose Martha. – La mamma invece è rimasta sconcertata quando ha saputo che sei abbandonata a te stessa. Ha detto: «Ma il signor Craven non le ha procurato un'istitutrice?», e io ho detto: «Non ancora, anche se la signora Medlock dice che lo farà di certo non appena gli verrà in mente. Ma dice anche che potrebbe ricordarsene anche tra due o tre anni!».

– Io non voglio delle istitutrici! – disse Mary seccata.

– Ma la mamma pensa che sarebbe ora che tu ti metta a studiare e che dovresti avere una donna che si occupi di te! Mi ha detto: «Martha, pensa a come ti sentiresti tu, in una casa grande come quella, a gironzolare da sola, sapendo di non avere la mamma! Cerca di farle coraggio». E io le ho risposto: «Cercherò!».

Mary la fissò a lungo.

– Tu mi fai molto coraggio – disse. – Mi piace sentirti parlare.

Martha uscì dalla stanza, ma tornò subito dopo con in mano qualcosa che teneva nascosto sotto il grembiule.

– Indovina! – disse con un'allegra risata. – Ti ho portato un regalo.

– Un regalo! – esclamò Mary. Come poteva una famiglia con quattordici bocche sempre affamate pensare di fare dei regali?

– Un venditore ambulante – spiegò Martha – si è fermato con il suo carretto nella brughiera, proprio davanti alla porta di casa. Aveva batterie di cucina e molta altra roba, ma la mamma non aveva soldi per fare acquisti. Quando stava per andarsene, 'Lizabeth Ellen ha detto: «Mamma, ha le corde per saltare, con il manico rosso e azzurro». Allora la mamma l'ha richiamato subito indietro: «Buon uomo, aspetti! Quanto costano?». E lui: «Due pence». Allora la mamma si è frugata in tasca e mi ha detto: «Martha, tu hai portato a casa tutto quello che hai guadagnato, come fa ogni brava ragazza, e io ho già impegnato ogni centesimo. Ma ora vorrei prendere due pence dal tuo denaro per comprare a quella bambina una corda per saltare». E così l'ha comprata: eccola qui!

La tirò fuori di sotto il grembiule e gliela mostrò orgogliosamente. Era una corda forte e sottile, con i manici a strisce rosse e azzurre alle due estremità. Mary Lennox non aveva mai visto una corda per saltare prima di allora. La guardò quindi piuttosto perplessa.

– A cosa serve? – chiese con curiosità.

– A cosa serve! – fece eco Martha, stupita. – Vuoi dirmi che in India ci sono gli elefanti, le tigri e i cammelli, ma non ci sono le corde per saltare? Non mi meraviglia che molti di loro siano negri. Ecco a che cosa serve: guarda!

Andò in mezzo alla stanza e prendendo in ciascuna mano un manico della corda cominciò a saltare. Mary si girò sulla sedia e rimase a osservarla. Anche i visi arcigni dei vecchi ritratti sembravano assistere alla scena; sembravano chiedersi, anzi, con che sfacciataggine quella giovane e grossolana abitante della brughiera osasse saltare alla corda proprio sotto il loro naso. Ma Martha non li vedeva neppure. Vedeva invece con grande soddisfazione l'interesse e la curiosità che si dipingevano sul volto di Mary. Continuò perciò a saltare e a contare finché non arrivò a cento.

– Posso saltare anche più di cento volte, senza riposarmi mai – disse, quando si fermò. – A dodici anni sono riuscita a saltare fino a cinquecento volte di seguito, ma allora non ero grassa come adesso ed ero bene allenata.

Mary si alzò dalla sedia visibilmente eccitata.

– Dev'essere divertente – disse. – Tua madre è stata molto gentile. Credi che io possa riuscire a saltare come te?

– Provaci! – la sollecitò Martha, porgendole la corda. – Non potrai certo saltare fino a cento volte di seguito, all'inizio; ma se ti eserciterai un po', potrai fare molto di più. L'ha detto anche la mamma. Ha detto: «Niente potrà farle meglio alla salute della corda per saltare. È il passatempo più bello che una ragazza possa scegliere. Lasciala saltare alla corda all'aria aperta e vedrai come le si irrobustiranno le gambe e le braccia».

Quando Mary cominciò a saltare, si vide subito che non aveva molta forza nelle braccia e nelle gambe.

I suoi movimenti erano rigidi e impacciati, ma si divertì talmente tanto che non volle smettere.

– Mettiti addosso qualcosa e corri a saltare all'aria aperta – disse Martha. – La mamma mi ha detto di dirti di uscire il più possibile, anche se piove un po', purché tu sia ben coperta.

Mary mise il cappotto e il cappello, prese la corda e aprì la porta. Ma all'improvviso le venne in mente qualcosa. Tornò indietro, lentamente.

– Martha – disse – era il tuo salario. Erano i tuoi due pence. Grazie.

Disse ciò con un certo imbarazzo perché non era abituata a ringraziare la gente che facesse qualcosa per lei. – Grazie – ripeté, e le tese goffamente la mano perché non sapeva che cos'altro fare.

Martha, imbarazzata anche lei, gliela strinse, come se non fosse abituata a quel genere di ringraziamenti. Poi rise.

– Sei una ragazzina strana e ti comporti come gli adulti – disse. – Al tuo posto, 'Lizabeth Ellen mi avrebbe dato un bacio.

Mary si irrigidì ancora di più.

– Vuoi che ti dia un bacio?

Martha rise nuovamente.

– No, no davvero! – rispose. – Se fossi diversa, sarebbe stato un gesto naturale da parte tua. Non importa. Corri fuori e vai a giocare con la corda.

Mary era un po' imbarazzata quando uscì dalla stanza. La gente dello Yorkshire aveva degli strani modi di fare e Martha rimaneva un vero e proprio enigma per lei. All'inizio le era stata antipaticissima, ma ora non più.

La corda per saltare era veramente una cosa meravigliosa. Contò e saltò, saltò e contò finché le guance non le divennero rosse. Da quando era al mondo, non si era mai interessata tanto a un passatempo. Il sole splendeva e soffiava un po' di vento. Non era un vento forte, ma un'arietta deliziosa che portava di tanto in tanto un fresco profumo di terra appena smossa. Saltò intorno al laghetto, risalì un viale e ne discese un altro. Saltò alla fine nell'orto, dove il vecchio Ben era intento a zappare e a parlare con il pettirosso che gli saltellava accanto. Andò verso di lui saltando. Ben alzò la testa e la guardò con una curiosa espressione sul viso. Si era chiesta se avrebbe fatto finta di non vederla: sperava che si accorgesse di lei e apprezzasse la sua corda.

– Bene! – esclamò il giardiniere. – A quanto pare sei una ragazzina come tutte le altre, e non hai nelle vene del latte inacidito invece del sangue. Come sono sicuro di chiamarmi Ben Weatherstaff, le tue guance sono diventate rosse! Non lo avrei mai creduto possibile!

– Non ho mai saltato prima d'ora – disse Mary. – Ho cominciato adesso. Posso saltare venti volte di seguito.

– Continua! – disse Ben. – Salti abbastanza bene per essere una ragazzina che è sempre vissuta tra i selvaggi. Vedi come ti guarda anche lui? – disse, accennando con la testa al pettirosso. – Ieri ti ha seguito. Vedrai che ti verrà dietro anche oggi. Sarà sicuramente curioso di sapere che cos'è una corda per saltare. È la prima volta che ne vede una. Ehi tu! – continuò, rivolgendosi ora all'uccellino. – Stai attento! La curiosità rischierà di ucciderti un giorno di questi.

Mary continuò con i suoi salti: saltò intorno ai giardini e al frutteto, riposando di tanto in tanto. Alla fine raggiunse il suo sentiero preferito e decise di provare a percorrerlo tutto, saltando alla corda. Poiché il tragitto era lungo, cominciò a saltare lentamente, ma prima di arrivare a metà era già tutta sudata e senza fiato: così fu costretta a fermarsi. Era contenta lo stesso perché era riuscita a fare trenta salti di seguito. Si fermò con un sorriso di soddisfazione e, guardandosi attorno, vide il pettirosso dondolarsi su un lungo ramoscello di edera. L'aveva seguita e ora la salutava con un cinguettio. Mentre saltava verso di lui, Mary sentì la chiave batterle contro. Quando fu vicina al pettirosso, sorrise nuovamente.

– Ieri mi hai indicato dov'era la chiave – disse. – Oggi dovresti indicarmi dov'è la porta. Ma non credo che tu lo sappia!

Il pettirosso abbandonò il ramoscello di edera e andò a posarsi in cima al muro. Qui aprì il becco e cominciò a emettere acuti e deliziosi trilli, al solo scopo di farsi notare. Non c'è niente al mondo di più grazioso e di più adorabile di un pettirosso che si dia delle arie...

Nei racconti della sua ayah Mary Lennox aveva sentito parlare spesso di incantesimi; ed ecco perché, in seguito, disse sempre che ciò che accadde in quell'istante fu certamente opera di magia.

Una deliziosa raffica di vento, più forte delle altre, percorse il viale, scosse i rami degli alberi, investì con violenza i ramoscelli di edera che formavano, penzolando, una specie di tendina, e di colpo li spostò, sollevandoli in parte. Rapida come il lampo, Mary si precipitò verso quella tenda. Sotto di essa aveva intravisto qualcosa di rotondo e di metallico: era la maniglia di una porta.

Ficcò le mani tra le foglie che la nascondevano. Per fitta che fosse l'edera che la formava, quella tenda era mobile ed era solo in minima parte attaccata al ferro e al legno. Con mani tremanti e con il cuore che le batteva per la gioia e l'eccitazione, Mary cominciò a sollevarne le foglie. Il pettirosso, vicino a lei, continuava a cinguettare e a cantare, piegando la testolina da una parte, come se fosse anche lui molto eccitato. Che cos'era quella cosa che Mary sentiva sotto le mani? Era un quadratino di ferro, nel quale le sue dita tremanti avevano trovato un forellino.

Era la serratura della porta che nessuno aveva più aperto da dieci lunghi anni. Tirò fuori la chiave di tasca e la infilò nella toppa. Vi si adattava perfettamente. Cercò di aprire, ma fu necessario lo sforzo di tutte e due le mani per riuscirci.

Allora tirò un lungo sospiro e si voltò indietro per assicurarsi che in quel momento nessuno passasse nel vialetto. Non vide nessuno. Come aveva già notato altre volte, non veniva mai nessuno da quelle parti. Non riuscì a trattenere un altro lungo sospiro: spostò l'oscillante cortina di edera[2] e spinse. La porta si aprì lentamente...

Scivolò attraverso l'apertura, richiuse la porta dietro di sé e vi rimase appoggiata con le spalle. Il suo respiro si fece affannoso. Si guardò intorno, sopraffatta dalla gioia, dallo stupore e dalla trepidazione.

Era entrata nel giardino segreto.

[2] *cortina di edera*: le foglie dell'edera formavano una specie di tenda.

Capitolo Nono

Una casa molto strana

Il giardino era immerso in un'affascinante atmosfera di mistero. Gli alti muri che lo circondavano erano interamente ricoperti da rametti spogli di rosai rampicanti, intrecciati fittamente insieme. Mary capì subito che erano rose: in India ne aveva viste moltissime. Il suolo era ricoperto di erba, resa scura dal freddo invernale, e di cespugli di rose, che era difficile capire se fossero ancora in vita. Numerosi rosai avevano esteso così tanto i loro rami da sembrare alberelli. Nel giardino non mancavano altri alberi, ma le rose rampicanti si erano attaccate a essi, avviluppandoli con lunghi viticci[1] e formando, in un armonioso intreccio, bellissimi ponti sospesi per aria. Quei cespugli che non avevano né foglie né rose, e che Mary non sapeva se fossero vivi o morti, ricoprivano i muri e gli alberi con i loro ramoscelli. Quel confuso groviglio che univa un albero all'altro dava alle cose un aspetto stranissimo e delizioso, unito a un'aria di mistero. Mary aveva sempre pensato che dovesse essere un giardino diverso da quelli che non erano stati abbandonati a se stessi da

[1] *avviluppandoli con lunghi viticci*: le rose, allungandosi, si erano attaccate ai rami degli altri alberi.

così tanto tempo: a dire il vero, non ne aveva mai visti altri come quello, in tutta la sua vita.

– Che pace! – mormorò. – Che silenzio!

Rimase ferma per un istante, ascoltando in silenzio. Anche il pettirosso, volato in cima al solito albero, aveva smesso di saltellare: non sbatteva nemmeno più le ali. Appollaiato sul ramo, si limitava ora a guardare Mary.

– Non mi stupisce che qui sia tutto così tranquillo – mormorò Mary nuovamente. – Dopo dieci anni sono la prima persona che abbia pronunciato qualche parola in questo luogo.

Si allontanò dalla porta camminando in punta di piedi, come se avesse paura di svegliare qualcuno. Era felice che l'erba attutisse il rumore dei suoi passi fino a renderli silenziosi. Passò sotto uno di quegli archi che si erano formati come per incanto e guardò i rametti e i viticci che lo costituivano.

– Mi chiedo se siano tutti morti – disse. – È un giardino morto per davvero? Vorrei tanto che non lo fosse!

Se fosse stata Ben Weatherstaff, avrebbe potuto dire, con una sola occhiata, se le piante e gli alberi fossero stati ancora vivi. Ma Mary vedeva solo rami e rametti grigi o marroni, e nessuna traccia di fogliolíne.

Eccola, finalmente, *dentro* il giardino meraviglioso! Sapeva di aver trovato un mondo tutto suo dove avrebbe potuto rifugiarsi tutte le volte che avesse voluto, oltrepassando la misteriosa porta nascosta dall'edera.

All'interno delle quattro mura il sole risplendeva e il cielo azzurro, che avvolgeva il giardino misterioso, sembrava brillare ancora di più rispetto a quello che si schiudeva sulla brughiera.

Il pettirosso abbandonò la cima dell'albero, saltellò e prese a svolazzarle davanti cinguettando, come se avesse voluto indicarle le cose più interessanti: era pur sempre casa sua.

Ogni cosa appariva strana e muta; Mary aveva l'impressione di essere lontana da tutti centinaia di miglia, ma non si sentiva affatto sola. Era solo turbata dal desiderio di sapere se tutte le rose erano morte, o se per caso ce ne fossero state alcune ancora vive, che ai primi tepori della primavera avessero potuto mettere foglie e boccioli. Non voleva che quello fosse un giardino morto. Che meraviglia, se fosse stato vivo! E quante migliaia di rose sarebbero fiorite da ogni parte!

Dopo aver gironzolato per un bel po', si accorse che la corda penzolava sempre dal suo braccio. Pensò allora che sarebbe stato divertente fare il giro di tutto il giardino saltando, per fermarsi solo in quei punti che avevano qualcosa di interessante da guardare. C'erano ancora sul terreno delle tracce di sentieri erbosi, e in certi angoli Mary vide dei pergolati di sempreverdi, con sedili di pietra e grandi vasi di fiori ricoperti di muschio.

Quando si avvicinò al secondo pergolato, smise di saltare. Un tempo c'era stata un'aiuola in quel luogo e a Mary sembrò che qualcosa spuntasse dalla terra scura... Erano minuscole puntine di un verde pallido, piccole e aguzze. Si ricordò di ciò che aveva detto Ben e si chinò per osservarle meglio.

– Ci sono delle piantine che stanno crescendo.

Potrebbero essere crochi o bucaneve, oppure asfodeli – mormorò.

Si chinò ancora di più per annusarle e sentì il fresco odore della terra umida. Quell'odore le piacque moltissimo.

– Forse ne sono spuntate altre – disse. – Farò il giro del giardino per accertarmene.

Non ricominciò a saltare, ma camminò. Avanzò lentamente, con gli occhi fissi a terra. Guardò nelle vecchie aiuole e tra l'erba, e dopo aver girato un po' dappertutto, cercando di non lasciarsi sfuggire nulla, si rese conto che nel giardino c'era un'infinità di puntine verdi e sottili. Si sentì nuovamente presa dall'entusiasmo.

– Non è un giardino morto! – disse sottovoce a se stessa. – Anche se le rose fossero morte, ci sono però molte altre piantine vive.

In certi posti, dove l'erba era molto fitta, le puntine verdi che cercavano di aprirsi un varco restavano soffocate. Mary, pur non sapendo niente di giardinaggio, ebbe l'impressione che non avessero abbastanza spazio per crescere e svilupparsi.

Si guardò intorno, finché non trovò un pezzo di legno appuntito. Poi si inginocchiò e cominciò a scavare e a strappare le erbacce per fare un po' di spazio intorno ai germogli.

– Così potranno respirare meglio – disse, dopo aver finito. – Farò sempre così, anche in seguito. Farò quello che potrò. Se oggi non farò a tempo, tornerò domani.

Girò per il giardino, passò da un'aiuola all'altra, dove zappò e strappò erbacce. Si divertì tanto che decise di strappare anche l'erba che cresceva ai piedi degli alberi. Quel lavoro la fece sudare tanto che fu costretta a togliersi prima il cappotto e poi il cappello. Lavorò con molto impegno, felice: sembrava sorridere all'erba e alle puntine verdi che spuntavano dal terreno.

Anche il pettirosso era molto eccitato. Era contento di vedere che qualcuno cominciasse ad aver cura del suo regno. Forse aveva sperato in Ben che seguiva spesso perché, lavorando con la zappa nel giardino, gli procurava sempre dei bocconcini prelibati che venivano alla luce smuovendo la terra. Ed ecco che, inaspettatamente, una ragazzina, piovuta lì da poco tempo e non più alta di un soldo di cacio,[2] aveva avuto il buonsenso di venire nel suo giardino e di mettersi subito al lavoro.

Mary lavorò fino all'ora di pranzo. Se ne ricordò appena in tempo, a dire il vero, e quando indossò il cappotto, si rimise il cappello e raccolse la corda per saltare, le sembrò impossibile di aver lavorato quasi tre ore. Ma durante quelle ore era stata felice; e ora, dove le erbacce che le soffocavano erano state strappate, dozzine e dozzine di puntine verdognole mostravano un aspetto molto più ridente di prima.

– Tornerò nel pomeriggio – disse, dando un'occhiata al suo nuovo regno e rivolgendosi agli alberi e ai cespugli di rose, come se la potessero sentire.

Poi, correndo allegramente sull'erba, aprì la vecchia porta e scivolò fuori, in mezzo all'edera. Tornata a casa, aveva le guance così rosse, gli occhi così lucen-

[2] *una ragazzina... non più alta di un soldo di cacio*: una ragazzina piccola, paragonata, nella similitudine, a quanto poco formaggio (cacio) si poteva acquistare con un soldino.

ti e un appetito così formidabile che Martha ne fu sorpresa e soddisfatta.

– Due fette di carne e doppia razione di budino di riso! – esclamò. – La mia mamma sarà contenta, quando le dirò che la corda per saltare ti ha fatto venire appetito!

Mentre zappava con il pezzo di legno, Mary aveva trovato una specie di radice biancastra che sembrava una cipolla. L'aveva subito rimessa al suo posto e ricoperta accuratamente con del terriccio. Ora si chiedeva se Martha fosse stata in grado di dirle che cosa fosse.

– Martha, – disse – che cosa sono quelle radici bianche che sembrano delle cipolle?

– Sono bulbi – rispose Martha. – Molti fiori primaverili nascono da essi. I più piccoli sono bulbi di bucaneve e di crochi, i più grossi di narcisi, giunchiglie e asfodeli. I più grossi di tutti sono quelli dei gigli e degli iris porporini. Sono fiori molto belli. Dickon ne ha piantati un sacco nel nostro giardinetto.

– Dickon se ne intende di bulbi? – chiese Mary, alla quale era venuta in mente una nuova idea.

– Dickon riesce a far crescere un fiore anche su un muro di mattoni. La mamma dice che bisbiglia loro di venir fuori dalla terra – rispose Martha.

– I bulbi vivono a lungo? Possono vivere molti anni, anche se nessuno ne ha avuto cura? – chiese Mary ansiosamente.

– I bulbi sono cose che si alimentano da sole – disse Martha. – Ecco perché la povera gente può permettersi il lusso di averli. Se non si toccano, la maggior parte di essi lavora sottoterra per una vita intera, germoglia e ha i suoi piccoli. Nel parco c'è un prato dove fioriscono migliaia di bucaneve, quando arriva la primavera. Sono la cosa più bella che si possa vedere nello Yorkshire. Nessuno sa quando vennero piantati per la prima volta.

– Vorrei che fosse già primavera – disse Mary – per poter vedere tutti i fiori che crescono in Inghilterra.

Aveva finito di mangiare ed era andata a sedersi sul tappeto, davanti al camino.

– Vorrei... vorrei avere una piccola zappa – disse.

– A cosa ti servirebbe? – chiese Martha, ridendo. – Vorresti cominciare a zappare? Bisogna che dica alla mamma questa faccenda della zappa: ne riderà anche lei!

Mary guardò il fuoco e rimase per qualche istante in silenzio. Doveva stare molto attenta, se voleva tenere per sé il segreto. Non faceva niente di male, ma se il signor Craven avesse saputo che la porta era stata aperta, si sarebbe arrabbiato terribilmente e avrebbe fatto mettere di certo una nuova serratura per chiuderlo per sempre. E questo non doveva assolutamente succedere.

– Qui è tutto molto grande e triste – disse lentamente, come se riflettesse ad alta voce. – La casa è triste, il parco è triste, i giardini sono tristi. Tante stanze sono chiuse. Non ho mai fatto molte cose in India, ma là almeno vedevo della gente: gli indigeni, i soldati che marciavano... qualche volta suonava la banda... e la mia ayah mi raccontava tante storie. Qui non c'è nessuno con cui parlare, tranne te e Ben Weatherstaff. Ma tu hai il tuo lavoro da sbrigare e Ben spesso non vuole neppure parlare con me. Pensavo solo che, se potessi avere una zappa, potrei lavorare da qualche parte come fa lui, e fare un piccolo giardino, se lui volesse darmi un po' di semi…

Il viso di Martha si illuminò.

– È proprio quello che diceva la mamma! – esclamò. – La mamma ha detto: «C'è tanta terra a Misselthwaite Manor! Perché non gliene danno un pezzettino tutto per lei, anche se ci semina solo prezzemolo e ravanelli?». Ha detto proprio così.

– Davvero? – disse Mary. – Tua madre capisce tutto, non ti sembra?

– Certo – disse Martha. – Una donna che ha allevato dodici figli impara qualcosa in più oltre all'alfabeto. I figli, come l'aritmetica, aiutano a capire molte cose.

– Quanto costerebbe una zappa… adatta a me? – chiese Mary.

– Be' – rispose Martha, dopo avere riflettuto – nel villaggio di Thwaite c'è un negozietto, o qualcosa del genere. Ho visto che per due scellini vendono in blocco gli attrezzi per il giardinaggio: una vanga, un rastrello e una forca. Sono piccoli, ma mi sono sembrati abbastanza robusti.

– Io ho più di due scellini nella mia borsa – disse Mary. – La signora Morrison mi ha dato cinque scellini, e la signora Medlock mi ha consegnato altro denaro da parte del signor Craven.

– Il signor Craven si è dunque ricordato di te? – esclamò Martha.

– La signora Medlock ha detto che avrei avuto uno scellino alla settimana. Me lo dà ogni sabato, ma io non ho mai saputo come spenderli.

– Santo Cielo! Ma allora sei ricca! – disse Martha.

– Puoi comprare tutto quello che vuoi. Noi paghiamo uno scellino e mezzo di affitto, ma per noi è come se ci strappassero un dente, quando dobbiamo saldare. Mi viene in mente una cosa – disse, mettendosi le mani sui fianchi.

– Che cosa? – chiese Mary avidamente.

– Nel negozietto di Thwaite vendono anche dei pacchetti di semi, che costano uno scellino l'uno. Dickon sa quali sono i fiori più belli e in quale modo farli crescere, e spesso va a Thwaite per il solo piacere di andarci. Sai scrivere in stampatello? – le chiese improvvisamente.

– So scrivere e basta – rispose Mary.

Martha scosse la testa.

– Dickon sa leggere solo lo stampatello. Se sai scrivere una lettera in quel modo, possiamo chiedergli di andare a comprare gli attrezzi per il giardino e i semi.

– Martha, sei una brava ragazza! – gridò Mary. – Lo sei, veramente. Non sapevo che fossi così gentile. Se ci provo, credo di riuscire a scrivere in stampatello. Chiediamo carta, penna e calamaio alla signora Medlock.

– Non serve! Ce li ho io – disse Martha. – Li ho comprati perché qualche volta la domenica scrivo una letterina alla mamma. Vado a prenderli.

Uscì di corsa dalla stanza mentre Mary, eccitata e felice, rimase a fantasticare davanti al fuoco.

«Con la zappa», disse tra sé, «potrò rendere la terra soffice e togliere le erbacce. Se avrò i semi e potrò far crescere i fiori, il giardino non sarà più morto ma tornerà a vivere».

Quel pomeriggio non riuscì più a uscire; quando Martha tornò con carta, penna e calamaio, fu necessario sparecchiare e portare al piano di sotto vassoi, piatti e posate.

Quando, però, la giovane cameriera era entrata in cucina, la signora Medlock le aveva dato alcune cose da fare, e così Mary dovette aspettare per un periodo di tempo che le parve interminabile, il suo ritorno.

Scrivere la lettera a Dickon non fu poi così semplice. A Mary non era stato insegnato un granché: le sue istitutrici avevano avuto troppa antipatia per lei e perciò non avevano resistito a lungo al suo fianco. Non era molto capace di sillabare; ciò nonostante si accorse di riuscire a scrivere in stampatello tutto ciò che Martha le dettò:

«Caro Dickon,

spero che tu e gli altri stiate bene, come lo sto io. La signorina Mary ha molti soldi e vuole che tu vada a Thwaite per comprarle dei semi da fiori e degli attrezzi da giardino per fare un'aiuola. Scegli i fiori più belli e quelli che crescono più facilmente, perché prima d'ora non ha mai fatto un'aiuola. Come sai, viene dall'India, che è un Paese diverso dal nostro. Saluta la mamma e tutti gli altri. La signorina Mary ha promesso di raccontarmi tante altre cose, e così quando avrò di nuovo il mio giorno libero, vi parlerò degli elefanti, dei cammelli, e dei signori che vanno a caccia di leoni e di tigri.

La tua cara sorella,

Martha Phoebe Sowerby».

– Metteremo il denaro nella busta e dirò al garzone del macellaio, quando passa col suo carretto, di consegnarla personalmente a Dickon. Sono molto amici – disse Martha.

– Come farò ad avere gli attrezzi, quando Dickon li avrà comprati? – chiese Mary.

– Te li porterà lui stesso. Gli piace venire da queste parti.

– Allora lo vedrò! – esclamò Mary. – Non avevo mai immaginato di poterlo conoscere.

– Ti piacerebbe conoscerlo? – chiese subito Martha, non appena si rese conto con gioia che ciò le avrebbe fatto piacere.

– Certo. Non ho mai conosciuto nessuno che abbia fatto amicizia con le volpi e coi corvi. Mi piacerebbe moltissimo conoscerlo.

Martha fece un gesto di sorpresa, come se si fosse ricordata all'improvviso di qualcosa.

– Oh, che stupida che sono! – disse a un tratto. – Me ne ero proprio dimenticata. E pensare che era la prima cosa che volevo dirti stamattina. L'ho chiesto alla mamma... Mi ha detto che ne parlerà alla signora Medlock.

– Vuoi dire che... – cominciò Mary.

– Quello che ti ho detto martedì. Le chiederà se un giorno potrai essere accompagnata a casa nostra, e mangiare così un pezzo di focaccia calda di farina d'avena, fatta dalla mamma, un po' di burro e un bicchiere di latte.

Sembrava proprio che le cose più interessanti dovessero accadere tutte insieme quel giorno. Andare per la brughiera alla luce del sole e quando il cielo era azzurro! Andare nella casa in cui vivevano i dodici ragazzi!

– Tua madre pensa che la signora Medlock mi darà il permesso di venirci? – chiese con ansia.

– Sì, lei pensa di sì. La signora Medlock sa che la mamma è una brava donna, è ordinata e tiene la casa sempre in ordine.

– Se venissi, potrei conoscere tua madre, oltre a Dickon – disse Mary, riflettendo e assaporando il piacere di quell'incontro. – Tua madre non assomiglia affatto alle madri che ho visto in India.

Il lavoro compiuto in giardino e l'eccitazione del pomeriggio finirono per renderla tranquilla e pensierosa. Martha restò con lei fino all'ora del tè, e le due ragazze rimasero sedute comodamente, scambiandosi poche parole. Ma qualche istante prima che Martha scendesse a prendere il vassoio del te, Mary le domandò: – Martha, la sguattera ha avuto anche oggi il mal di denti?

Martha sussultò leggermente.

– Perché mi fai questa domanda? – chiese.

– Perché, mentre aspettavo che tu ritornassi, ho aperto la porta e ho passeggiato nel corridoio, per venirti incontro. E ho sentito di nuovo qualcuno piangere, proprio come l'altra sera. Oggi, però, non c'è vento; quindi, penso che anche allora non può essere stato il vento…

– Ehi! – disse Martha, inquieta. – Non devi andare in giro per i corridoi a curiosare e non devi nemmeno metterti a origliare alle porte! Il signor Craven si arrabbierebbe moltissimo, se lo sapesse, e non so proprio come reagirebbe.

– Io non stavo curiosando – disse Mary. – Ti stavo aspettando… e ho sentito qualcuno piangere. Questa è la terza volta.

– Santo Cielo! Ecco la campana della signora Medlock – disse Martha.

E uscì quasi a precipizio dalla stanza.

– Questa casa è davvero molto strana – disse Mary, affondando la testa sul cuscino della poltrona vicina. Aveva sonno: l'aria fresca, i salti con la corda e la fatica del lavoro in giardino l'avevano stancata, ma si sentiva felice. Si sdraiò comodamente e chiuse gli occhi. Un attimo dopo si era già addormentata profondamente.

Capitolo Decimo

Dickon

Per quasi una settimana il sole continuò a risplendere sul giardino segreto. Mary l'aveva chiamato così perché le piaceva quel nome, ma soprattutto perché le piaceva l'idea di potersi rinchiudere tra quelle vecchie mura senza che nessuno sapesse dove cercarla. Le sembrava di essere fuori dal mondo e di vivere in un luogo incantato. I pochi libri che aveva letto, e che le erano piaciuti molto, parlavano di fate, e in qualcuna di quelle favole si parlava anche di giardini segreti. A volte qualche personaggio ci si addormentava per un centinaio d'anni, cosa che Mary riteneva assolutamente sciocca. Non aveva, infatti, nessuna intenzione di andarci a dormire. Bisogna infatti dire che ogni giorno Mary si faceva sempre più sveglia. Cominciava a piacerle stare fuori all'aria aperta; non odiava più il vento, anzi, anche lui iniziava a piacerle. Riusciva a correre sempre più forte e più a lungo, e a saltare cento volte di seguito con la corda. I bulbi del giardino segreto dovevano esserne meravigliati, intorno a loro il terreno era stato ripulito dalle erbacce e ora avevano, per respirare, tutto lo spazio che volevano. E a dire il vero, all'insaputa di Mary, sotto la terra scura tutti quei bulbi cominciavano a rallegrarsi, a lavorare a più non posso e a sentirsi pieni di vita, ora che il sole riusciva finalmente a riscaldarli; e quando pioveva l'acqua riusciva a giungere subito fino a loro.

Mary era una ragazzina strana, ma decisa; ora che aveva qualcosa che la interessava e della quale poteva occuparsi, vi si dedicava con vero entusiasmo. Lavorava, zappava, strappava energicamente le erbacce, e invece di stancarsi, si entusiasmava sempre di più del suo lavoro. Trovava le puntine verdi che spuntavano dalla terra in numero sempre maggiore di quanto avesse mai sperato di vederne. Sembrava che cominciassero a spuntare dappertutto e ogni giorno era sicura di trovarne altre, anche se così minuscole da passare inosservate. Ce n'erano tantissime. E allora si ricordò di ciò che Martha le aveva detto a proposito delle «migliaia di bucaneve» e dei bulbi che ne riproducevano altri. Anche questi erano stati abbandonati a loro stessi per dieci lunghi anni e forse si erano diffusi a migliaia, come i bucaneve. Si chiese quanto tempo ci sarebbe ancora voluto prima che fiorissero. A volte smetteva di zappare per guardare il giardino e cercare di immaginare come sarebbe apparso con tutti quei fiori sbocciati.

Durante quella bella settimana di sole, la sua amicizia con Ben fece dei progressi. Lo sorprese più di una volta arrivandogli all'improvviso alle spalle, come un folletto sbucato da sottoterra. In realtà Mary aveva paura che, se l'avesse vista arrivare, avrebbe raccolto i suoi arnesi e se ne sarebbe andato. Per questo gli si avvicinava piano, il più cautamente[1] possibile, cercan-

[1] *cautamente*: attentamente.

do di non far rumore. A Ben la bambina non era più così antipatica come il primo giorno. Forse era segretamente lusingato dal fatto che la ragazzina ricercasse la sua compagnia. Poi, negli ultimi tempi, era diventata più gentile. Ben non poteva sapere che, quando lo aveva incontrato per la prima volta, si era rivolta a lui come a un domestico indiano, ignorando il fatto che un bisbetico e vigoroso vecchio giardiniere dello Yorkshire non era abituato a inchinarsi servilmente ai suoi padroni, non sentendosi obbligato a fare certe cose.

– Tu sei come il pettirosso – le disse una mattina quando, alzando la testa, se la vide accanto. – Non so mai quando ti vedrò e da che parte arrivi.

– Ormai io e il pettirosso siamo amici – disse Mary.

– Questo è proprio da lui – borbottò Ben. – È un uccellino volubile[2] e vanitoso, e vuol piacere alle donne. Farebbe qualsiasi cosa pur di potersi mettere in mostra: assomiglia a un pavone quando apre a ventaglio le penne della coda. È pieno di superbia, come un uovo è pieno di sostanza.

Solo raramente il vecchio giardiniere parlava molto; qualche volta, infatti, rispondeva alle domande di Mary solo con un grugnito. Quella mattina però parlò con lei più del solito. Era in piedi e aveva appoggiato lo stivale chiodato[3] sulla vanga, mentre la guardava.

– Da quanto tempo sei qui, ormai? – le chiese.

– Da circa un mese, credo – rispose Mary.

[2] *volubile*: che cambia spesso umore; qualità umana che, come la vanità, si attribuisce al pettirosso.

[3] *stivale chiodato*: stivale con le suole provviste di chiodi, per renderle più resistenti.

– L'aria di Misselthwaite ti fa bene – disse. – Sei meno magra di quando ti ho visto la prima volta e non sei più così verdognola. Sembravi un piccolo corvo spennacchiato, quando quel giorno hai messo piede in questo giardino. Allora dissi a me stesso che non avevo mai visto una ragazzina più brutta e più scontrosa di te.

Mary, che non era vanitosa e che non aveva mai dato molta importanza al suo aspetto esteriore, non se la prese molto per quelle parole.

– Lo so che sono ingrassata – disse. – Me ne sono accorta dalle calze che mi sono diventate un po' strette. Prima invece facevano le pieghe. Ecco il pettirosso, Ben!

Era proprio il pettirosso. A lei sembrò più grazioso che mai: aveva il petto lucido come la seta e allargava le ali e la coda, piegando di tanto in tanto la testolina e saltellando intorno con vivacissima grazia. Sembrava deciso a farsi ammirare da Ben. Ma Ben l'accolse con sarcasmo.[4]

– Eccoti finalmente! – disse. – Vieni da me solo quando non hai niente di meglio da fare. In queste due settimane ti sei lisciato ben bene le penne e il petto ti si è fatto più rosso. Tanto lo so che cosa fai: fai la corte a qualche bella pettirossina, da qualche parte qui nel parco, dicendole un sacco di bugie pur di farti passare per il pettirosso più bello della brughiera di Missel, pronto a batterti contro tutti gli altri per lei.

– Guardalo! – esclamò Mary.

Quella mattina il pettirosso era evidentemente in vena di corteggiarlo. Saltellava sempre più vicino a Ben

[4] *con sarcasmo*: con ironia.

e lo guardava in modo sempre più seducente. Volò sul più vicino cespuglio di ribes, piegò la sua testolina e fece un breve gorgheggio proprio per lui.

– Credi di conquistarmi con le tue moine?[5] – gli disse Ben, corrugando la fronte. Ma Mary capì che il vecchio giardiniere stava facendo di tutto per nascondere la sua soddisfazione. – Credi che nessuno ti possa resistere? È questo quello che pensi?

Il pettirosso aprì le ali... Mary quasi non credette ai suoi occhi. L'uccellino volò dritto verso Ben e andò a posarsi in cima al manico della sua vanga. Il viso del vecchio cambiò espressione. Rimase immobile, trattenendo il fiato per paura di spaventare il pettirosso col più piccolo movimento.

– Ruffiano[6] che non sei altro! – bisbigliò. – Sai perfettamente di averla vinta... È incredibile come tu faccia a conoscere tutti i trucchi per farti voler bene! Deve averteli insegnati il diavolo!

E rimase immobile, quasi senza respirare, fino a quan-do il pettirosso aprì le ali e volò via. Il vecchio Ben rimase allora a fissare per qualche istante il manico della vanga, come se vi vedesse sopra qualcosa di magico; poi riprese a zappare e per alcuni minuti non aprì più bocca.

Di tanto in tanto faceva qualche smorfia; Mary si azzardò a fargli una domanda.

– Hai un giardino tutto tuo? – gli chiese.

– No. Sono un vecchio scapolo e abito con Martin, nella casa dove c'è il cancello.

[5] *moine*: gesti, comportamenti affettuosi.
[6] *ruffiano*: il pettirosso voleva suscitare la simpatia di Mary.

– Ma se ne avessi uno – chiese Mary – che cosa ci pianteresti?

– Cavoli, patate e cipolle.

– Ma se tu volessi fare un giardino di fiori – insistette Mary – quali sceglieresti?

– Bulbi di fiori profumati… ma soprattutto rose.

Il viso di Mary si illuminò.

– Ti piacciono le rose? – chiese.

Ben strappò un ciuffo di erbaccia e la buttò da una parte, prima di risponderle.

– Be', sì, mi piacciono. Imparai ad amarle da una giovane signora per la quale facevo il giardiniere. Ne aveva moltissime, in un luogo che le piaceva tanto. Le amava così tanto come se fossero stati bambini… o pettirossi. L'ho vista perfino chinarsi a baciarle. – Strappò dell'altra erbaccia e la guardò scuro in volto. – Ormai saranno passati più di dieci anni.

– Dov'è ora quella signora? – chiese Mary, interessata.

– In cielo… – rispose – stando a ciò che dice il parroco – e affondò la zappa profondamente nella terra.

– E cosa ne è stato delle rose? – chiese ancora Mary con interesse.

– Furono abbandonate a loro stesse.

Mary era sempre più interessata.

– Morirono? Le rose muoiono, quando sono abbandonate a loro stesse? – osò chiedere.

– Be', a me piacevano, e mi ero anche affezionato a lei… e a lei piacevano – ammise Ben con riluttanza. – Un paio di volte l'anno andavo a lavorarci un pochino. Le potavo e zappavo intorno alle radici. Si inselvatichivano, ma il terreno era fertile e perciò alcune continuavano a vivere.

– Quando i rami non hanno più foglie e sembrano grigi, scuri e secchi, come fai a sapere se le piante sono morte o vive? – chiese Mary.

– Bisogna aspettare la primavera. Devi aspettare che il sole splenda sulla pioggia e che la pioggia cada sul sole che splende: allora lo saprai.

– Come? In che modo? – esclamò Mary, dimenticando ogni prudenza.

– Bisogna osservare bene i ramoscelli e i rami. Se vedrai che in primavera dopo il caldo e la pioggia si formano dei piccoli rigonfiamenti, allora... – Si fermò di colpo e guardò con curiosità il viso ansioso della bambina. – Ma perché tutto a un tratto ti interessi tanto delle rose? – chiese.

Mary si sentì avvampare. Ebbe quasi paura di rispondere.

– Immaginavo di poter avere un giardino tutto per me – balbettò. – Non ho niente da fare, proprio niente. E non ho nessuno.

– Be' – disse lentamente Ben, guardandola – questo è vero. Non hai niente.

Disse quelle parole con uno strano tono di voce, tanto che Mary si chiese se lui non provasse un po' di compassione per lei. Mary non si era mai commiserata:[7] si era sentita solamente stanca e annoiata perché era solita provare antipatia per le cose e le persone. Ma ora le sembrava che il mondo stesse cambiando,

[7] *non si era mai commiserata*: non aveva mai provato pietà per se stessa.

che diventasse più bello, più simpatico. Se nessuno fosse riuscito a scoprire il suo giardino segreto, avrebbe potuto divertirsi chissà per quanto tempo!

Rimase accanto a Ben per un altro quarto d'ora e gli rivolse tutte le domande che ebbe il coraggio di fargli. Il vecchio rispose a tutte, con quel suo strano modo di grugnire,[8] ma non sembrò affatto seccato e non si mise la vanga sulle spalle per andarsene. Disse qualcosa a proposito delle rose, che le fece ricordare ciò che aveva detto a proposito di quelle che gli piacevano di più.

– Sei già andato a vedere le altre rose? – gli chiese.

– Quest'anno non ci sono ancora andato. I reumatismi mi hanno arrugginito le ginocchia.

Disse quelle parole in una specie di brontolio; poi, improvvisamente, sembrò andare in collera, sebbene Mary non capisse il perché.

– E ora, cerca di essere più discreta! – le disse seccato. – Basta con le domande. Sei la ragazzina più ficcanaso che mi sia mai capitata tra i piedi. Vai a giocare. Non ho più voglia di parlare, oggi!

Dal suo tono di voce Mary capì che sarebbe stato perfettamente inutile restare con lui un minuto di più. Se ne andò lungo il sentiero esterno, saltando lentamente con la corda e pensando a lui. «Dopotutto», diceva a se stessa, «Ben è un'altra persona che mi piace, nonostante il suo umore bisbetico». Sì, le piaceva e si era ripromessa di farlo sempre parlare. Inoltre, Mary aveva cominciato a pensare che sapesse tutto sui fiori.

[8] *con quel suo strano modo di grugnire*: con uno strano modo di parlare, difficilmente comprensibile, paragonato al verso dei maiali.

Un vialetto fiancheggiato di alberi di alloro correva intorno al giardino segreto e finiva davanti a un cancelletto che si apriva su un bosco del parco. Pensò di saltare con la corda lungo quel viale e di dare un'occhiata al bosco. Forse avrebbe potuto vedere i conigli selvatici. Le piaceva moltissimo saltare con la corda. Raggiunse il cancelletto, lo aprì e si inoltrò nel bosco. Aveva sentito da lontano uno strano suono e voleva sapere cosa fosse.

Si trovò di fronte a uno spettacolo straordinario che le fece quasi mancare il respiro. Un ragazzo di circa dodici anni, seduto sotto un albero con le spalle appoggiate al tronco, stava suonando un rudimentale flauto di legno. Il suo aspetto era buffo, ma lindo e pulito: aveva il nasino rivolto all'insù e le guance rosse come papaveri. Mary non aveva mai visto, nel volto di un ragazzo, occhi così tondi e così azzurri. Aggrappato al tronco dell'albero, contro il quale era appoggiato, uno scoiattolo lo stava osservando. Da un cespuglio vicino un fagiano stava allungando cautamente il collo per sbirciare meglio. Vicino al ragazzo cerano due conigli che fiutavano immobili l'aria con le loro narici frementi. In realtà sembrava che tutti quegli animali cercassero di avvicinarsi il più possibile al ragazzo, per guardarlo e per ascoltare lo strano e sottile richiamo del suo flauto.

Quando vide Mary, il ragazzo le fece un cenno con la mano e le sussurrò.

– Non ti muovere, – disse – sennò li fai scappare.

Mary rimase immobile. Il ragazzo smise di suonare e cominciò ad alzarsi con movimenti lenti, cercando di non farsi notare. Ma appena fu in piedi, lo scoiattolo sparì tra i rami dell'albero, il fagiano ritirò la testa e i conigli si allontanarono a salti, ma con l'aria di non essere affatto spaventati.

– Sono Dickon – disse il ragazzo. – Tu sei Mary, non è vero?

Mary aveva capito subito che era Dickon. Chi altro se non lui avrebbe potuto incantare conigli e fagiani come i fachiri indiani incantavano i serpenti? Aveva la bocca larga e carnosa e un ampio sorriso gli illuminava il volto.

– Mi sono alzato lentamente, – spiegò – perché un movimento brusco li spaventa. Bisogna muoversi adagio e parlare a bassa voce, quando abbiamo accanto degli animali non addomesticati.

Dickon le parlava come se la conoscesse da sempre. Mary non aveva mai frequentato tanti ragazzi e perciò gli parlò in modo un po' sostenuto, anche perché si sentiva intimidita.

– Hai ricevuto la lettera di Martha? – gli chiese.

Dickon fece di sì con la testa ricciuta, color ruggine.

– Sono venuto proprio per questo.

Si chinò per raccogliere qualcosa da terra, che aveva probabilmente posato lì accanto, prima di suonare.

– Ti ho portato gli arnesi per il giardino. Ci sono una zappetta, un rastrello, un forcone e una piccola vanga. Sono solidi. C'è anche una paletta. E la padrona del negozietto ha poi voluto aggiungere nel pacco un po' di semi di papaveri bianchi e di consolida reale azzurra, quando ho acquistato gli altri semi.

– Posso vedere i semi? – chiese Mary.

Avrebbe voluto parlargli con la stessa facilità e disinvoltura con cui le parlava lui. Sembrava che lei gli piacesse e che non dubitasse affatto di piacere a lei, anche se non era che un ragazzo di brughiera, con abiti rammendati, il viso buffo e i capelli rossastri. Quando gli si avvicinò, le sembrò di sentire un fresco odore di erica, di erba e di foglie. Quel profumo le piacque moltissimo e, quando guardò il viso buffo di Dickon, le sue guance rosse e i suoi occhi azzurri, dimenticò d'un tratto la sua timidezza.

– Sediamoci su questo tronco, intanto – disse Mary.

Si sedettero e Dickon tirò fuori di tasca un informe pacchetto di carta scura. Ne slegò lo spago e le fece vedere le molte bustine che vi erano contenute, su ciascuna delle quali era stampato un fiore.

– Sono più che altro papaveri e reseda – disse. – La reseda ha un profumo dolcissimo e cresce dappertutto, come il papavero. Crescono e fioriscono appena fai loro un fischio. Sono i fiori più belli.

Tacque e girò rapidamente la testa, mentre la sua faccia dalle guance rosse gli si illuminò di un sorriso.

– Dov'è il pettirosso che ci sta chiamando? – chiese.

Il cinguettio proveniva da un cespuglio di agrifoglio che luccicava di bacche scarlatte. Mary ebbe la sensazione di riconoscerlo.

– Chiama proprio noi? – domandò.

– Sì – disse Dickon, come se fosse la cosa più naturale di questo mondo, – chiama qualcuno di cui è amico. È come se gli dicesse: «Eccomi qui, guardami! Voglio fare due chiacchiere con te». Eccolo lì, su quel cespuglio. Di chi è?

– È il pettirosso di Ben Weatherstaff, ma credo che conosca anche me, un pochino… – rispose Mary.

– Certo che ti conosce – disse Dickon, parlando a

bassa voce. – E tu gli piaci. Ha molta simpatia per te. Tra poco mi dirà tutto di te.

Si avvicinò al cespuglio con quei suoi movimenti cauti che Mary aveva già notato, e poi cominciò a fischiettare, imitando il cinguettio del pettirosso. L'uccellino lo ascoltò attentamente per pochi secondi, e poi cinguettò a sua volta, come se volesse rispondergli.

– Sì, è tuo amico – mormorò Dickon.

– Lo credi veramente? – esclamò Mary, felice. Desiderava tanto saperlo. – Credi davvero che io gli piaccia?

– Non ti verrebbe vicino, se non gli piacessi – rispose Dickon. – Gli uccelli sono di gusti difficili e il pettirosso in particolare riesce a prendere in giro una persona meglio di un uomo. Guarda, ora lo sta facendo. Ti dice: «Non riesci a riconoscere un amico?».

E a dire il vero, sembrava fosse proprio così: i suoi movimenti, le sue moine e i suoi trilli sembravano confermare quelle parole.

– Capisci ciò che dicono gli uccelli? – chiese Mary.

Il sorriso di Dickon si allargò talmente tanto da arrivargli quasi alle orecchie. Poi si grattò la testa ricciuta.

– Credo di sì, e loro credono che io li capisca – disse. – Sono stato per tanto tempo con loro nella brughiera. Li ho visti uscire dal guscio, rivestirsi di penne, imparare a volare e a cantare, tanto che mi sembra di essere uno di loro. A volte penso di essere un uccello, una volpe, un coniglio, uno scoiattolo, perfino uno scarabeo.

Rise, tornò a sedersi sul tronco e ricominciò a parlarle dei semi. Le spiegò come doveva seminarli, curarli e annaffiarli, e le descrisse i fiori che sarebbero nati da quei semi.

– Se vuoi – le disse all'improvviso, voltandosi a guardarla, – posso pensarci io a piantarli. Dov'è il tuo giardino?

Mary, che teneva le mani in grembo, le contrasse nervosamente. Non sapeva che cosa dire. Era una proposta che non aveva previsto. Si sentì infelice. Le sembrò di arrossire e poi di impallidire.

– Hai un pezzetto di giardino, no? – chiese Dickon.

Era proprio vero: si era fatta prima rossa e poi pallida. Dickon se ne era accorto e, visto che Mary continuava a stare zitta, cominciò a provare un certo imbarazzo.

– Non ti vogliono dare un pezzetto di terra? – le chiese. – Non te l'hanno ancora dato?

Mary continuò a torcersi le mani e poi lo guardò.

– Io non conosco nessun ragazzo a parte te – disse lentamente. – Sei capace di mantenere un segreto, se te ne confidassi uno? Si tratta di un grande segreto. Non so che cosa farei, se qualcuno venisse a saperlo. Credo che ne morirei! – disse l'ultima frase con vero ardore.

Dickon parve ancora più sconcertato di prima. Si grattò nuovamente la testa, ma le rispose allegramente.

– Non faccio che mantenere segreti – rispose. – Se dicessi agli altri ragazzi dove hanno la tana le volpi e dove fanno il nido gli uccelli, la brughiera diventerebbe un deserto. Certo che so mantenere un segreto.

Mary, con un movimento istintivo, allungò la mano e lo afferrò per la manica.

– Ho rubato un giardino – disse in fretta. – Non è

mio. Non è di nessuno. Non lo vuole nessuno. Non lo cura nessuno. Non ci va mai nessuno. Forse le piante sono anche morte: io non lo so.

Cominciò a sentirsi accaldata e «Bastian contrario» come non le succedeva più da tempo.

– Ma non me ne importa! Non me ne importa! Nessuno ha il diritto di portarmelo via, perché io sono l'unica persona che se ne interessa! Gli altri lo stanno lasciando morire lentamente, lo tengono chiuso a chiave – concluse disperatamente. Si coprì il volto con le mani e scoppiò in singhiozzi. Povera, piccola Madama Mary!

Gli occhi azzurri di Dickon, pieni di curiosità, si spalancarono ancora di più.

– Capperi! – esclamò, con un'intonazione mista di stupore e di simpatia.

– Non ho mai niente da fare – disse Mary. – E non possiedo niente. Ho trovato quel giardino da sola e da sola ci sono entrata. Ho fatto come il pettirosso, e loro non possono portarlo via al pettirosso.

– Dov'è? – chiese Dickon a bassa voce.

Mary si alzò di scatto. Si sentiva nuovamente ostinata e «Bastian contrario», ma non le importava affatto. Stava riaffiorando in lei il carattere imperioso e ribelle della bambina che era arrivata dall'India, ma allo stesso tempo si sentiva irritata e dispiaciuta.

– Vieni con me: te lo farò vedere! – disse.

Lo condusse per il vialetto di allori e poi in quello dove l'edera cresceva più fitta sul muro. Dickon la seguì, osservandola con uno sguardo che esprimeva curiosità e simpatia. Era come se lo stessero conducendo a vedere il nido nascosto di qualche uccello sconosciuto, e quindi era necessario muoversi dolcemente. Quando Mary si fermò davanti al muro e sollevò la cortina di edera, il ragazzo sussultò per la sorpresa: c'era una porta. La bambina aprì lentamente quella porta e i due ragazzi entrarono insieme. Poi Mary si fermò e indicò il giardino con un gesto di sfida.

– Eccolo! – disse. – È un giardino segreto, e io sono la sola persona al mondo che non vuole che muoia!

Dickon si guardò intorno a lungo.

– Capperi! – disse, quasi in un bisbiglio. – Che bel posto! Sembra di essere in un sogno!

CAPITOLO UNDICESIMO

IL NIDO DEL TORDO

Per alcuni minuti Dickon rimase immobile a guardarsi intorno, mentre Mary lo osservava; poi cominciò a camminare più piano e con più leggerezza di quanto non avesse fatto Mary la prima volta che si era trovata tra quelle quattro mura. I suoi occhi sembravano assorbire ogni cosa: gli alberi e i rampicanti che si erano attaccati ai loro tronchi e che pendevano dai loro rami, il groviglio sui muri e tra l'erba, le nicchie di sempreverdi con i sedili in pietra, infine gli immensi e alti vasi di fiori che si trovavano un po' dovunque.

– Non avrei mai creduto di poter vedere questo giardino – disse alla fine, in un sussurro.

– Sapevi che c'era? – chiese Mary.

Aveva parlato ad alta voce e Dickon le fece un cenno con la mano.

– Parla piano! – mormorò. – Qualcuno ci potrebbe sentire.

– Hai ragione! Non ci pensavo più! – disse Mary, quasi spaventata, portandosi di colpo la mano alla bocca. – Sapevi del giardino? – gli chiese nuovamente, non appena si riprese dalla paura.

Dickon fece di sì con la testa.

– Martha mi parlò una volta di un giardino, nel

quale non poteva più entrarci nessuno – rispose. – E noi ci chiedevamo come fosse diventato.

Si fermò a osservare il pittoresco intrico di rami che lo circondavano e i suoi occhi tondi si accesero di interesse.

– Pensa quanti nidi ci saranno qui in primavera! – disse. – È sicuramente il posto più sicuro di tutta l'Inghilterra. Non c'è nessuno nei paraggi, e ci sono tanti grovigli di rami sugli alberi e tante rose dove poter fare un nido! Mi domando come mai tutti gli uccelli della brughiera non vengano qui a farsi il nido.

Mary gli pose di nuovo istintivamente la mano sul braccio.

– Le rose fioriranno di nuovo? – mormorò. – Sei in grado di capirlo? Io ho paura che siano morte tutte.

– No! Non tutte! – rispose. – Guarda!

Si avvicinò all'albero più vicino: era un albero vecchissimo, con dei licheni[1] grigi sparsi sul tronco che sosteneva una cortina di rametti e di rami aggrovigliati. Dickon tirò fuori di tasca un coltellino.

– Ci sono molti rametti secchi che devono essere tagliati – disse. – E ci sono molti rami vecchi dai quali l'anno scorso ne sono spuntati di nuovi. Ecco, guarda, questo ramoscello è nuovo – e toccò un rametto sottile di colore verde scuro.

Anche Mary lo toccò, quasi con rispetto.

– Questo? – disse. – Questo non è morto? Ne sei sicuro?

– È più *in gamba* di me e di te – affermò Dickon

[1] *licheni*: i piccoli organismi vegetali che attecchiscono sui muri, sulle rocce e sui tronchi degli alberi.

col suo largo sorriso. E Mary si ricordò che Martha le aveva detto che «in gamba» significava «vivo» oppure «vivace».

– Sono contenta che sia in gamba! – esclamò, sempre senza alzare la voce. – Io vorrei che fossero tutti in gamba. Giriamo per il giardino e contiamo quelli che sono in gamba.

Mary ansimava quasi per l'impazienza e Dickon non era meno impaziente di lei. Passarono da un albero all'altro, da un cespuglio all'altro. Dickon teneva il coltello in mano e le mostrava tutte le cose di quel mondo meraviglioso.

– Molte piante si sono inselvatichite, – disse – le più deboli sono morte, ma altre l'hanno spuntata e sono cresciute. Sono una meraviglia! Guarda! – e piegò un rametto che sembrava secco. – Non credo che questo sia secco fino alle radici. Lo taglio qui in basso, così vedremo.

Si inginocchiò, e a poca distanza dal suolo incise con il coltello il ramoscello che sembrava senza vita.

– Ecco! – esclamò esultante. – Te l'avevo detto. C'è ancora del verde. Guarda!

Mary si era già inginocchiata vicino a lui e osservava con la massima attenzione.

– Quando il ramoscello è un po' verdastro e ha un po' di linfa, come questo, allora è in gamba – spiegò. – Quando l'interno è secco e il ramoscello si spezza facilmente, come quest'altro, allora è morto. Ecco una radice molto grossa, da cui germogliano tutti questi rami: se tagliamo i rami vecchi, zappiamo un po' intorno e ne abbiamo cura, ci sarà... – si fermò e alzò lo sguardo per esaminare i rampicanti e i ramoscelli che pendevano sopra di lui – ...ci sarà una cascata di rose qui, quest'estate.

Passarono ancora da un albero all'altro, senza dimenticare i vari cespuglietti che incontrarono lungo il cammino. Dickon era forte e abile nell'utilizzare il coltellino, e sapeva come tagliare i rami secchi e come riconoscere se un ramo o un ramoscello mal ridotti contenevano ancora della linfa vitale. Nel giro di mezz'ora, Mary pensò di aver imparato a riconoscere le piante vive da quelle morte. E quando vide un segno di linfa verde in un ramoscello apparentemente senza vita, avrebbe voluto piangere di gioia. La vanga, la zappa e il forcone furono utilissimi. Dickon le insegnò come adoperare il forcone, mentre lui si mise al lavoro con la zappa, con la quale smosse la terra intorno alle radici per lasciar penetrare l'aria.

Stavano lavorando energicamente intorno a uno dei rosai più grossi, quando Dickon vide qualcosa che gli strappò un'esclamazione di sorpresa.

– Guarda! – esclamò, indicandole l'erba, a qualche passo di distanza. – Chi ha fatto questo?

Era uno di quei pezzetti di terra dove Mary aveva tolto le erbacce intorno alle tenere puntine verdi che spuntavano dal suolo.

– Sono stata io – disse Mary.

– Come? Ma io credevo che tu non sapessi niente di giardinaggio! – esclamò Dickon.

– È vero, – rispose – ma erano così piccole e l'erba era così fitta e robusta... Mi sembrava che non riuscissero a respirare. Allora gli ho fatto un po' di spazio intorno. Non so neppure che fiori siano.

Dickon si avvicinò all'aiuola, si inginocchiò e sorrise.

– Hai lavorato molto bene – disse. – Un giardiniere non avrebbe potuto fare di meglio. Ora cresceranno in fretta come i fagioli di Jack.[2] Sono crochi e bucaneve; questi, invece, sono narcisi. – Si girò da un'altra parte: – E questi sono asfodeli. Vedrai che bello quando fioriranno.

Corse da una radura all'altra.

– Hai fatto un buon lavoro, per essere una ragazzina – disse guardandola.

– Ora sto ingrassando – rispose Mary. – E sto diventando anche più forte. Adesso, quando lavoro in giardino, non mi stanco più così tanto come prima. Mi piace l'odore della terra smossa.

– Non c'è nulla di più buono dell'odore della terra – disse Dickon con un gesto d'approvazione – ma è ancora più buono l'odore fresco delle giovani piante che crescono sotto la pioggia. Quando piove, vado spesso nella brughiera e mi metto sotto un cespuglio a sentire il rumore dell'acqua che cade sull'erica. Non faccio altro che annusare. La punta del mio naso trema come il naso dei conigli, dice la mamma.

– Non prendi mai il raffreddore? – chiese Mary, guardandolo con stupore. Non aveva mai visto un ragazzo così strano e simpatico.

– Io? No! – rispose Dickon con una smorfia. – Non ho mai preso un raffreddore da quando sono nato. Non sono stato allevato nella bambagia.[3] Sono sempre stato in giro per la brughiera con ogni clima, come

[2] *i fagioli di Jack*: si allude a una nota fiaba popolare in cui una pianta di fagioli cresce in una sola notte, fino a raggiungere il cielo.

[3] *Non sono stato allevato nella bambagia*: modo di dire per far capire che non è cresciuto viziato, con tante cure.

fanno i conigli selvatici. La mamma dice che ho respirato troppa aria fresca, in questi dodici anni, per poter prendere il raffreddore. Sono solido come una quercia.

Mentre parlava, continuava a lavorare, e Mary lo seguiva e lo aiutava col forcone o con la paletta.

– Ci sono un sacco di cose da fare in questo giardino! – disse all'improvviso, guardandosi intorno esultante.

– Tornerai un'altra volta ad aiutarmi? – lo supplicò Mary. – Lavoreremo insieme. Io zapperò, strapperò le erbacce e farò tutto quello che mi dirai. Dai, Dickon, torna ad aiutarmi!

– Tornerò tutti i giorni, se vuoi, con il sole o con la pioggia – rispose con determinazione. – È il divertimento più bello che abbia mai avuto in vita mia... Chiuso qui dentro per far rivivere un giardino!

– Se tornerai, – disse Mary – se vorrai aiutarmi a farlo rivivere, io farò per te... non so – terminò la frase debolmente. Che cosa avrebbe potuto fare per un ragazzo come quello?

– Ti dico io che cosa potrai fare – disse Dickon, con la sua simpatica smorfia. – Diventare più robusta ed essere sempre affamata come un lupacchiotto. Poi dovrai imparare a parlare al pettirosso come faccio io. Ci divertiremo un mondo!

E cominciò a girare, osservando gli alberi, i muri e i cespugli con aria pensierosa.

– Non vorrei che diventasse un giardino curato in tutti i minimi particolari come quello di un giardiniere, e tu? – le chiese. – Mi sembra molto più bello così, con le piante selvatiche che si arrampicano e attorcigliano le une alle altre.

– Sono esattamente d'accordo con te – approvò Mary con calore. – Non sembrerebbe più un giardino segreto, se fosse troppo in ordine.

Dickon si fermò all'improvviso, grattandosi la testa sconcertato.

– È un giardino segreto, non c'è alcun dubbio! – disse. – Ma a me sembra che oltre al pettirosso qualcun altro sia venuto qui, da quando è stato chiuso.

– Ma la porta era stata chiusa a chiave, e la chiave era stata sotterrata – rispose Mary. – Nessuno sarebbe potuto entrare.

– È vero – disse lui. – Questo giardino è stranissimo. A me sembra, però, che in questi ultimi dieci anni siano state potate un po' di piante, qua e là.

– Ma com'è possibile? – chiese Mary.

Dickon esaminò il ramo di una pianta di rose e scosse la testa.

– Già! Come sarebbe stato possibile – mormorò – con la porta chiusa a chiave e la chiave sotterrata.

Se fosse vissuta anche mille anni, Mary non avrebbe mai dimenticato quel primo mattino in cui il giardino aveva ripreso a vivere. Quando Dickon si mise a ripulire il terreno per piantarci i semi, si ricordò della strofetta che le aveva cantato Basil per prenderla in giro.

– Ci sono dei semi di fiori che hanno l'aspetto delle campanelle? – chiese.

– Sì, sono i mughetti, – rispose smuovendo la terra con la paletta – le campanelle di Canterbury e le altre campanelle.

– Piantiamone alcune! – disse Mary.

– I mughetti ci sono già: li ho visti. Cresceranno troppo vicini l'uno all'altro e bisognerà separarli; ce ne sono tantissimi. Per quanto riguarda le altre, ci vorranno almeno due anni prima che fioriscano dal seme, ma se vuoi, potrò portarti alcune piantine del nostro giardino. Perché ti interessano tanto quei fiori?

Allora Mary gli parlò di Basil, dei suoi fratelli e delle sue sorelle, che aveva conosciuto in India, e gli disse che li aveva odiati perché la chiamavano «Bastian contrario».

– Facevano il girotondo intorno a me e cantavano:

Madama Mary, Bastian contrario,
cosa pianti nel tuo giardino?
Pianti campanelle d'argento,
o le rose e il gelsomino?

– Me ne sono ricordata adesso e allora mi sono chiesta se esistono davvero dei fiori chiamati campanelle d'argento.

Aggrottò un po' la fronte e conficcò con stizza[4] la pala nel terreno.

– Loro erano più «Bastian contrario» di me!

Dickon si mise a ridere. E Mary vide che mentre smuoveva la terra, ne respirava l'odore.

– Ehi! – esclamò. – Credo che non bisognerebbe essere tanto «Bastian contrario», quando ci sono tanti bei fiori e animaletti selvatici che corrono da ogni parte, che si fanno la tana o fabbricano il proprio nido, che cantano e fischiano. Non lo pensi anche tu?

Mary si inginocchiò accanto a lui, con i semi in mano: lo guardò e si rasserenò.

[4] *con stizza*: con rabbia.

– Dickon, – disse – tu sei proprio gentile: Martha me lo aveva detto. Mi piaci… Sei la quinta persona che mi piace. Non credevo che mi sarebbero piaciute tante persone.

Dickon si inginocchiò, come faceva Martha quando puliva il camino. Era strano e simpatico, pensò Mary, con quei grandi occhi azzurri, le guance rosse e quel nasino all'insù che gli dava un'aria così vivace.

– Ti piacciono solo cinque persone? – chiese. – Chi sono le altre quattro?

– Tua madre, Martha, – contò Mary sulle dita – il pettirosso e Ben Weatherstaff.

Dickon scoppiò in una risata così forte che fu costretto a mettersi una mano sulla bocca per cercare di trattenersi un po'.

– So che mi consideri un ragazzo strano – disse – ma io credo che tu sia la ragazzina più strana che abbia mai conosciuto.

Allora Mary fece una cosa stranissima. Si piegò in avanti e gli rivolse una domanda che non si era mai sognata di fare a nessuno. E cercò di parlare nel dialetto dello Yorkshire, cioè nel suo dialetto. Sapeva che in India gli indigeni[5] erano sempre molto contenti se si parlava la loro lingua.

– Io ti piaccio? – gli chiese.

– Sì – rispose Dickon con cordialità. – Mi piaci moltissimo, come piaci al tuo pettirosso, ne sono convinto!

– Siete due, allora – disse Mary. – Siete due le persone a cui io piaccio.

[5] *indigeni*: le persone nate in quel Paese (l'India, in questo caso).

Poi ripresero a lavorare con maggior impegno e allegria. Mary fu sorpresa e dispiaciuta quando sentì il grande orologio del cortile battere l'ora del pranzo.

– Devo andare – disse con tristezza. – E penso che anche tu dovrai andare a casa a mangiare.

Dickon fece una smorfia.

– Il mio pranzo lo porto sempre in tasca – disse. – La mamma mi dà sempre qualcosa da portare con me.

Raccolse la giacca e tirò fuori da una tasca un fagottino avvolto in un fazzoletto pulito, bianco e azzurro. Conteneva due spesse fette di pane con una fetta di qualcosa nel mezzo.

– Di solito è solo un pezzo di pane, – disse – ma oggi ho avuto una bella fetta di lardo.

A Mary sembrò un pranzo piuttosto modesto, ma Dickon aveva tutta l'aria di apprezzarlo molto.

– Corri a casa a mangiare – le disse. – Io mangerò in fretta, e lavorerò ancora un po' prima di ritornare a casa.

E si mise a sedere sull'erba, appoggiando la schiena a un albero.

– Chiamerò il pettirosso e gli darò un po' di lardo da beccare. I pettirossi vanno matti per il grasso.

Mary andò via malvolentieri. Per un attimo ebbe l'impressione che Dickon fosse una specie di spirito folletto dei boschi e che potesse sparire prima del suo ritorno. La sua apparizione era stata troppo bella per essere vera. Si allontanò lentamente, ma quando fu a metà strada tornò indietro.

– Qualunque cosa accada, non... non lo dirai a nessuno, vero? – disse.

Il ragazzo aveva già dato il primo grande morso al

pane e al lardo; tuttavia, con la bocca piena la guardò e le sorrise, rassicurante.

– Se tu fossi un tordo e mi mostrassi dov'è il tuo nido, credi che lo direi a qualcuno? – disse. – Puoi stare tranquilla, come quel tordo.

E Mary fu assolutamente certa della sincerità del suo nuovo amico.

CAPITOLO DODICESIMO

«POTREI AVERE UN PEZZETTINO DI TERRA?»

Mary corse così velocemente che quando entrò in camera era quasi senza fiato. La lunga corsa le aveva arruffato i capelli ed era tutta rossa in viso. Il pranzo era già stato servito e Martha la stava aspettando vicino alla tavola.

– È un po' tardi – le disse. – Dove sei stata?

– Ho visto Dickon! – rispose Mary. – Ho visto Dickon!

– Sapevo che sarebbe venuto – disse Martha con esultanza. – Ti piace?

– Mi è sembrato... mi è sembrato proprio un bel ragazzo! – esclamò Mary con voce sicura.

Martha rimase piuttosto sorpresa ma nello stesso tempo era contenta.

– Be', – disse – è il più bravo ragazzo che io conosca, ma non direi proprio che sia bello. Ha il naso troppo all'insù.

– A me piace che sia all'insù – disse Mary.

– E poi ha gli occhi troppo tondi... – aggiunse Martha perplessa. – Anche se il colore è bello.

– A me piacciono tondi – ribatté Mary. – E poi ricordano il colore del cielo della brughiera.

Martha era raggiante di soddisfazione.

– La mamma dice che gli sono diventati di quel colore a furia di guardare gli uccelli e le nuvole. Ma ha la bocca troppo larga, non ti sembra?

– Mi piace così – disse Mary con ostinazione. – Vorrei avere anch'io una bocca come quella.

Martha scoppiò in un'allegra risata.

– Non ci starebbe in un viso piccolo come il tuo – disse. – Ma ero certa che ti sarebbe piaciuto. E gli attrezzi e i semi, ti sono piaciuti?

– Come fai a sapere che me li ha portati? – chiese Mary.

– Non ho mai pensato che non te li portasse. Li avrebbe certamente portati, anche se avesse dovuto girare tutto lo Yorkshire per trovarli. È un ragazzo di parola: di lui ci si può fidare.

Mary aveva paura che Martha cominciasse a farle delle domande imbarazzanti, cui le sarebbe stato difficile rispondere, ma non fu così. Sembrava che la ragazza si interessasse solamente degli attrezzi e dei semi, e solo una volta Mary credette veramente di trovarsi in imbarazzo, cioè quando le chiese dove avrebbe piantato i semi.

– A chi hai chiesto il pezzettino di terra? – le domandò.

– Non l'ho ancora chiesto a nessuno – disse Mary esitando.

– Be', io non lo chiederei al capo-giardiniere. Il signor Roach è una persona che si dà troppa importanza.

– Non l'ho mai visto – disse Mary. – Ho visto solo il vecchio Ben Weatherstaff e gli altri giardinieri.

– Se io fossi in te, lo chiederei a Ben – suggerì Martha. – Non è così cattivo come vuol sembrare, anche se è un po' bisbetico. Il signor Craven gli lascia fare quello che vuole, perché quando la signora Craven era viva, la faceva sempre ridere. Gli voleva molto bene. Forse Ben ti troverà un angolino fuori mano, da qualche parte.

– Se fosse fuori mano e abbandonato, a nessuno interesserebbe se venisse affidato a me, non è così? – domandò Mary con ansia.

– Non ce ne sarebbe alcun motivo – rispose Martha. – Non daresti fastidio a nessuno.

Mary mangiò molto in fretta, ma quando si alzò da tavola e corse nella sua camera per prendere il cappello, Martha la fermò.

– Devo dirti una cosa – disse. – Ho creduto opportuno lasciarti finire di mangiare prima di dirtela. Il signor Craven è tornato questa mattina e credo voglia parlarti.

Mary impallidì.

– Oh! – disse. – Ma perché? Non mi ha voluto vedere quando sono arrivata. Ho sentito Pitcher che lo diceva.

– Be', – spiegò Martha – la signora Medlock dice che vuole vederti a causa della mamma. La mamma stava andando a Thwaite, quando lo ha incontrato. Non gli aveva mai rivolto la parola prima di allora, ma la signora Craven era stata a casa nostra due o tre volte. Il signor Craven non se ne ricordava più, ma la mamma sì. Allora si è fatta coraggio e l'ha fermato. Non so che cosa gli abbia detto di te, ma di certo gli ha detto qualcosa che lo ha convinto a parlarti, prima di ripartire. Andrà via domani.

– Oh! – esclamò Mary. – Parte domani? Meno male!
– Sì, e starà lontano per parecchio tempo. Forse tornerà in autunno, o addirittura in inverno. Deve andare all'estero, come al solito.
– Come sono contenta! Sì, sono proprio contenta! – disse Mary, quasi con gratitudine.
Se non fosse tornato prima dell'inverno, o anche prima dell'autunno, lei avrebbe avuto tutto il tempo di assistere alla fioritura del suo giardino segreto. Anche se poi fosse venuto a saperlo e le avesse proibito di andarci, avrebbe avuto almeno quella soddisfazione.
– Quando credi mi voglia vedere?
Aveva appena finito di dire quelle parole che la porta si aprì, e la signora Medlock entrò.
Indossava il suo vestito nero più bello e il cappello più elegante. Il colletto dell'abito era chiuso da un grosso medaglione con il ritratto di un uomo. Era una fotografia a colori del signor Medlock, morto anni prima. La signora Medlock portava sempre quel medaglione, quando indossava il suo vestito migliore. Sembrava nervosa e agitata.
– Sei spettinata – disse subito a Mary. – Vai a spazzolarti i capelli. Martha, aiutala a infilarsi il suo vestito più bello. Il signor Craven mi ha detto di portargliela nel suo studio.
Mary si fece pallida. Il cuore cominciò a batterle forte, e si sentì di nuovo trasformare in una ragazzina insignificante, taciturna, rigida e scontrosa. Senza rispondere alla signora Medlock, andò difilato in camera da letto, seguita da Martha. Non disse una parola neanche quando Martha si mise a spazzolarle i capelli e le fece cambiare abito. Non appena il suo aspetto fu

presentabile, seguì in silenzio la signora Medlock lungo i corridoi. Che cosa avrebbe potuto dire? Non poteva certo rifiutarsi di farsi vedere dal signor Craven, ma sapeva che l'incontro non sarebbe stato piacevole né per lui né per lei. Sapeva anche che cosa avrebbe pensato di lei.

Fu condotta in una parte della casa dove non era mai stata prima. La signora Medlock bussò infine a una porta, e quando sentirono qualcuno dire: «Avanti», entrarono insieme nella stanza. Un uomo sedeva su una poltrona, davanti al caminetto. La signora Medlock gli disse: – Questa è la signorina Mary, signore.

– La lasci qui. Suonerò, quando dovrà essere ricondotta in camera sua – disse il signor Craven.

Quando la signora Medlock uscì e richiuse la porta, Mary non poté far altro che starsene immobile a aspettare, come una figuretta insignificante che intrecciava nervosamente le mani. Il signor Craven non era proprio gobbo, ma aveva le spalle alte e molto curve e i capelli neri striati di bianco. Girò la testa verso di lei e le disse: – Vieni qui!

Mary gli si avvicinò.

Non era brutto: anzi, il suo viso sarebbe stato bello se non avesse avuto un'espressione così infelice. Sembrava che la presenza della bambina lo preoccupasse e lo affliggesse: sembrava non sapere cosa dirle e cosa fare per lei.

– Stai bene? – le chiese.

– Sì – rispose Mary.

– Ti trattano bene?

– Sì.

Si passò la mano sulla fronte, rannuvolato, mentre la osservava con molta attenzione.

– Sei molto magra – disse.

– Sto cominciando a ingrassare un po' – rispose Mary, in quello che sapeva essere il suo modo di fare più antipatico.

Che aspetto triste aveva quell'uomo! I suoi occhi neri sembravano vederla appena, come se guardassero altrove, perduti in qualche immagine lontana: sembrava estraniarsi[1] completamente con il pensiero.

– Mi ero proprio dimenticato di te – disse. – Come avrei potuto pensare a te? Volevo mandarti un'istitutrice o una bambinaia, o qualcosa del genere, ma me ne sono dimenticato.

– Per favore... – cominciò Mary. – Per favore... – ma il nodo che aveva in gola le impedì di parlare.

– Cosa volevi dire? – le chiese.

– Sono... sono troppo grande per avere una bambinaia – disse Mary. – E per favore... non mi affidi ancora a un'istitutrice.

Il signor Craven si passò nuovamente la mano sulla fronte e la guardò.

– È quello che mi ha detto anche la signora Sowerby – mormorò con aria assente.

Mary raccolse allora un briciolo di coraggio.

– La madre di Martha? – si azzardò a domandare.

– Sì, credo di sì – rispose.

– Se ne intende di ragazzi – disse Mary. – Ne ha dodici. Lei li conosce bene i ragazzi.

Il signor Craven si scosse.

[1] *estraniarsi*: essere lontano, distratto.

– Insomma, che cosa vorresti fare?
– Vorrei giocare all'aria aperta – rispose Mary, sperando che la sua voce non tremasse. – In India non mi piaceva, ma qui mi fa venire appetito e mi fa ingrassare.
Il signor Craven continuava a osservarla.
– Anche la signora Sowerby ha detto che ti farebbe bene. Forse ha ragione – disse. – Ha detto che sarebbe meglio che ti irrobustisca un po', prima di affidarti a un'istitutrice.
– Mi sento più forte quando gioco fuori, con il vento che soffia dalla brughiera – replicò Mary.
– Dove giochi? – le chiese.
– Un po' dappertutto – disse Mary. – La mamma di Martha mi ha mandato una corda per saltare. Salto e corro... e vado in giro a vedere se i fiori stanno già spuntando. Non faccio niente di male...
– Non fare quella faccia spaventata! – le disse con sollecitudine. – Che male può fare una bambina come te! Puoi fare quello che vuoi.
Mary si portò la mano alla gola: aveva paura che lo zio potesse vedere il nodo che le impediva di esprimersi con naturalezza. Fece un passo verso di lui.
– Posso davvero? – chiese timidamente.
L'espressione ansiosa del piccolo viso di Mary sembrò irritare ancora di più il signor Craven.
– Non fare quella faccia! – esclamò. – Certo che puoi! Io sono il tuo tutore, anche se non sono la persona adatta per fare il tutore a qualcuno. Non ho tempo da dedicarti né posso prestarti più di tanta attenzione. Sono troppo malato, infelice e sconvolto, ma desidero che tu sia felice e che non ti manchi nulla. Non mi intendo di ragazzi, ma la signora Medlock

provvedere a tutto quello che ti occorre. Ti ho mandato a chiamare oggi perché la signora Sowerby mi ha detto che dovevo vederti. Sua figlia le ha parlato di te.

– La signora Sowerby conosce perfettamente i ragazzi – disse Mary nuovamente, senza volerlo.

– Certo – disse il signor Craven. – Mi sono sorpreso quando mi ha fermato nella brughiera, ma mi ha detto che... la signora Craven era stata molto buona con lei. – Era molto doloroso per lui pronunciare il nome della moglie morta. – È una brava donna. Ora che ti ho visto, penso che abbia avuto ragione. Gioca all'aperto quanto vuoi. Il posto è grande, puoi andare dove vuoi e divertirti come meglio credi. C'è qualcosa che desideri in modo particolare? – chiese, come colpito da un pensiero improvviso. – Vuoi delle bambole, dei giocattoli oppure dei libri?

– Potrei... – chiese Mary con un filo di voce. – Potrei avere un pezzettino di terra?

Nella sua ansietà, non si era resa conto che quelle parole sarebbero apparse stranissime e che non erano comunque quelle che avrebbe voluto dire. Il signor Craven parve sorpreso.

– Un pezzetto di terra! – ripeté. – E che cosa vuoi farne?

– Piantarci dei semi... far crescere dei fiori... vederli sbocciare – balbettò Mary.

Il signor Craven la guardò per un momento, poi si passò rapidamente la mano sugli occhi.

– Ti piacciono tanto i giardini? – chiese lentamente.

– In India non li conoscevo – disse Mary. – Ero sempre ammalata e stanca, e poi faceva troppo caldo. Qualche volta costruivo delle aiuole piccolissime sulla sabbia e ci conficcavo dentro dei fiori. Ma qui è tutta un'altra cosa.

Il signor Craven si alzò e cominciò a passeggiare lentamente per la stanza.

– Un pezzetto di terra – mormorò tra sé. Mary ebbe il presentimento che la sua richiesta gli avesse ricordato qualcosa del suo passato. Quando riprese a parlare, i suoi occhi neri avevano un'espressione più dolce e gentile.

– Potrai avere tutta la terra che vuoi – disse. – Tu mi ricordi una persona che come te amava la terra e i fiori. Quando vedi un pezzo di terra che ti piace, – aggiunse, con un vago sorriso – prendila pure, bambina mia, e falla vivere.

– Posso prenderla dovunque… se nessun altro la vuole?

– Dovunque – rispose. – Ora vai. Sono stanco. – Suonò il campanello per chiamare la signora Medlock. – Addio. Starò via per tutta l'estate.

La signora Medlock arrivò così presto che Mary pensò avesse aspettato nel corridoio.

– Signora Medlock, – le disse il signor Craven – ora che ho visto la ragazza, capisco meglio quello che la signora Sowerby intendeva dire. È ancora troppo gracile perché cominci a studiare. Le dia da mangiare roba semplice e sostanziosa. La lasci correre e scorrazzare nel giardino tutto il tempo che desidera. Non è necessario che la sorvegli troppo. Ha bisogno di libertà e di aria fresca. Ogni tanto la signora Sowerby la verrà a trovare e qualche volta, se la bambina lo vorrà, potrà andare da lei.

La signora Medlock aveva l'aria molto soddisfatta.

Sentirsi dire che non doveva occuparsi troppo di Mary, era per lei un sollievo. Quell'incarico le era pesato e, a dir la verità, aveva cercato di vederla il meno possibile, ma non aveva osato abbandonarla completamente a se stessa. Per di più aveva molta simpatia per la madre di Martha.

– Grazie, signore – disse. – Susan Sowerby è stata mia compagna di scuola. È una donna buona e giudiziosa: non ce ne sono tante come lei. Io non ho avuto figli, ma lei ne ha avuti dodici, e non ho mai visto dei ragazzini così bravi e in così ottima salute. La signorina Mary non corre nessun rischio con loro. Io stessa ho chiesto spesso consiglio a Susan Sowerby riguardo ai ragazzi. È una donna piena di buonsenso... non so se mi sono spiegata.

– Si è spiegata benissimo – rispose il signor Craven. – Ora prenda con sé la signorina Mary, e mi mandi Pitcher.

Quando la signora Medlock la lasciò in fondo al corridoio che portava alla sua stanza, Mary si precipitò di corsa in camera. Martha era ancora lì e la stava aspettando. Dopo aver sparecchiato, era tornata immediatamente nella camera di Mary.

– Avrò il mio giardino! – esclamò Mary. – E lo potrò avere dove voglio io! Farò a meno dell'istitutrice ancora per un bel po'! Tua madre mi verrà a trovare e io potrò venire a casa tua! Dice che una ragazzina come me non può fare niente di male e che perciò posso fare quello che voglio... dappertutto!

– Capperi! – esclamò Martha allegramente. – È stato molto gentile, non ti sembra?

– Martha, – disse Mary con solennità – è veramente molto gentile e simpatico. Ma è molto infelice e la sua fronte è sempre aggrottata.

Mary corse a precipizio in giardino. Aveva perduto più tempo del previsto e sapeva che Dickon doveva mettersi presto in cammino per percorrere le sue cinque miglia di strada. Quando attraversò la porta nascosta dall'edera, vide che non era più dove lo aveva lasciato. Gli attrezzi erano stati riuniti ai piedi di un albero. Si avvicinò a quell'albero e poi si guardò intorno, ma di Dickon non c'era più traccia. Il giardino era vuoto. C'era solo il pettirosso: era entrato proprio allora, volando al disopra del muro, e si era posato sopra un cespuglio di rose. Ora la guardava con aria curiosa.

– È andato via – disse tristemente. – Forse… forse era veramente uno spirito folletto!

Qualcosa di bianco, attaccato a un cespuglio di rose, attirò all'improvviso la sua attenzione. Era un pezzo di carta… un foglio della lettera che Mary aveva scritto e che Martha aveva mandato a Dickon. Una grossa spina lo teneva fermo. Mary capì subito che era stato Dickon a lasciarlo. Conteneva poche lettere e un disegno. All'inizio, non riuscì a capirci niente. Poi comprese ciò che il disegno voleva rappresentare: era un nido all'interno del quale c'era un uccellino accovacciato. Sotto in stampatello c'era scritto: «TORNERÒ…».

Capitolo Tredicesimo

«Sono Colin»

Mary portò il disegno con sé, quando tornò a casa per la cena, e lo fece vedere a Martha.

– Ma guarda! – disse Martha con orgoglio. – Non sapevo che Dickon fosse così intelligente. Ha disegnato la femmina del tordo appollaiata nel suo nido a grandezza naturale, e gli è venuto anche molto bene.

Allora Mary capì che con quel disegno Dickon aveva voluto trasmetterle un messaggio. Le aveva voluto dire di stare tranquilla: avrebbe mantenuto il segreto. Il giardino era il nido e lei era il tordo. Quello strano ragazzo le piaceva proprio.

Quella sera Mary si addormentò sperando di rivedere Dickon il giorno seguente.

Ma nessuno nello Yorkshire, specialmente in primavera, riesce mai a prevedere come sarà il tempo da un giorno all'altro. Durante la notte Mary fu svegliata dal rumore della pioggia, che batteva con violenza contro i vetri della finestra. Pioveva a dirotto e il vento «aggrediva» gli angoli della casa e i camini dell'immensa costruzione. Delusa e irritata, Mary si mise a sedere sul letto.

– Questa pioggia è più «Bastian contrario» di me – disse. – È venuta solo per farmi dispetto.

Si rimise giù e si coprì la testa con il lenzuolo. Non pianse, ma cominciò a odiare il vento e la pioggia. Non riusciva più a riaddormentarsi: gli scrosci dell'acqua e l'urlo lugubre[1] del vento la intristivano. Forse, se fosse stata felice, avrebbero favorito il suo riposo, cullandola. E invece, come ululava il vento! E come batteva forte la pioggia sui vetri!

«Sembra quasi che qualcuno si sia perso nella brughiera e che stia piangendo, perché non riesce più a ritrovare la strada di casa», disse tra sé.

Dopo essersi girata e rigirata per un'ora nel letto, senza riuscire a riprender sonno, percepì[2] improvvisamente qualcosa che la fece balzare a sedere sul letto. Rimase a lungo in ascolto, con gli occhi fissi sulla porta socchiusa.

– Questa volta non è il vento – mormorò. – Non è il vento. È diverso. È lo stesso pianto che ho già sentito altre volte.

Il pianto – un pianto irritato di ragazzo – sembrava provenire da un corridoio lontano. Stette ad ascoltare per alcuni minuti, e questa volta fu sicura di non sbagliarsi. Doveva assolutamente andare a fondo di quel mistero. Quel pianto era ancora più enigmatico[3] del giardino segreto e della chiave sotterrata. Il fatto che si sentisse di cattivo umore la rese coraggiosa.

«Voglio andare a vedere di che cosa si tratta», disse tra sé. «Sono tutti a letto e non me ne importa niente della signora Medlock… assolutamente niente!»

[1] *lugubre*: quasi simile a un lamento.
[2] *percepì*: sentì.
[3] *enigmatico*: misterioso.

Scese dal letto, prese la candela che era sul comodino e uscì dalla camera in punta di piedi. Il corridoio era lungo e buio, ma Mary era troppo eccitata per farci caso. Era convinta di ricordarsi la strada che doveva fare per raggiungere il breve corridoio dove si trovava la porta nascosta dall'arazzo... quella attraverso la quale era apparsa la signora Medlock, quando Mary si era persa nel labirinto dei corridoi. Quella volta il pianto proveniva da quel corridoio. Avanzò quasi a tentoni, alla fioca[4] luce della candela. Il cuore le batteva così forte che riusciva a sentirne i battiti. Il pianto lontano continuava e la guidava. Ogni tanto finiva per un attimo, ma poi riprendeva. Era questo il punto, dove doveva girare? Si fermò un momento a riflettere. Sì, il corridoio era quello. Doveva proseguire, poi girare a sinistra, salire due larghi gradini, e poi girare nuovamente a destra. Ed ecco finalmente la porta nascosta dall'arazzo!

L'aprì con cautela e la richiuse alle sue spalle. Ora riusciva a sentire chiaramente il pianto, anche se non era più così forte come prima. Era alla sua sinistra, dietro la parete. Pochi metri più in là c'era una porta, sotto la quale filtrava un filo di luce. In quella stanza qualcuno piangeva, qualcuno molto giovane.

Andò verso la porta, l'aprì ed entrò!

La stanza era molto grande con dei bellissimi mobili antichi. Nel camino ardeva ancora il fuoco. Un lumino da notte era acceso vicino a un letto a baldacchino, sorretto da quattro colonnine intarsiate,[5] dal quale

[4] *fioca*: debole.
[5] *intarsiate*: scolpite, decorate.

pendevano delle tende di broccato. Sul letto era disteso un ragazzo che si lamentava.

Mary si chiese se si trovava realmente in quella camera o se, riaddormentatasi nel suo letto, stesse sognando ancora.

Il ragazzo aveva un viso fine e delicato color dell'avorio. Due occhi grigi molto grandi e i capelli folti, che gli ricadevano a ciocche sulla fronte, rendevano quel viso ancora più smunto. Aveva l'aspetto di un ragazzo convalescente che piangesse più per capriccio e per dispetto che per vera sofferenza.

Immobile accanto alla porta e con la candela in mano, Mary tratteneva il respiro. Poi avanzò silenziosamente di qualche passo in direzione del letto. La luce della candela attirò l'attenzione del ragazzo, che si voltò verso di lei e la guardò sorpreso, spalancando i suoi immensi occhi grigi.

– Chi sei? – chiese alla fine in un bisbiglio e quasi con spavento. – Sei un fantasma?

– No, non sono un fantasma – rispose Mary con un altro bisbiglio, anche lei un po' spaventata. – E tu?

Il ragazzo la guardò a lungo. Mary non poté fare a meno di notare che i suoi occhi grigi come l'agata[6] erano molto strani, e che sembravano ancora più grandi per quel visino smunto perché ornati da lunghissime ciglia nere.

– No – rispose, dopo qualche istante. – Sono Colin.

– Colin, e poi? – balbettò Mary.

– Colin Craven. E tu chi sei?

– Sono Mary Lennox. Il signor Craven è mio zio.

[6] *agata*: una pietra pregiata dal colore grigio.

– Il signor Craven è mio padre – disse il ragazzo.

– Tuo padre! – esclamò Mary, sorpresa. – Nessuno mi ha mai detto che il signor Craven avesse un figlio! Come mai?

– Vieni più vicino! – disse il ragazzo con inquietudine, tenendo gli occhi fissi su di lei.

Mary gli si avvicinò e lui allungò una mano per toccarla.

– Sei reale, non è vero? – domandò. – Spesso faccio dei sogni che sembrano veri. Anche tu potresti essere un sogno.

Mary gli pose allora tra le dita un lembo[7] della vestaglia di lana che aveva indossato prima di uscire dalla camera.

– Tocca questa stoffa: è morbida e calda – gli disse. – Se vuoi, ti darò un pizzicotto per dimostrarti che sono viva. Per un momento anch'io ho pensato che tu fossi un sogno.

– Da dove vieni? – le chiese.

– Dalla mia camera. Il vento fischiava così forte che non riuscivo più a dormire. Poi ho sentito che qualcuno piangeva e ho voluto sapere chi fosse. Perché piangevi?

– Perché non riuscivo a dormire… e mi faceva male la testa. Ripetimi il tuo nome.

– Mary Lennox. Nessuno ti ha mai detto che ero venuta a stare qui?

Colin continuava a strofinare con le dita il lembo della vestaglia, ma ora sembrava iniziare a credere che Mary non fosse un fantasma.

[7] *lembo*: bordo, la parte inferiore di un vestito.

– No, – rispose – non ne hanno avuto il coraggio.

– E perché? – chiese Mary.

– Perché avrei avuto paura che tu mi vedessi. Non voglio che la gente mi veda e mi parli.

– Perché? – chiese Mary di nuovo, sempre più disorientata.

– Perché sono sempre in questo stato, ammalato e costretto a rimanere sdraiato. Mio padre non vuole neppure che la gente parli di me. Ai domestici non è permesso fare il mio nome. Se vivrò, diventerò gobbo come lui. Ma io non vivrò… Mio padre non può sopportare l'idea che io possa diventare come lui.

– Che casa strana è questa! – disse Mary. – È una casa stranissima! È tutto una specie di segreto. Le stanze sono chiuse, i giardini sono chiusi… e tu! Sei stato chiuso anche tu?

– No. Rimango in questa camera perché non ho voglia di uscire. Mi stancherei troppo.

– Tuo padre viene a trovarti? – Mary osò chiedergli.

– Qualche volta. Di solito viene quando dormo. Non vuole vedermi.

– Perché? – non poté fare a meno di domandargli Mary.

Un'ombra di irritazione passò sui lineamenti di Colin.

– Mia madre è morta quando sono nato io, e mio padre si sente maggiormente infelice tutte le volte che mi vede. Lui crede che non lo sappia, ma io l'ho sentito dire. È arrivato al punto di odiarmi.

– Odia anche il giardino, da quando è morta tua madre – disse Mary, quasi parlando a se stessa.

– Quale giardino? – chiese il ragazzo.

– Oh, un giardino... che a lei piaceva tanto – farfugliò Mary. – Ma tu sei stato sempre qui?

– Quasi sempre. Qualche volta mi hanno portato al mare, ma io non ci sono voluto rimanere perché la gente non faceva che guardarmi. Mi avevano messo una specie di busto di ferro per tenermi la schiena dritta, ma poi è venuto un famoso dottore di Londra a visitarmi, c ha detto loro di togliermelo perché era una cosa stupida farmelo portare. Piuttosto sarei dovuto stare fuori, all'aperto. Ma io odio l'aria fresca e non voglio uscire.

– Anch'io, quando sono venuta qui, non volevo uscire – disse Mary. – Ma perché mi guardi così?

– Perché ci sono dei sogni che sembrano veri – rispose il ragazzo con irritazione. – Certe volte, quando apro gli occhi, non credo di essere sveglio.

– Siamo svegli tutti e due – disse Mary. Diede un'occhiata alla camera, all'alto soffitto, alla fioca luce del camino che non riusciva a illuminare gli angoli pieni d'ombra. – Anche se sembra un sogno: è notte fonda e dormono tutti... tutti, tranne noi due. Noi siamo sveglissimi.

– Non voglio che questo sia un sogno – disse il ragazzo, inquieto.

Improvvisamente a Mary venne in mente una cosa.

– Se non vuoi che la gente ti veda, – cominciò – preferisci che me ne vada?

Colin tirò verso di sé il lembo della vestaglia di Mary che continuava a tenere in mano.

– No, – disse – se te ne vai, crederò certamente che sia stato un sogno. Se sei viva, siediti su quello sgabello e parliamo un po'. Parlami di te.

Mary posò la candela sul tavolino vicino al letto, e si mise a sedere su uno sgabello imbottito. Non aveva nessuna intenzione di andarsene: voleva restare in quella misteriosa stanza appartata a parlare con quello strano ragazzo.

– Che cosa vuoi che ti racconti? – gli chiese.

Colin volle sapere da quanto tempo Mary era a Misselthwaite; in quale corridoio fosse la sua camera; che cosa facesse durante il giorno; se, come a lui, anche a lei la brughiera non piaceva; e dove era vissuta prima di venire nello Yorkshire. Mary rispose a quelle domande e a molte altre ancora, mentre il ragazzo con la testa appoggiata al cuscino l'ascoltava con attenzione. Volle sapere molte cose sull'India e sul suo viaggio in mare, e Mary si accorse che a causa della sua malattia Colin non sapeva tutte le cose che gli altri ragazzi avevano imparato. Una bambinaia gli aveva insegnato a leggere quando era ancora molto piccolo, e adesso non faceva che leggere e sfogliare bellissimi libri illustrati.

Sebbene suo padre andasse raramente a trovarlo quando era sveglio, gli aveva fatto lo stesso un sacco di bellissimi regali, perché si divertisse. Ma non sembrava comunque che quel ragazzo si fosse mai divertito. Colin poteva avere tutto quello che desiderava e non era mai costretto a fare niente contro la sua volontà.

– Tutti devono fare quello che voglio io, – disse con indifferenza – perché, se mi fanno arrabbiare, mi sento male. Sono tutti convinti che io morirò prima di diventare grande.

Disse quelle parole come se si fosse talmente abituato all'idea di morire, che il parlarne non gli facesse alcuna impressione. Tuttavia sembrava che il suono della voce di Mary gli piacesse. Mentre lei parlava, Colin l'ascoltava con un'aria di sopito[8] interesse. Più di una volta Mary si chiese se si fosse appisolato. All'improvviso, però, il ragazzo le fece una domanda che cambiò totalmente l'argomento di conversazione.

– Quanti anni hai? – le chiese.

– Dieci come te – rispose Mary distrattamente.

– Come fai a saperlo? – le chiese sorpreso.

– Perché quando sei nato tu, la porta del giardino fu chiusa a chiave e la chiave sotterrata. E il giardino è chiuso da dieci anni.

Colin si voltò verso di lei, appoggiandosi sui gomiti.

– Quale giardino è stato chiuso? Chi l'ha chiuso? Dov'è stata sotterrata la chiave? – domandò, come se quelle parole avessero risvegliato di colpo il suo interesse e gli avessero ridato energia.

– È... è quel giardino che tuo padre odia – rispose Mary nervosamente. – È lui che ha chiuso la porta a chiave. Nessuno... nessuno sa dove è stata sotterrata la chiave.

– Com'è quel giardino? – Colin insistette, con avida curiosità.

– Sono dieci anni che nessuno ci mette più piede – rispose Mary.

Voleva essere prudente, ma ormai era troppo tardi. Colin le somigliava. Anche lui non aveva mai avuto niente che lo interessasse e l'idea di un giardino chiuso suscitava ora la sua curiosità, come aveva suscitato allora la curiosità della bambina. Il ragazzo cominciò

[8] *sopito*: scarso.

a tempestarla di domande. Dov'era quel giardino? Non aveva mai cercato di scoprirlo? Ne aveva mai parlato con i giardinieri?

– Non vogliono che se ne parli – rispose Mary. – Credo sia stato ordinato loro di non parlarne.

– Io riuscirei a farli parlare – disse Colin.

– Davvero? – balbettò Mary, cominciando a spaventarsi. Se Colin avesse obbligato la gente a rispondere alle sue domande, chissà che cosa sarebbe successo!

– Sono tutti obbligati a fare quello che voglio io. Te l'ho già detto – disse. – Se non morissi, un giorno questo luogo diventerebbe tutto mio. E loro lo sanno. Farò in modo di farli parlare.

Mary non si era mai accorta di essere stata una bambina viziata, ma capì chiaramente che quel ragazzino misterioso lo era. Credeva di essere il padrone del mondo. Che ragazzo strano! E con quanta indifferenza parlava della sua morte!

– Ma sei proprio sicuro di dover morire? – gli chiese, un po' per curiosità e un po' nella speranza di fargli dimenticare il giardino.

– Credo di sì – rispose, sempre con lo stesso tono. – Ho sempre sentito dire che non sarei cresciuto. Prima credevano che fossi troppo piccolo per capire quello che dicevano; ora credono che io non li senta, quando ne parlano. Ma io li sento benissimo. Il mio dottore è cugino di mio padre. È povero, ma se io muoio, erediterà tutto Misselthwaite alla morte di mio padre. Secondo me, lui spera che io muoia.

– Ma tu vuoi vivere? – chiese Mary.

– No – rispose il ragazzo con voce stanca e irritata. – Ma non voglio neppure morire. Quando mi sento male e penso alla mia situazione, comincio a piangere disperato.

– Ti ho sentito piangere tre volte, – disse Mary – ma non sapevo che fossi tu. Piangevi per questo motivo? – Mary stava facendo di tutto per fargli dimenticare il giardino.

– Non so… può darsi – rispose. – Ma parliamo d'altro. Parliamo del giardino. Non ti piacerebbe vederlo?

– Sì – rispose Mary a bassa voce.

– Anche a me – proseguì Colin con ostinazione. – Io non credo di aver mai voluto vedere qualcosa, ma ora voglio vedere quel giardino. Voglio che venga ritrovata la chiave e che la porta venga riaperta. E voglio che mi ci accompagnino con la mia sedia a rotelle. Ciò significherà uscire, ma non importa. Vedrai che farò aprire quella porta.

Era molto eccitato, ora, e i suoi occhi brillavano di entusiasmo.

– Dovranno accontentarmi – disse. – Mi ci farò portare e permetterò anche a te di venirci.

Mary si torse le mani. Ecco che ogni cosa stava per essere rovinata… ogni cosa! Dickon non sarebbe più tornato e lei non si sarebbe più sentita la femmina del tordo, nel suo nido nascosto!

– Oh no, non farlo! – implorò.

Colin la guardò come se fosse improvvisamente impazzita.

– Perché? – chiese. – Non avevi detto che avresti voluto vederlo anche tu?

– È vero, – rispose, quasi in un singhiozzo – ma se

tu farai aprire la porta e ti ci farai portare, non sarà più un giardino segreto.

Colin si chinò ancora di più verso di lei.

– Un giardino segreto? – disse. – Che cosa vuoi dire? Spiegati.

– Vedi... vedi, – disse convulsamente – se non lo sapesse nessuno, tranne noi... Se ci fosse una porta, nascosta da qualche parte, sotto l'edera ad esempio... se ci fosse... e noi potessimo trovarla! Se potessimo entrare in quel giardino e richiuderci la porta alle spalle, nessuno saprebbe che noi siamo dentro. E se noi dicessimo che quello è il nostro giardino, e fingessimo di essere dei tordi e che quello fosse il nostro nido, ci potremmo andare a giocare tutti i giorni: potremmo così lavorare la terra, piantarci i bulbi e seminare il terreno per farlo tornare a rivivere...

– È un giardino morto? – la interruppe.

– Lo sarà presto, se nessuno ne avrà cura – continuò Mary. – I bulbi vivranno, ma le rose...

Colin la interruppe di nuovo, non meno eccitato di lei.

– Che cosa sono i bulbi? – chiese.

– Dai bulbi nasceranno gli asfodeli, i gigli e i bucaneve. In questa stagione lavorano sottoterra e lasciano solo spuntare dei germogli verdognoli, perché la primavera sta per arrivare.

– Sta arrivando la primavera? – chiese. – E com'è? Non si vede niente nelle stanze, quando si è ammalati...

– La primavera è il sole che splende sulla pioggia, e la pioggia che cade sul sole che splende; le piantine che nascono dalla terra e che crescono sottoterra – disse Mary. – Se il giardino fosse un nostro segreto e noi potessimo entrarci di nascosto, potremmo vedere le piantine che ogni giorno crescono di più e quante rose sono ancora vive. Capisci? Non credi che sarebbe molto più bello, se rimanesse un segreto?

Colin si lasciò ricadere sul cuscino e rimase in silenzio, con una strana espressione sul volto.

– Non ho mai avuto un segreto, – disse – tranne uno, e cioè quello di morire prima di essere diventato grande. Loro non sanno che io lo so, e quindi è una specie di segreto. Ma questo mi piace molto di più.

– Se non parlerai a nessuno del giardino, – insisté Mary – forse… anzi, ne sono quasi certa, un giorno o l'altro troverò il modo di entrarci. E allora, se il medico ti permetterà di uscire sulla tua sedia a rotelle, e se potrai fare sempre quello che vuoi, forse… forse riusciremo a trovare un ragazzo che possa spingere la tua sedia, e potremo andarci da soli… Così il giardino resterebbe un nostro segreto.

– Sì, mi piacerebbe – disse Colin lentamente, con un'espressione sognante. – Mi piacerebbe di più. Non mi importerebbe di stare all'aria aperta, se fossi in un giardino segreto.

Mary cominciò a riprendere fiato e a sentirsi più tranquilla: l'idea di mantenere il segreto sembrava piacergli. Era quasi sicura ormai che, se avesse continuato a parlargli del giardino e se fosse riuscita a farglielo vedere con gli occhi dell'immaginazione, così come lo aveva visto lei nella realtà, a Colin sarebbe piaciuto talmente tanto che non avrebbe potuto sopportare l'idea che chiunque potesse entrarci liberamente.

– Ecco, ora ti descrivo il giardino come *immagino* sia, quando ci andremo insieme – disse. – È stato chiuso per tanto tempo e le piante sono cresciute liberamente, formando probabilmente un groviglio inestricabile.[9]

Colin rimaneva immobile ad ascoltare Mary che continuava a parlare di rose che *forse* si erano arrampicate a un albero o a un altro, i cui ramoscelli penzolavano dai rami; dei molti uccelli che *forse* avevano fatto il nido proprio lì perché si ritenevano al sicuro. E poi gli parlò del pettirosso e di Ben Weatherstaff: si dilungò talmente tanto sul conto del pettirosso e ne parlò in modo così tranquillo, che alla fine fu sicura che Colin non ne avrebbe parlato con nessuno. La storia del pettirosso lo divertì molto e il suo volto pallido si illuminò di un sorriso: a prima vista Mary lo aveva considerato più insignificante e più scialbo di se stessa, con quei grandi occhi e le folte ciocche di capelli sulla fronte.

– Non sapevo che gli uccelli fossero così curiosi – disse. – Ma quando uno sta sempre in una camera, non può mai vedere niente. Quante cose sai, tu! Sembra quasi che tu sia già stata in quel giardino.

Imbarazzata, Mary smise di parlare. Colin non si aspettava evidentemente una risposta, ma un attimo dopo le domandò con sua grande sorpresa: – Voglio farti vedere una cosa – disse. – Vedi quella tendina di seta rosa su quella parete, al disopra della mensola?

Mary, che non l'aveva notata, alzò lo sguardo e la vide. La tendina sembrava coprire qualcosa, forse un quadro.

– Sì – rispose Mary.

[9] *groviglio inestricabile*: nodo che non si può sciogliere.

– Lo vedi quel cordone vicino alla tendina? – disse Colin. – Tiralo!

Mary si alzò un po' perplessa e trovò il cordone. Quando lo tirò, la tendina di seta si aprì, scoprendo il ritratto di una giovane donna dal viso sorridente. Aveva i capelli legati con un fiocco azzurro, e i suoi occhi ridenti erano uguali a quelli tristi di Colin, grandi e grigi, resi ancora più grandi dalle lunghe ciglia nere.

– È mia madre – disse Colin, con voce malinconica. – Io non so perché sia morta. A volte mi sembra di odiarla proprio perché è morta.

– Com'è possibile? – esclamò Mary.

– Se fosse viva, credo che non mi sarei ammalato così – borbottò. – Penso che sarei vissuto anch'io. E mio padre non avrebbe cercato di evitarmi. Immagino che avrei anche avuto la schiena più robusta. Tira di nuovo il cordone.

Mary obbedì e tornò a sedersi sullo sgabello.

– È molto più bella di te, – disse – ma i suoi occhi sono proprio come i tuoi... o almeno hanno la stessa forma e lo stesso colore. Perché c'è quella tendina?

Colin si agitò, un po' a disagio.

– Sono stato io che l'ho fatta mettere – disse. – Non mi piace che mi guardi, specialmente quando sto male e mi sento infelice: sorride troppo. E poi, è mia e non voglio che la vedano tutti.

Seguì una pausa di silenzio. Poi Mary parlò.

– Che cosa farebbe la signora Medlock se venisse a sapere che io sono stata qui? – chiese.

– Farebbe ciò che io le direi di fare – rispose. – E io le dirò che voglio che tu venga qui a parlare con me tutti i giorni. Sono contento che tu sia venuta.

– Anch'io – disse Mary. – Verrò più spesso che potrò, ma… – esitò. – Dovrò cercare ogni giorno la porta del giardino, e ci metterò del tempo.

– Sì, devi assolutamente cercarla – disse Colin. – Poi verrai a raccontarmi tutto.

Rimase soprappensiero per qualche istante, come aveva fatto anche poco prima, poi parlò nuovamente.

– Penso sia meglio che anche tu rimanga un segreto – disse. – Non ne parlerò con loro, finché non verranno a saperlo. Posso sempre mandar via l'infermiera dalla camera con la scusa che desidero restare da solo. Conosci Martha?

– La conosco bene – disse Mary. – È la cameriera che si occupa di me.

Colin accennò con la testa verso il corridoio.

– Dorme nella stanza accanto. L'infermiera è andata via ieri per passare la notte da sua sorella, e non tornerà quindi prima di domani. Quando si allontana, si fa sempre sostituire da Martha. Sarà Martha che ti dirà quando venire.

Mary capì allora perché Martha si era turbata tanto quando le aveva chiesto chi piangeva a quel modo.

– Martha è sempre stata al corrente di tutto? – gli chiese.

– Sì, si occupa spesso di me. L'infermiera è sempre felice quando può allontanarsi, e allora viene Martha a sostituirla.

– È un bel po' che sono qui con te – disse Mary. – Vuoi che me ne vada? Hai gli occhi stanchi.

– Vorrei riuscire ad addormentarmi prima che tu te ne vada – le rispose timidamente.

– Chiudi gli occhi, allora – disse Mary, avvicinando ancora di più lo sgabello. – Farò con te quello che la mia ayah, in India, faceva di solito con me. Ti terrò la mano, la accarezzerò e canterò qualcosa a bassa voce.

– Sì, forse mi piacerà – disse Colin, con voce assonnata.

Mary era un po' preoccupata per lui e non voleva che restasse sveglio a lungo. Si appoggiò un po' al letto e cominciò ad accarezzargli la mano e a cantargli, a bassissima voce, una monotona ninna-nanna indiana.

– Mi piace – disse lui, con voce ancora più assonnata. Mary continuò a cantare e a tenergli la mano, fino a quando non fu certa che Colin si era addormentato profondamente. Allora si alzò lentamente, prese la candela e uscì in punta di piedi, evitando di fare il minimo rumore.

Capitolo Quattordicesimo

Il piccolo principe

Il mattino dopo la pioggia continuava a cadere e la brughiera era immersa nella nebbia. Era impossibile pensare di uscire. Martha aveva tante di quelle faccende da sbrigare che Mary non riuscì a trovare un minuto per parlarle. Nel pomeriggio, però, le chiese di venire a sedersi con lei nella stanza dei bambini. Martha venne e si portò dietro la maglia, il suo lavoro di quando non aveva nient'altro da fare.

– Che cosa ti succede? – le chiese, non appena si sedettero. – Ho l'impressione che tu voglia dirmi qualcosa.

– È vero. Voglio dirti che ho saputo chi è che piange – disse Mary.

Martha lasciò cadere il lavoro sulle ginocchia e la guardò, allarmata.

– Non è vero! – esclamò. – Non è possibile!

– Ho sentito quel pianto anche stanotte – proseguì Mary. – Mi sono alzata e sono andata a vedere chi era che stava piangendo. Era Colin e sono stata in camera sua.

Il viso di Martha si fece rosso come il fuoco.

– Mary! – disse quasi piangendo. – Non dovevi farlo... non dovevi! Mi farai passare dei guai! Io non ti ho mai parlato di lui... ma tu mi metti nei pasticci! Perderò il posto... e allora che cosa farà mia madre?

– Non perderai il posto – disse Mary. – Abbiamo parlato a lungo e ha detto che era contento di vedermi.

– Davvero? – esclamò Martha. – Ne sei sicura? Non sai come diventa, quando qualcosa non gli va. È un ragazzo grande, ma piange come un bambino, e quando è fuori di sé, urla e strepita solo per farci paura. Sa che non osiamo dire niente.

– Non era arrabbiato – la rassicurò Mary. – Gli ho chiesto se voleva che me ne andassi, e lui invece ha voluto che restassi. Mi ha fatto un sacco di domande, e io mi sono seduta su uno sgabello e gli ho parlato dell'India, del pettirosso e dei giardini. Non voleva proprio che me ne andassi. Mi ha fatto vedere anche il ritratto di sua madre. E prima di lasciarlo, gli ho dovuto cantare una ninna-nanna per farlo addormentare.

Martha spalancò la bocca per lo stupore.

– Non ci posso credere! – esclamò. – È come se tu fossi entrata nella tana del leone. Se fosse stato del suo solito umore, avrebbe avuto un tale accesso di collera da mettere in subbuglio tutta la casa. Non vuole che nessun estraneo lo veda.

– Invece, si è lasciato guardare da me. Io lo guardavo e lui guardava me. Siamo stati a guardarci per un bel po'! – disse Mary.

– Non so che cosa fare... – confessò Martha, turbata. – Se la signora Medlock lo dovesse venire a sapere, penserà che io non abbia obbedito ai suoi ordini e che sia stata io a dirtelo... e allora mi rispedirà a casa.

– Non dirà niente alla signora Medlock. È un segreto che deve restare tra noi – disse Mary con fermezza. – E dice che tutti sono obbligati a fare come vuole lui.

– Sì, questo è vero... è un ragazzaccio! – sospirò Martha, asciugandosi la fronte con il grembiule.

– Dice che anche la signora Medlock deve obbedirgli. E vuole che io vada a trovarlo tutti i giorni. Mi dirai tu quando potrò andarci.

– Io? – disse Martha. – Ma perderò il posto di sicuro!

– Non lo perderai, se farai quello che vuole lui... se è vero che tutti devono obbedirgli... – ragionò Mary.

– Vuoi darmi a intendere – disse Martha, spalancando gli occhi – che è stato gentile con te?

– Sì, e credo anche di essergli piaciuta – rispose Mary.

– Allora devi averlo stregato! – sentenziò Martha, con un lungo sospiro di sollievo.

– Vuoi dire che è stato un incantesimo? – chiese Mary. – Ho sentito parlare di incantesimi, in India, ma io non li so fare. Sono semplicemente entrata in camera sua, e sono stata così sorpresa di vederlo che sono rimasta a guardarlo senza dire una parola. Allora lui si è voltato e mi ha guardato. All'inizio credeva che fossi un fantasma o che stesse sognando, e anch'io, del resto, mi sono chiesta la stessa cosa. Era così strano essere in quella camera, noi due soli, nel cuore della notte, senza neppure conoscerci... Ma poi abbiamo cominciato a farci molte domande. E quando gli ho chiesto se voleva che me ne andassi, ha detto di no.

– È la fine del mondo! – esclamò Martha.

– Che malattia ha? – chiese Mary.

– Che cosa abbia veramente non lo sa nessuno – disse Martha. – Quando nacque, il signor Craven uscì quasi di cervello, tanto che i medici lo vollero ricoverare in un manicomio. Come ti ho detto, tutto questo è successo a causa della morte della moglie. Non voleva neppure vedere il bambino. Delirava, diceva che sarebbe diventato gobbo come lui, e che sarebbe stato meglio che morisse.

– Colin è gobbo? – chiese Mary. – A me non sembra.

– Non ancora – disse Martha. – Ma ha cominciato a star male. La mamma dice che in questa casa ci sono stati abbastanza guai per far ammalare qualsiasi bambino. Avevano paura che la sua schiena fosse troppo debole e si sono sempre preoccupati solo di quella; perciò lo hanno tenuto sempre a letto e non lo hanno mai fatto camminare. Una volta gli fecero mettere anche un bustino, ma lui cominciò a lamentarsi talmente tanto da ammalarsi anche per quello. Poi venne un medico famoso a visitarlo e glielo fece togliere. Parlò con il medico di casa: disse che gli avevano dato troppe medicine e che lo avevano viziato troppo.

– Credo anch'io che sia un ragazzo molto viziato – disse Mary.

– È il peggior ragazzo viziato che esista al mondo! – disse Martha. – Non dico che non sia stato ammalato per un bel po' di tempo. Ha avuto la tosse e la bronchite per due o tre volte, che lo hanno ridotto uno straccio. Una volta ha preso addirittura la febbre reumatica e un'altra volta il tifo. Quella volta la signora Medlock si prese proprio un bello spavento! Mentre parlava con l'infermiera, credendo che lui non sentisse niente, disse: «Questa volta morirà di certo, e sarà un bene per lui e per tutti». E quando tornò a guardarlo, lui era lì con gli occhi spalancati e fissi su di lei, perfettamente sveglio. La signora Medlock non riuscì a capire che cosa fosse successo. Vide solo che lui la guardava e lo sentì dire: «Mi dia un po' d'acqua e la smetta di parlare».

– Tu pensi che morirà? – chiese Mary.

– La mamma dice che non è possibile che un ragazzo possa vivere, se non prende mai una boccata d'aria fresca, se non fa mai nulla, tranne che stare a letto, sdraiato a leggere libri illustrati e a prendere medicine. È molto debole e non vuole essere portato fuori. Dice che prende il raffreddore in fretta e che si ammala facilmente.

Mary guardava il fuoco.

– Mi chiedo – disse lentamente – se non sarebbe un bene per lui uscire in giardino a vedere le piantine che spuntano dal terreno. A me ha fatto bene.

– Una delle sue crisi peggiori – disse Martha – gli venne quella volta che lo portarono fuori a vedere le rose vicino al laghetto. Aveva letto su un giornale che alcune persone potevano prendere il «raffreddore della rosa» a causa del profumo di quei fiori: allora cominciò a starnutire e a dire che aveva preso quel malanno. In quel momento un nuovo giardiniere, che non sapeva niente di lui, lo guardò con curiosità. Andò su tutte le furie e disse che lo aveva guardato in quel modo perché stava per diventare gobbo. Allora cominciò a piangere e a gridare: gli venne la febbre e stette male tutta la notte.

– Se dovesse arrabbiarsi così con me, non andrò mai più a trovarlo – disse Mary.

– Se ti manderà a chiamare, dovrai andarci – disse Martha. – È meglio che te lo dica subito.

Un attimo dopo suonò la campana e Martha smise di fare la calza.

– Dev'essere l'infermiera che mi chiama perché stia un po' con lui – disse. – Speriamo che sia di buon umore.

Uscì dalla stanza e tornò una decina di minuti dopo, con un'espressione di stupore dipinta sul viso.

– Be', l'hai proprio stregato – disse. – Si è messo seduto sul divano a guardare i suoi libri illustrati. Ha detto all'infermiera di lasciarlo solo fino alle sei in punto. A me, invece, ha detto di aspettare nella stanza vicina. Non appena l'infermiera se ne è andata, mi ha chiamato e mi ha detto: «Voglio che Mary Lennox venga qui a parlare con me, e ricordati di non dirlo a nessuno! Vai subito a chiamarla!».

Mary non si fece pregare; certo avrebbe preferito vedere Dickon, ma desiderava anche vedere Colin.

Alla luce del giorno, Mary si rese conto che la camera di Colin era veramente molto bella. Nel camino ardeva un bel fuoco; arazzi e tappeti dai colori magnifici, libri, e quadri appesi alle pareti la rendevano comoda e splendente, nonostante il cielo grigio e la pioggia che continuava a cadere. Anche Colin sembrava un quadro. Indossava una vestaglia di velluto e sedeva appoggiato a un grande cuscino di broccato. Aveva due macchie rosse sulle guance.

– Entra! – le disse Colin. – Ho pensato a te tutta la mattina.

– Anch'io ho pensato a te – rispose Mary. – Non immagini neppure lontanamente com'è spaventata Martha. Ha paura che la signora Medlock penserà che sia stata lei a parlarmi di te e che quindi verrà licenziata.

Colin si accigliò.
– Va' a dirle di venire subito qui – disse. – È nella stanza accanto.
Mary andò a chiamarla e tornò con lei. La povera Martha tremava dalla testa ai piedi. Colin aveva sempre la faccia scura.
– Devi o non devi fare ciò che voglio io? – le chiese.
– Sì, devo fare tutto ciò che vuole lei, signorino – farfugliò Martha, arrossendo.
– La signora Medlock deve o non deve fare quello che voglio io?
– Tutti dobbiamo fare quello che vuole lei, signorino – disse Martha.
– Allora, se ti ordino di accompagnare la signorina Mary da me, come può la signora Medlock mandarti via, anche se lo dovesse venire a sapere?
– Per favore, signorino, non glielo faccia sapere – implorò Martha.
– Manderò via lei, se osa dire una sola parola su questa faccenda – disse Colin con alterigia.[1] – Questo non le farebbe piacere, stanne certa.
– Grazie, signorino – rispose Martha, facendo un piccolo inchino. – È mio dovere stare ai suoi ordini.
– Il tuo dovere è fare ciò che voglio io – disse Colin con maggior alterigia. – Ci penserò io. Ora vai pure.
Quando la porta si chiuse alle spalle di Martha, Colin notò che Mary lo guardava con un'espressione perplessa sul viso.
– Perché mi guardi in quel modo? – le chiese. – A cosa stai pensando?

[1] *alterigia*: superbia.

– Pensavo a due cose.

– Quali cose? Siediti e dimmele.

– La prima è questa – disse Mary sedendosi sullo sgabello. – Una volta, in India, ho visto un ragazzo che era un principe, un rajah. Aveva un vestito pieno di rubini, smeraldi e diamanti e parlava ai suoi sudditi proprio come hai parlato tu con Martha. Tutti dovevano fare quello che voleva lui, senza discutere. Credo che sarebbero stati uccisi, se non lo avessero fatto.

– Ti chiederò di parlarmi di quel principe in seguito – disse. – Prima dimmi qual è l'altra cosa.

– Pensavo – disse Mary – che sei molto diverso da Dickon.

– E chi è questo Dickon? – chiese. – Che nome strano!

Mary pensò che poteva anche dirglielo. Poteva benissimo parlare di lui senza accennare al giardino segreto. D'altronde, aveva tanta voglia di parlare di Dickon. Le sarebbe sembrato di averlo lì vicino.

– È il fratello di Martha. Ha dodici anni – aggiunse. – È un ragazzo diverso da tutti gli altri. È capace di addomesticare le volpi, gli scoiattoli e gli uccelli, proprio come gli indiani riescono a incantare i serpenti. Suona una melodia molto dolce con il flauto, e gli animali gli si avvicinano per ascoltarlo.

Sul tavolo vicino al divano c'erano dei grossi libri. Colin ne prese subito uno.

– In questo libro c'è la figura di un incantatore di serpenti – esclamò. – Vieni a vederla.

Era un bellissimo libro con delle magnifiche illustrazioni a colori. Colin le indicò una figura.

– Fa così? – le chiese, con grande interesse.

– Suona il flauto, e gli animaletti lo stanno ad ascoltare – spiegò Mary. – Ma Dickon dice che non si tratta di magia. Dice che è così perché lui passa moltissimo tempo nella brughiera e conosce le loro abitudini. Dice anche che li ama talmente tanto che a volte gli sembra di essere un uccello, o un coniglio. Io credo che abbia fatto qualche domanda al pettirosso. Quando parlò con il pettirosso, sembrava che si capissero.

Colin si appoggiò ai cuscini: i suoi occhi si fecero più grandi e le macchie rosse sulle guance più vive.

– Parlami ancora di lui – disse.

– Sa tutto sui nidi e sulle uova degli uccelli – proseguì Mary. – E sa dove vivono i tassi, le volpi e le lontre. Ma non lo dice agli altri ragazzi, perché scoprirebbero le loro tane e li spaventerebbero. Conosce tutte le piante e gli animali della brughiera.

– A lui la brughiera piace? – chiese Colin. – Come fa a piacergli un posto così deserto, nudo e malinconico?

– È il posto più bello del mondo – protestò Mary. – Lì crescono migliaia di piante e fiori molto belli, e ci sono tantissimi animaletti che lavorano continuamente per costruirsi il nido, per farsi delle tane, o che cinguettano, cantano o squittiscono. Lavorano sempre e si divertono moltissimo sottoterra, o sugli alberi, o nell'erica. È il loro regno.

– Come fai a saperlo? – chiese Colin, girandosi per guardarla.

– Veramente non ci sono mai stata – disse Mary. Poi, all'improvviso si ricordò di una cosa e aggiunse: – Ci sono passata una sola volta, in carrozza, e quando era buio. Mi sembrò bruttissima. È stata Martha a parlarmene per prima e poi Dickon. Quando Dickon ne parla, ti sembra quasi di vedere le piante e di sentire il rumore degli animali; ti vedi tra l'erica, con il sole che splende e la ginestra che profuma di miele... tra api e farfalle.

– Quando uno è malato, non vede mai niente – disse Colin irritato.

Sembrava che stesse ascoltando un nuovo suono lontano, domandandosi che rumore fosse.

– Non puoi vedere niente, se stai chiuso in una stanza – disse Mary.

– Non posso andare nella brughiera – disse lui risentito.[2]

Mary rimase in silenzio per qualche istante, poi si azzardò a dire: – Dovresti andarci, qualche volta.

Colin fu sorpreso da quelle parole.

– Andare nella brughiera! Come potrei? Sto per morire...

– Come fai a saperlo? – disse Mary con indifferenza. Le dava fastidio sentirlo parlare continuamente della sua morte certa. Non riusciva a commiserarlo perché sembrava se ne vantasse.

– L'ho sempre sentito dire da tutti, da quando ho cominciato a capire – rispose irritato. – Ne parlano sempre a bassa voce e credono che io non li senta. Desiderano anche che io muoia.

Mary si sentì nuovamente «Bastian contrario» e strinse le labbra.

– Se qualcuno desiderasse la mia morte, – disse – al-

[2] *risentito*: offeso, irritato.

lora io non vorrei affatto morire. Chi desidera che tu muoia?

– I domestici… e naturalmente il dottor Craven. Così potrebbe ereditare Misselthwaite e diventare ricco. Non osa dirlo, ma è sempre di buon umore quando vede che io peggioro. Quando mi è venuta la febbre tifoidea, sembrava avesse un'espressione soddisfatta. Credo che anche mio padre lo desideri.

– Non ci credo – disse Mary con ostinazione.

Colin si volse nuovamente a guardarla.

– Non ci credi? – le domandò.

Abbandonò la testa sui cuscini e rimase immobile, come se riflettesse. Seguì un lungo silenzio. Forse in quel momento i due ragazzi pensarono a cose cui generalmente i ragazzi non pensano.

– A me piace molto quel famoso medico di Londra che ha detto a tutti di toglierti quella cosa di metallo – disse Mary, alla fine. – Anche lui ha detto che dovevi morire?

– No.

– E che cosa ha detto?

– Non ha parlato a bassa voce – rispose Colin. – Forse aveva capito che a me non piace la gente che parla sottovoce. Gli ho sentito dire una cosa una volta. Ha detto: «Il ragazzo può vivere, se si mette in testa di voler vivere. Cercate di incoraggiarlo». E mi sembrò che lo dicesse con rabbia.

– Conosco io una persona che potrebbe darti la voglia di vivere – disse Mary, dopo aver riflettuto. Le sarebbe piaciuto che quella incresciosa[3] vicenda si

[3] *incresciosa*: dolorosa.

risolvesse per il meglio. – Credo che Dickon ne sarebbe capace. Lui parla sempre di cose che vivono. Non parla mai di cose morte o malate. Alza sempre gli occhi al cielo per guardare gli uccelli che volano, o li abbassa per guardare ciò che germoglia sulla terra. I suoi grandi occhi azzurri sono diventati così a furia di guardarsi attorno. E si fa delle grandi risate, con quella sua grande bocca… e le sue guance sono così rosse… rosse come le ciliegie.

Avvicinò lo sgabello al divano: l'espressione del viso di Mary cambiò al ricordo del largo sorriso di Dickon e dei suoi grandi occhi.

– Stammi a sentire, Colin – disse. – Non parliamo più di morire. È un argomento che non mi piace per niente. Parliamo piuttosto di ciò che vive. Parliamo di Dickon. Poi guarderemo le figure dei tuoi libri.

Era la cosa migliore che avesse potuto dire. Parlare di Dickon significava parlare della brughiera, della sua casa, delle quattordici persone che ci vivevano con sedici scellini alla settimana… e dei ragazzi che scorrazzavano per la brughiera, come cavallini selvaggi. Voleva dire parlare della madre di Dickon… della corda per saltare… del sole che splende… e dei teneri germogli che sbucano dalla terra scura. E tutto era così vivo e vero, che Mary parlò più di quanto non avesse mai parlato prima di allora… e Colin parlava e ascoltava come non aveva mai fatto in vita sua. E tutti e due cominciarono a ridere e a scherzare su tutto, come fanno di solito i ragazzi che stanno volentieri insieme. Risero e si divertirono tanto, con una vivacità così spontanea come se fossero stati due ragazzi di dieci anni in buona salute, e non una ragazzina antipatica e scontrosa e un ragazzo malaticcio convinto di dover morire presto.

Tra scherzi e risate finirono col dimenticare le illustrazioni. Avevano riso anche a proposito di Ben e del suo pettirosso, quando Colin, che ora si era seduto come se avesse dimenticato completamente il suo mal di schiena, si ricordò a un tratto di una cosa.

– Sai che non abbiamo ancora pensato a una cosa? – disse. – Siamo cugini!

L'idea di aver chiacchierato così a lungo, senza aver mai pensato al loro grado di parentela, fu per loro talmente comica che ne risero a crepapelle. Erano ormai in quello stato d'animo di chi ride per qualsiasi cosa, quando, sul più bello, la porta si aprì ed entrarono il dottor Craven e la signora Medlock.

Il dottor Craven, sorpreso, fece un passo indietro e inciampò nella signora Medlock, la quale rischiò di finire a gambe levate.

– Santo cielo! – esclamò la signora Medlock, con gli occhi quasi fuori dalle orbite. – Mio Dio!

– Cosa sta succedendo? – disse il dottor Craven, avanzando verso Colin. – Che cosa significa tutto questo?

Allora a Mary tornò in mente per la seconda volta il piccolo principe indiano: Colin infatti reagì a quelle esclamazioni come se i timori del medico e lo spavento della signora Medlock non avessero la minima importanza. Non apparve né turbato né spaventato, come se nella sua stanza fossero entrati il vecchio gatto e il vecchio cane di casa.

– Questa è mia cugina Mary Lennox – disse. – Le ho chiesto di venire a fare due chiacchiere con me.

Abbiamo fatto amicizia. Mary potrà venirmi a trovare tutte le volte che desidera.

Il dottor Craven rivolse alla signora Medlock uno sguardo di rimprovero.

– Non capisco come sia successo – ansimò la signora Medlock. – Nessuno tra i domestici avrebbe avuto il coraggio di parlare... hanno avuto tutti degli ordini precisi...

– Nessuno le ha detto niente – disse Colin. – Mi ha sentito piangere ed è venuta da sola. Sono molto contento che sia venuta. Non dica sciocchezze, signora Medlock.

Mary si accorse che il dottor Craven aveva l'aria poco soddisfatta, ma si vedeva chiaramente che non osava opporsi al paziente. Si mise a sedere accanto al ragazzo e gli tastò il polso.

– Ho paura che ti sia agitato un po' troppo. Tutta questa eccitazione non ti fa bene, ragazzo mio – disse.

– Mi agiterei molto di più, se Mary non dovesse più venire a trovarmi – rispose Colin, mentre negli occhi gli si stava accendendo una scintilla minacciosa. – Sto meglio. Mia cugina mi ha fatto stare meglio. Dica all'infermiera di portare il tè per due persone. Lo prenderemo insieme.

La signora Medlock e il dottor Craven si guardarono preoccupati, ma evidentemente non c'era niente da fare.

– Sembra proprio che stia meglio – si arrischiò a dire la signora Medlock. – Ma, a pensarci bene, sembrava che stesse già meglio questa mattina, prima che la ragazza entrasse in questa stanza.

– È venuta da me stanotte ed è rimasta con me per

un bel po'. Mi ha cantato una ninna-nanna indiana finché non mi sono addormentato – disse Colin. – Quando mi sono svegliato, stavo meglio e ho fatto colazione. Ora voglio il tè. Lo dica all'infermiera, signora Medlock.

Il dottor Craven non rimase a lungo. Scambiò qualche parola con l'infermiera, quando questa entrò nella stanza, e diede qualche consiglio a Colin. Gli raccomandò di non parlare troppo, di non dimenticare che era malato e che si stancava facilmente. Mary ebbe l'impressione che non dovesse dimenticarsi di troppe cose...

Colin sembrò arrabbiarsi e fissò a lungo il dottor Craven.

– Io *voglio* dimenticare tutte queste cose – disse alla fine. – Mary me le fa dimenticare. Ecco perché voglio che rimanga con me.

Il dottor Craven non sembrò per niente soddisfatto, quando uscì dalla stanza. Diede un'occhiata perplessa alla ragazzina che sedeva sullo sgabello. Non appena lo aveva visto entrare, Mary aveva ripreso subito la sua aria scontrosa e taciturna di un tempo, e il medico non riuscì a capire in che modo avesse potuto suscitare la simpatia del cugino. Ma poiché il ragazzo ora appariva allegro, il dottor Craven trasse un profondo sospiro e si allontanò lungo il corridoio.

– Vogliono sempre che mangi quando non ho appetito – disse Colin, mentre l'infermiera portava il tè e lo posava sul tavolino, accanto al divano. – Ma oggi, se mangi tu, mangerò anch'io. Quelle tartine sembrano ancora calde e devono essere davvero buone. E ora parlami dei principi indiani.

Capitolo Quindicesimo

Il nido del pettirosso

Dopo un'altra settimana di pioggia, tornò il sereno e i raggi del sole iniziarono a diventare caldi. Anche se non era potuta andare nel suo giardino segreto a vedere Dickon, Mary si era divertita lo stesso. La settimana non le era sembrata lunga. Aveva passato intere giornate con Colin, era stata molte ore nella sua camera, parlandogli dei principi indiani, dei giardini, di Dickon e della sua casa nella brughiera. Avevano guardato insieme dei bellissimi libri illustrati; a volte Mary gli leggeva qualche pagina, altre volte era Colin che si metteva a leggere qualche pagina a lei. Quando si divertiva o mostrava interesse per qualcosa, Colin non sembrava affatto un ragazzo malato, nonostante il pallore del suo volto e l'abitudine di restare sempre disteso sul divano.

– Tu sei una ragazzina di cui non ci si può fidare. Non dovevi origliare, alzarti dal letto e andare in giro, come hai fatto quella notte – le disse una volta la signora Medlock. – Ma devo proprio dire che quello che hai fatto è stata una specie di benedizione per tutti noi. Da quando siete diventati amici, non ha più avuto crisi di nervi e non ha più pianto. L'infermiera stava per rinunciare al suo incarico perché non ne poteva più, ma ora che fai una parte del suo lavoro, – aggiunse scherzosamente – ha deciso di rimanere.

Nei suoi discorsi con Colin, Mary aveva cercato di essere molto prudente riguardo al giardino segreto. C'erano alcune cose che avrebbe voluto sapere da lui, ma desiderava venirne a conoscenza, senza domandargliele direttamente. Innanzitutto voleva assicurarsi che fosse capace di mantenere un segreto. Non era certo come Dickon, ma Mary iniziò a credere che potesse meritare una certa fiducia. In secondo luogo, voleva sapere se fosse stato possibile portarlo nel giardino senza che nessuno se ne accorgesse. Il famoso medico di Londra aveva detto che Colin aveva bisogno di stare all'aria aperta, e Mary pensava che se Colin avesse conosciuto Dickon e il pettirosso, e avesse visto quei germogli spuntare dalla terra, forse non avrebbe più pensato alla morte.

Di recente Mary si era guardata qualche volta allo specchio, e si era resa conto di avere un aspetto molto diverso da quando era arrivata dall'India. Le sembrava ora di essere molto più carina, e anche Martha aveva notato il cambiamento avvenuto in lei.

– L'aria della brughiera ti ha fatto molto bene – le aveva detto. – Non sei più né verdognola né magra come prima. Anche i capelli sono diventati più belli. Sembra che abbiano un po' più di vita.

– Si sono rinforzati e sono diventati più folti – disse Mary. – Sono anche sicura di averne molti più di prima.

– Già, lo penso anch'io – rispose Martha, arruffandole qualche ciocca intorno al visino. – Sei molto meno brutta quando sei spettinata e quando hai le guance tutte rosse.

Se i giardini e l'aria aperta avevano fatto bene a lei, forse avrebbero fatto bene anche a Colin. Il guaio era che lui non voleva vedere nessuno, e forse non avrebbe voluto vedere neanche Dickon.

– Perché ti arrabbi se qualcuno ti guarda? – gli chiese un giorno.

– È una cosa che non mi è mai piaciuta – rispose. – Anche quando ero molto piccolo la detestavo. Anni fa al mare mi portarono in spiaggia sulla mia sedia a rotelle. Mi guardavano tutti. Le signore si fermavano a parlare con la mia infermiera, e poi cominciavano a bisbigliare tra di loro. Io sentivo tutto: dicevano che non sarei cresciuto e che forse sarei morto presto. Qualche volta le signore mi davano un buffetto sulla guancia, dicendomi: «Povero bambino!». Una volta diedi un morso alla mano di una signora che diceva così, e cominciai a urlare a squarciagola. Scappò via, spaventata.

– Avrà pensato che fossi diventato idrofobo[1] come un cane – commentò Mary, con aria di disapprovazione.

– Cosa vuoi che me ne importi! – disse Colin accigliandosi.

– Mi stupisco che tu non abbia urlato e non mi abbia morso, quando sono entrata in camera tua – disse Mary, sorridendo benevolmente.

– Credevo fossi un fantasma o che stessi sognando – rispose Colin. – Non si può mordere un fantasma o un sogno, e anche se gridi non risolvi niente.

– Ti dispiacerebbe se… se un ragazzo ti guardasse? – Mary gli chiese, esitante.

[1] *idrofobo*: rabbioso.

Colin si appoggiò sui cuscini e si fece pensieroso.

– C'è un ragazzo... – disse poi, lentamente, come se pesasse ogni parola – c'è un ragazzo, credo, dal quale non mi dispiacerebbe farmi vedere. Si tratta di quel ragazzo che sa dove vivono le volpi... di Dickon, insomma.

– Ne ero certa – disse Mary.

– Agli uccelli non dispiace e neppure agli altri animali – continuò, sempre riflettendo. – Ecco perché forse non dispiacerebbe neppure a me. È una specie di incantatore di animali e io sono come un animaletto.

Poi rise. Tutti e due risero a lungo perché l'idea del ragazzino animale, che si nasconde nella sua tana, era sembrata loro molto divertente.

E così Mary capì che non doveva più preoccuparsi: Dickon sarebbe stato certamente ben accolto da Colin.

La prima mattina di bel tempo, Mary si svegliò presto. I raggi del sole nascente filtravano attraverso le imposte, diffondendo nella stanza una sensazione di gioia. Mary saltò giù dal letto, corse ad aprire le imposte e spalancò la finestra. Un grande soffio di aria fresca e profumata la investì. La brughiera era azzurra e tutto sembrava immerso in un'atmosfera incantata. Dappertutto si udivano tenui suoni flautati, come se decine e decine di uccelli si preparassero a intonare il loro canto. Mary si sporse dalla finestra e stese le mani al sole.

– Il sole è caldo... è caldo! – disse. – Farà crescere un po' di più le piantine e farà germogliare i bulbi e le radici sottoterra.

Si mise in ginocchio e aspirò larghe boccate d'aria;

all'improvviso le venne da ridere perché le venne in mente quello che aveva detto la signora Sowerby a proposito della punta del naso di Dickon, che fremeva e tremava come quella di un coniglietto.

– Deve essere ancora molto presto – disse. – Le nuvolette sono rosee e non ho mai visto il cielo così bello! Nessuno si è ancora alzato. Non sento nemmeno i garzoni nella stalla, che di solito si alzano molto presto.

Un pensiero improvviso la fece balzare in piedi.

– Non posso aspettare! Vado a vedere il giardino!

Aveva ormai imparato a vestirsi da sola e in cinque minuti fu pronta. Conosceva una porticina laterale e sapeva come aprirla. Scese perciò a precipizio le scale, con le scarpe in mano per non far rumore, e se le infilò nell'atrio. Tolse la catena, fece scorrere il chiavistello e scattare la serratura, e quando la porta fu aperta fece d'un balzo i gradini. Ed ecco la piccola Mary correre sull'erba già verde, con il sole che la investiva e con tiepidi e dolci folate di venticello intorno, con pigolii, cinguettii e canti che provenivano da ogni albero e da ogni cespuglio. Batté le mani per la gioia e guardò il cielo: era azzurro, rosa, bianco, rilucente come una perla e inondato di luce primaverile. Le venne voglia di fischiettare e cantare come gli uccellini, e capì perché i tordi, i pettirossi e le allodole non potevano farne a meno. Girò intorno ai sentieri e ai cespugli, in direzione del giardino segreto.

– È già tutto diverso – disse. – L'erba è più verde e le piantine spuntano dappertutto; altre si schiudono, fanno la loro comparsa i germogli verdi e le foglioline. Sono sicura che Dickon verrà nel pomeriggio.

La pioggia tiepida, che era caduta per diversi giorni, aveva prodotto degli strani fenomeni sui tappeti d'erba che delimitavano il sentiero presso il muro più basso. C'erano delle puntine verdi che germogliavano e spuntavano dalle radici di molte piante, e un po' dappertutto si intravedevano macchie gialle e rosse tra gli steli dei crochi. Sei mesi prima Mary non avrebbe prestato attenzione al mondo che si risvegliava, ma ora non le sfuggiva niente.

Quando raggiunse la porta nascosta sotto l'edera, fu sorpresa da un suono strano e inaspettato: dall'alto del muro proveniva il gracchiare di un corvo. Sollevò lo sguardo e vide un grosso uccello, dalle lucenti penne nere con delle sfumature azzurrognole, che sembrava osservarla con molta attenzione. Prima di allora non aveva mai visto un corvo così da vicino e ne rimase un po' impressionata. Un istante dopo, però, il corvo allargò le ali e volò nel giardino segreto. Mary sperò che se ne andasse in fretta, ma con suo enorme disappunto si accorse che intendeva restare: si era appollaiato sul ramo di un piccolo melo, sotto il quale era accovacciato un animaletto dal pelo rossiccio, con una folta coda. I due animaletti guardavano la schiena curva e la testa color ruggine di Dickon, che, inginocchiato a terra, lavorava energicamente.

Mary corse verso di lui.

– Dickon! Dickon! – gridò. – Come hai fatto a venire così presto? Il sole si è appena alzato!

Dickon si alzò ridendo: era raggiante e aveva i capelli arruffati. Gli occhi sembravano due spicchi di cielo.

– Mi sono alzato prima di lui – disse. – Come sarei potuto stare a letto? Il mondo è rinato, questa mattina.

Non senti come lavora, ronza, cinguetta, e come manda dei dolci profumi per farti uscire di casa, invece di invogliarti a stare a letto a poltrire? Quando il sole si è alzato, la brughiera è impazzita di gioia. Sono andato di corsa in mezzo all'erica e ho corso come un matto, gridando e cantando. E sono venuto qui subito. Il giardino mi aspettava. Non potevo proprio rimanere a letto.

Mary si mise le mani sul petto, ansante, come se avesse corso anche lei.

– Oh, Dickon! Dickon! – disse. – Sono così contenta! Non riesco nemmeno a riprendere fiato!

Nel vedere che parlava con una persona estranea, l'animaletto dalla folta coda lasciò il posto che aveva occupato fino ad allora sotto l'albero e gli si avvicinò. Il corvo gracchiò, volò via dal ramo dove si era appollaiato e gli si posò tranquillamente sulla spalla.

– Questo è un volpacchiotto – disse, accarezzando la testa rossiccia dell'animaletto. – Si chiama Captain. E questo è Soot. Soot mi è volato dietro per tutta la brughiera, e Captain mi è corso dietro come se fosse stato inseguito dai cani. Stamattina erano tutti e due matti come me.

Nessuno dei due animali sembrava aver paura di Mary. Quando Dickon cominciò a muoversi per il giardino, Soot rimase appollaiato sulla sua spalla e Captain lo seguì trotterellandogli intorno come un cagnolino.

– Guarda! – disse Dickon. – Guarda come sono cresciute queste piantine, e anche queste! Guarda queste qua! E guarda anche quelle là!

Si buttò in ginocchio e Mary gli si inginocchiò accanto, imitandolo. Avevano davanti una macchia di crochi che era esplosa in un gioco di colori, in cui si mescolavano il rosso, l'arancio e il giallo. Mary si chinò e li baciò ripetutamente.

– Non si bacia mai una persona in questo modo – disse quando sollevò il capo. – Ma i fiori sono un'altra cosa.

Dickon parve perplesso, ma sorrise.

– Come no! – disse. – Ho baciato la mamma molte volte in questo modo, quando torno dalla brughiera dopo essere stato in giro tutto il giorno, e la vedo sulla soglia di casa che mi aspetta, contenta di rivedermi.

Corsero da una parte all'altra del giardino e videro tante cose meravigliose. Dickon le mostrò i germogli sui rami dei rosai che poco tempo prima sembravano morti, e un'infinità di nuove puntine verdi che spuntavano da terra. Cacciarono i loro nasini avidi vicino alla terra e aspirarono il profumo della tiepida primavera; zapparono, strapparono erbacce e risero sottovoce, estasiati, finché i capelli di Mary si arruffarono come quelli di Dickon e le sue guance si fecero rosse quasi quanto quelle di lui.

C'erano tutte le meraviglie della terra quella mattina, nel giardino segreto; ma fra tante gioie ne sopraggiunse una più bella di tutte le altre, perché era una gioia meravigliosa. Qualcosa volò velocemente al disopra del muro e sfrecciò attraverso gli alberi fino a un angolo vicino: era un uccellino dal petto rosso lucente, dal cui becco pendeva qualcosa. Dickon rimase immobile e toccò con la mano il braccio di Mary, come se all'improvviso fossero stati sorpresi a ridere in chiesa.

– Non dobbiamo muoverci tanto – mormorò nel dialetto dello Yorkshire. – Dobbiamo cercare di fare il meno rumore possibile. Sapevo che stava per accoppiarsi, quando l'ho visto l'ultima volta. È il pettirosso di Ben. Si sta costruendo il nido. Non bisogna disturbarlo.

Si sedettero cautamente sull'erba, e rimasero immobili.

– Non dobbiamo guardarlo né fargli capire che parliamo di lui – disse Dickon. – Perderemmo la sua amicizia, se avrà l'impressione che lo stiamo osservando. Non si comporterà più come prima, fino a quando non avrà finito: sta mettendo su casa. Ora è più pauroso e diffidente. Non ha più tempo per farci visita o per chiacchierare. Dobbiamo rimanere fermi, come se fossimo parte dell'ambiente. Quando si sarà abituato a vederci, io cinguetterò un po' e lui capirà che non lo vogliamo disturbare.

Mary non era affatto sicura di sapere che cosa bisognasse fare per sembrare parte dell'ambiente. Ma Dickon aveva detto quelle strane parole come se fosse stata la cosa più semplice e naturale di questa terra. Capì che per lui la cosa doveva essere facilissima, e per alcuni minuti lo guardò con curiosità, chiedendosi se stesse per diventare verde o se stesse per mettere i rami e le foglie. Dickon rimase seduto, perfettamente immobile, e quando parlò abbassò talmente tanto la voce che Mary fece fatica a sentirlo.

– Farsi il nido è una faccenda da sbrigare in primavera – disse. – Sono sicuro che è sempre stato così, di anno in anno, dall'inizio dei tempi. Gli animali hanno il loro modo di pensare e di agire, e la cosa migliore è non interferire.[2] Se si è troppo curiosi, è più facile per-

[2] *interferire*: intromettersi, disturbare.

dere un amico in primavera che in qualsiasi altra stagione.

– Se parliamo di lui, come faccio a non guardarlo? – disse Mary a bassa voce. – Parliamo di qualcos'altro. Dovrei farti una domanda.

– Il pettirosso preferisce che non si parli di lui – osservò Dickon. – Che cosa vuoi chiedermi?

– Sai niente di Colin? – mormorò.

Dickon si voltò sorpreso e la fissò.

– E tu, cosa sai di lui? – le chiese.

– Io l'ho visto e questa settimana sono andata tutti i giorni a trovarlo. Gli piace la mia compagnia. Dice che gli faccio dimenticare che è malato e che morirà presto – rispose Mary.

Un'espressione di sollievo apparve sulla faccia rotonda del ragazzo.

– Sono veramente contento – esclamò. – Sì, sono proprio contento! Mi sento più leggero. Sapevo che non dovevo parlare di lui, ma a me non piace tenere le cose nascoste.

– Non ti piace tenere nascosta neanche la faccenda del giardino? – chiese Mary.

– Del giardino non parlerò mai – rispose Dickon. – Ma ho detto alla mamma: «Mamma, devo mantenere un segreto. Non è niente di brutto, e tu lo sai. È come quando non voglio dire dov'è il nido di un uccello. A te non importa, vero?».

Mary lo ascoltava sempre volentieri, quando parlava della mamma.

– E che cosa ha detto la mamma? – chiese, per nulla timorosa di ascoltare la risposta.

Dickon fece una smorfia divertita.

– Quello che ha detto è tipico del suo carattere – rispose. – Mi ha arruffato i capelli e ha detto, ridendo: «Ragazzo mio, puoi avere tutti i segreti che vuoi. Sono dodici anni che ti conosco».

– Come facevi a sapere di Colin? – chiese Mary.

– Tutti sanno che il signor Craven ha un figlio che forse diventerà storpio,[3] e sanno anche che non vuole che se ne parli. La gente è dispiaciuta per il signor Craven. La signora Craven era giovane e molto bella, e tutti sanno che si volevano molto bene. La signora Medlock si ferma sempre a casa nostra, quando deve andare a fare delle commissioni a Thwaite, e ne parla tranquillamente alla mamma, anche in presenza di noi ragazzi, perché sa che si può fidare di noi. Ma tu come hai fatto a conoscerlo? Martha era molto preoccupata l'ultima volta che è tornata a casa. Ha detto che l'avevi sentito piangere e che le avevi fatto molte domande imbarazzanti.

Mary gli raccontò che quella notte il vento l'aveva svegliata e che il suo pianto lontano l'aveva guidata per i corridoi bui finché, con la candela in mano, era entrata nella camera debolmente illuminata del malato, dove, in un angolo, aveva visto il letto con le quattro colonnine intarsiate. Quando descrisse il visino di Colin, bianco come l'avorio, e gli occhi strani dalle lunghe ciglia nere, Dickon scosse la testa.

– Dicono che i suoi occhi – disse – sono come quelli di sua madre, ma quelli di lei ridevano sempre. Dicono anche che il signor Craven vada a trovarlo solo quando dorme, per non vederne gli occhi, che somi-

[3] *storpio*: deforme.

gliano tanto a quelli della sua povera moglie, anche se nel suo visino sembrano così diversi.

– Credi che desideri la morte del figlio? – mormorò Mary.

– No, ma sicuramente vorrebbe che non fosse mai nato. La mamma dice che questa è la più grande disgrazia che possa capitare a un bambino. Difficilmente prosperano[4] le cose che non si sono volute. Il signor Craven farebbe di tutto per il figlio, ma vorrebbe dimenticarne l'esistenza. Per dirne una, ha il terrore che un giorno o l'altro gli cresca la gobba.

– Anche Colin ha paura che ciò possa succedergli; ed è per questo che non vuole stare seduto – affermò Mary. – Dice che se si sentisse crescere un po' di gobba, diventerebbe pazzo e urlerebbe fino a morirne.

– Non dovrebbe stare sempre sdraiato a pensare a cose del genere – disse Dickon. – Nessuno potrà mai guarire con quelle idee per la testa.

La volpe si era sdraiata sull'erba vicino a lui, e lo guardava come se implorasse una carezza; Dickon si chinò e le grattò dolcemente il collo. Rimase in silenzio per qualche minuto, poi sollevò lo sguardo e diede un'occhiata al giardino.

– La prima volta che ho messo piede qui – disse – ogni cosa sembrava grigia. Guardati intorno, ora, e dimmi se noti la differenza.

Mary si guardò intorno e trattenne il respiro.

– Guarda! – esclamò. – Anche il muro grigio sta cambiando colore. Sembra che una nebbiolina verde ci si sia attaccata sopra, come una specie di garza verde.

[4] *prosperano*: crescono bene.

– Proprio così – disse Dickon. – E diventerà sempre più verde, fino a quando il grigio non sarà completamente sparito. Riesci a indovinare quello che sto pensando?

– Sono sicura che si tratta di una cosa molto bella – disse Mary con entusiasmo. – Scommetto che riguarda Colin.

– Pensavo che se fosse qui, all'aperto, non avrebbe certo il tempo di pensare alla gobba che dovrebbe crescergli sulle spalle. Guarderebbe i germogli che spuntano nei cespugli di rose e starebbe molto meglio – spiegò Dickon. – Mi chiedevo se riusciremo mai a convincerlo a uscire e a stare sotto gli alberi, seduto sulla sua sedia a rotelle.

– Mi sono fatta anch'io la stessa domanda. Ci ho pensato quasi sempre, tutte le volte che ho parlato con lui – disse Mary. – Mi sono chiesta se sia capace di mantenere un segreto e se sia possibile portarlo qui, senza che nessuno ci veda. Ho pensato anche che tu potresti spingere la sua sedia a rotelle. Il medico di Londra aveva detto che l'aria fresca gli avrebbe fatto bene. E d'altra parte se Colin si mette in testa di uscire con noi, nessuno oserà contraddirlo. Finora non è mai voluto uscire perché non vuole farsi vedere dagli altri, ma forse anche gli altri sarebbero contenti se venisse fuori con noi. Potrebbe ordinare ai giardinieri di allontanarsi: in questo modo, nessuno vedrebbe niente e saprebbe niente.

Dickon continuò a riflettere, mentre accarezzava la schiena di Captain.

– Gli farebbe veramente bene, ne sono sicuro – disse. – Noi due non pensiamo di certo che sarebbe stato meglio se non fosse nato. Siamo solo due ragazzi che guardano un giardino che fiorisce, e lui sarebbe un altro ragazzo come noi. Due ragazzi e una ragazzina che vogliono solo vedere la primavera. Sono sicuro che gli farebbe molto meglio di quella roba che gli fa prendere il dottore.

– È rimasto troppo tempo rinchiuso in camera, e quella fissazione della gobba lo ha fatto diventare un po' strano – disse Mary. – Ha imparato solo quello che ha potuto leggere nei libri, ma non conosce altro. Dice che è stato troppo ammalato per accorgersi di quello che succedeva fuori dalla sua camera. Detesta l'idea di uscire e non vuole vedere né i giardini né i giardinieri. Gli piace però sentir parlare di questo giardino perché è un segreto. Non ho osato dirgli più di tanto, ma ha detto che vorrebbe vederlo.

– Vedrai che un giorno o l'altro riusciremo a portarlo qui – disse Dickon. – Posso spingere io la sua sedia a rotelle. Hai notato come il pettirosso e la sua compagna hanno lavorato, mentre noi due siamo stati seduti qui a chiacchierare? Guardalo, su quel ramo: non ha ancora deciso come utilizzare quel rametto che tiene nel becco.

Dickon fece uno dei suoi fischi melodiosi e il pettirosso girò la testa, guardandolo con aria interrogativa, tenendo sempre il ramoscello stretto nel becco. Dickon gli parlò nel modo in cui gli parlava il vecchio Ben, ma con un tono più amichevole e confidenziale.

– Ovunque tu metta quel ramoscello, andrà benissimo – disse. – Tu sapevi come costruire il nido ancora prima di venire al mondo. Sbrigati, piccolo mio. Non hai tempo da perdere.

– Mi piace tanto sentirti parlare con lui! – disse Mary, ridendo allegramente. – Ben lo sgrida e lo prende in giro, e lui gli saltella intorno, lo guarda come se capisse ogni sua parola, e io ho l'impressione che gli piaccia. Ben dice che è molto vanitoso, che preferirebbe venir preso a sassate, piuttosto che passare inosservato.

Dickon rise, poi si rivolse nuovamente al pettirosso.

– Tu sai che non vogliamo disturbarti – disse. – Anche noi siamo delle creature selvatiche! Ti somigliamo, sai? Anche noi ci stiamo costruendo un nido, se vuoi proprio saperlo. E mi raccomando, non andare a raccontarlo a nessuno.

E sebbene il pettirosso non rispondesse, perché nel becco aveva il ramoscello, quando volò nell'angolino che si era prescelto per farsi il nido, Mary lesse nel suo occhio scuro, che brillava come una goccia di rugiada, che mai e poi mai, per nessuna cosa al mondo, avrebbe tradito il loro segreto.

Capitolo Sedicesimo

La lite

Quella mattina ebbero molto da fare e Mary tornò a casa tardi. Aveva talmente tanta fretta di tornare al lavoro che si ricordò di Colin solo all'ultimo momento.

– Di' a Colin che non posso ancora andare da lui – disse a Martha. – Ho molte cose da fare in giardino.

Martha la guardò, spaventata.

– Mio Dio, Mary! – esclamò. – Andrà sicuramente su tutte le furie, quando glielo dirò.

Ma Mary, a differenza di tutti gli altri, non aveva paura delle sue sfuriate e non era affatto disposta a rinunciare a ciò che le faceva piacere.

– Non posso restare a casa, – rispose – Dickon mi aspetta. – E scappò via.

Il pomeriggio fu ancora più divertente e movimentato della mattina. Quasi tutte le erbacce erano state sradicate, la maggior parte delle rose potate e il terriccio intorno agli alberi era stato smosso. Dickon aveva portato con sé una vanga e aveva insegnato a Mary a usare gli attrezzi. Prima che la primavera terminasse, quel delizioso giardino inselvatichito sarebbe stato certamente un groviglio di piante e di cespugli, senza diventare mai il «giardino di un giardiniere».

– Tra poco tempo avremo sopra di noi la fioritura dei meli e dei ciliegi – disse Dickon, lavorando energicamente. – Avremo i peschi e i susini in fiore là vicino al muro e l'erba sembrerà un tappeto fiorito.

La piccola volpe e il corvo erano felici e indaffarati come loro; il pettirosso e la sua compagna volavano avanti e indietro e sembravano lasciare dietro di sé sottili strisce luminose. A volte il corvo sbatteva le ali nere e spiccava il volo verso le cime degli alberi del parco. Poi tornava indietro, si appollaiava accanto a Dickon e gracchiava in continuazione come se gli raccontasse quello che aveva visto: e Dickon gli parlava proprio con lo stesso tono con cui si rivolgeva al pettirosso. Una volta che Dickon non poté rispondergli subito perché era troppo occupato, Soot gli volò sulla spalla e gli sfiorò delicatamente l'orecchio con il grande becco. Quando Mary voleva riposarsi un po', Dickon le si sedeva accanto, ai piedi di un albero. Una volta tirò fuori di tasca il flauto e intonò quella melodia strana e dolce che Mary aveva udito il giorno che lo aveva conosciuto. Poco dopo, due scoiattoli apparvero sul muro e rimasero a guardare e ad ascoltare. Dopo quella pausa ripresero a lavorare.

– Sei diventata più forte – disse Dickon, guardandola zappare. – E sei anche cambiata parecchio.

Mary era sudata ma di buon umore.

– Ogni giorno ingrasso un po' di più – disse esultante. – La signora Medlock dovrà comprarmi dei vestiti più larghi. Martha dice che i miei capelli si sono irrobustiti e sono diventati più folti. Prima sembravano senza vita.

Quando si lasciarono, il sole cominciava a tramontare e illuminava con gli ultimi raggi dorati le cime degli alberi.

– Domani sarà una bella giornata – disse Dickon. – Verrò qui all'alba.

– Ci sarò anch'io – disse Mary.

Tornò a casa di corsa. Voleva raccontare a Colin della piccola volpe e del corvo di Dickon, e di come la primavera stesse trasformando il giardino. Era sicura che l'avrebbe ascoltata con piacere. Ma non fu proprio un piacere per lei quando, aperta la porta della sua camera, trovò Martha che la stava aspettando con una faccia da funerale.

– Che cos'è successo? – le chiese. – Che cosa ha detto Colin quando ha saputo che non potevo andare da lui?

– Sarebbe stato meglio se ci fossi andata – disse Martha. – C'è mancato poco che non gli venisse una delle sue solite crisi. Ho dovuto tribolare[1] parecchio per tenerlo tranquillo durante tutto il pomeriggio. Guardava l'orologio ogni momento.

Mary strinse le labbra. Nemmeno lei, come Colin, era abituata a sacrificarsi per gli altri, e non ammetteva quindi che un ragazzo capriccioso potesse interferire nelle cose che lei desiderava tanto fare. Mary ignorava completamente i riguardi che si devono avere per le persone ammalate di nervi, che non si rendono conto che dovrebbero controllarsi e non dovrebbero far ammalare pure gli altri. È anche vero, però, che quando era in India e aveva un leggero mal di testa, lo faceva venire anche a chi le stava intorno. Ma ora, naturalmente, era convinta che Colin avesse torto.

[1] *tribolare*: faticare.

Quando entrò nella camera del cugino, non lo trovò seduto sul divano. Era a letto e non girò nemmeno la testa, quando la sentì entrare. Era un brutto inizio e Mary si avvicinò al letto con quel suo tipico atteggiamento scontroso.

– Perché non ti sei alzato? – gli chiese.

– Mi sono alzato questa mattina, quando credevo che venissi – rispose senza guardarla. – Ma nel pomeriggio mi sono fatto rimettere a letto. La schiena mi faceva male, e anche la testa, e poi ero stanco. Perché non sei venuta?

– Avevo da lavorare in giardino con Dickon – disse Mary.

Colin si accigliò e si degnò di guardarla.

– Proibirò a quel ragazzo di venire qui, – disse – se tu continuerai ad andare da lui, invece di venire a parlare con me.

Mary si sentì prendere da una collera sorda.[2] Era capace di arrabbiarsi senza perdere la calma. Diventava solo più aspra e ostinata, e non si preoccupava delle conseguenze.

– Se mandi via Dickon, non metterò più piede in questa stanza – disse di rimando.

– E invece ci verrai, se te lo ordino – ribatté Colin.

– No, non ci verrò mai più – disse Mary risoluta.

– E io ti obbligherò a venire. Ti farò trascinare qui con la forza.

– Vedremo, signor rajah! – concluse Mary con fierezza. – Potranno pure trascinarmi qui, ma non potranno obbligarmi a parlare. Mi metterò a sedere, stringen-

[2] *una collera sorda*: una rabbia nascosta.

do i denti, e non ti rivolgerò la parola. Non ti guarderò nemmeno. Resterò qui a guardare il pavimento!

Era buffo sentirli litigare a quel modo. Se fossero stati due ragazzini cresciuti in mezzo alla strada, si sarebbero lanciati l'uno contro l'altra e si sarebbero picchiati. Ma non lo erano, e così sfogarono la loro rabbia a parole.

– Sei un'egoista! – esclamò Colin.

– Senti chi parla! – disse Mary. – Sono egoisti quelli che accusano di egoismo gli altri. Tu sei più egoista di me. Sei il ragazzo più egoista che io abbia mai conosciuto!

– Non è vero! – scattò Colin. – Non sono certo più egoista del tuo caro Dickon, che ti trattiene a giocare con la terra, quando sa che io sono qui tutto solo. Lui sì che è un egoista.

Gli occhi di Mary lanciarono fiamme.

– È il ragazzo più simpatico che io abbia mai conosciuto! – disse Mary. – È... è un angelo! – Era un'affermazione piuttosto azzardata, ma le era venuta spontaneamente.

– Addirittura! – sogghignò Colin con aria crudele. – Non è altro che uno dei tanti ragazzi che vivono nelle case della brughiera!

– È migliore di tanti rajah! – ribatté Mary. – Anzi, è mille volte migliore!

Tra i due Mary era la più forte, e così cominciò ad avere la meglio. In vita sua Colin non aveva mai sperimentato una così forte opposizione, e tutto sommato quella fu una cosa salutare per lui, anche se né lui né Mary se ne resero conto. Il ragazzo girò la testa sul cuscino, chiuse gli occhi e due grosse lacrime gli rigarono le guance. Cominciava a sentirsi umiliato e ad avere pietà di se stesso... ma non degli altri.

– Io sono meno egoista di te perché sono sempre malato, e sono sicuro che mi sta nascendo la gobba – disse. – E sono anche sicuro che sto per morire.

– Non dire sciocchezze! – lo contraddisse Mary, per niente impietosita.

Colin spalancò gli occhi per l'indignazione. Nessuno gli aveva mai parlato a quel modo. Era furioso e al tempo stesso un po' compiaciuto, anche se una cosa del genere è molto strana.

– Dici di no? – gridò. – È verissimo, invece! E tu lo sai che è vero! Lo dicono tutti.

– Io non ci credo! – disse Mary aspramente. – Lo dici perché la gente provi compassione per te. Sembra addirittura che tu ne vada orgoglioso. Ma io non ci credo affatto. Potrebbe essere vero se tu non fossi così capriccioso!

Nonostante il suo mal di schiena, Colin si drizzò a sedere sul letto, visibilmente infuriato.

– Vattene! – gridò, e afferrato il cuscino, glielo lanciò contro. Non era però abbastanza forte per colpire il bersaglio, così quell'innocuo proiettile cadde ai piedi di Mary.

Mary si accigliò.

– Sì, me ne vado – disse. – E non tornerò mai più.

Si avviò verso la porta, ma prima di uscire si voltò indietro e disse: – Ero venuta a raccontarti un sacco di cose divertenti. Dickon aveva portato con sé la volpe e il corvo e volevo parlarti di loro. Ma ora non ti dirò più niente.

Uscì, sbattendosi la porta alle spalle. Con sua enorme sorpresa si trovò davanti l'infermiera nell'atteggiamento di chi abbia ascoltato tutto e, cosa ancora più stupefacente, ne sembrava divertita. Era una giovane donna, robusta e bella, ma inadatta al suo mestiere, dato che non poteva soffrire gli ammalati e non faceva altro che trovare delle scuse per lasciare Colin alle cure di Martha o di chiunque altro volesse prendere il suo posto. A Mary non era mai piaciuta: rimase perciò a guardarla, contrariata dagli sforzi che cercava di fare per soffocare le risate nel fazzoletto.

– Cosa c'è da ridere? – le chiese.

– Rido di voi due, di quello che ho sentito – disse l'infermiera. – A quel ragazzo viziato non poteva capitare niente di meglio: finalmente ha trovato qualcuno, non meno viziato di lui, pronto a dargli contro. Se avesse avuto una sorella della sua età con la quale litigare, forse si sarebbe salvato.

– Crede che morirà?

– Non lo so e non me ne importa – disse l'infermiera. – La metà dei suoi mali sono causati dall'isterismo...[3] e dalla collera.

– Che cos'è l'isterismo? – chiese Mary.

– Lo saprai presto, se l'hai fatto arrabbiare... In ogni caso, questa volta, gli è stato offerto il pretesto[4] per farsi venire un attacco isterico, e io ne sono felice.

Mary tornò in camera sua. Aveva cambiato umore rispetto a quando era rientrata: era indispettita[5] e delusa, tuttavia non era per niente dispiaciuta per Colin.

[3] *isterismo*: disturbo che provoca crisi di nervi.
[4] *pretesto*: motivo falso.
[5] *indispettita*: irritata, arrabbiata.

Aveva pensato di raccontargli un sacco di cose e si era quasi decisa a rivelargli il segreto del giardino. Pensava di potersi fidare, ma ora aveva cambiato decisamente opinione. Non glielo avrebbe mai detto. Che rimanesse pure chiuso nella sua stanza senza uscire mai a prendere una boccata d'aria fresca! Che morisse pure, se gli faceva piacere! Era così arrabbiata e offesa che per alcuni minuti non pensò più né a Dickon né al verde manto che cominciava a ricoprire il terreno, né al venticello che soffiava nella brughiera.

Martha la stava aspettando, preoccupata ma allo stesso tempo incuriosita. Sul tavolo c'era una cassetta di legno con il coperchio alzato, piena di eleganti pacchetti.

– Il signor Craven ti ha mandato questa cassetta – disse Martha. – A quanto sembra, dovrebbe contenere dei libri illustrati.

Mary si ricordò allora che quando aveva parlato con lui nel suo studio, le aveva chiesto: «Vuoi qualcosa? Delle bambole… dei giocattoli… o dei libri?». Aprì il pacco, chiedendosi se le avesse mandato una bambola, nel qual caso non avrebbe saputo che farsene. Fortunatamente nel pacco non c'erano bambole, ma libri bellissimi, come quelli di Colin. Due di questi erano libri di giardinaggio ed erano pieni di illustrazioni. Oltre ad alcuni giochi, c'era anche un astuccio con tutto il necessario per scrivere, col monogramma[6] dorato stampato sopra, una penna d'oro e un calamaio.

La gioia cominciò a farle dimenticare la collera: le sembrò tutto molto grazioso, e le fece terribilmente

[6] *monogramma*: la lettera iniziale del nome.

piacere che lo zio si fosse ricordato di lei. Il suo cuoricino insensibile cominciò a intenerirsi.

– Posso scrivere molto meglio che non in stampatello – disse. – Per prima cosa, con quella penna gli scriverò una lettera per ringraziarlo dei regali.

Se non fosse stata arrabbiata con Colin, sarebbe subito corsa da lui per fargli vedere i regali; avrebbero guardato insieme le illustrazioni e letto qualche pagina dei libri di giardinaggio. Forse avrebbero potuto anche giocare insieme, e lui si sarebbe divertito talmente tanto da dimenticarsi che stava per morire, e non si sarebbe passato la mano sulla schiena per sentire se gli spuntava la gobba. Quel gesto, Mary non riusciva proprio a sopportarlo. Colin diceva che il giorno in cui avesse sentito un piccolissimo gonfiore sulla schiena, avrebbe avuto la certezza di diventare gobbo. Una frase detta sottovoce dalla signora Medlock all'infermiera gli aveva messo in testa quell'idea. La signora Medlock aveva detto che la gobba di suo padre aveva cominciato a essere visibile quando era ancora molto piccolo. Colin non aveva mai detto a nessuno, all'infuori di Mary, che la maggior parte dei suoi accessi di collera, come li chiamavano loro, nasceva da quella paura inconscia.[7] Quando Colin glielo aveva confessato, Mary aveva provato una sincera compassione per il cugino.

«Pensa sempre a queste cose, quando è arrabbiato o stanco», disse a se stessa. «E oggi è andato su tutte le furie. Forse… forse ci ha pensato per tutto il pomeriggio.»

[7] *paura inconscia*: paura di cui non si è consapevoli, involontaria.

Rimase immobile a riflettere, con gli occhi fissi sul tappeto.

«Gli ho detto che non sarei più andata a trovarlo...», si disse, aggrottando la fronte, «ma forse... forse potrò andare da lui domani mattina... sempre se mi vuole... Forse cercherà ancora di tirarmi addosso il cuscino, ma... credo che ci andrò lo stesso».

CAPITOLO DICIASSETTESIMO

LA CRISI

Mary era stanca e assonnata: si era alzata molto presto e si era data molto da fare in giardino. Non appena Martha le ebbe portato la cena e lei ebbe finito di mangiarla, fu felice di andarsene a dormire. Nell'appoggiare la testa sul cuscino, mormorò tra sé: – Domani mattina uscirò prima di colazione e andrò a lavorare con Dickon; poi, forse… andrò a trovarlo.

Nel cuore della notte, così almeno le sembrò, fu svegliata da degli strani rumori che la fecero saltar giù dal letto. Cosa stava succedendo? Porte che si aprivano e si chiudevano, passi precipitosi nei corridoi e qualcuno che piangeva e urlava nello stesso tempo, in modo da far venire i brividi. Mary capì subito di che cosa si trattava.

«È Colin», si disse. «Ha il solito accesso, quello che l'infermiera chiama crisi isterica. Fa paura.»

Quegli urli e quei singhiozzi strazianti le fecero capire perché i domestici fossero tutti spaventati e perché gliele dessero sempre tutte vinte, accontentandolo in tutto e per tutto, pur di non sentirlo piangere e gridare. Si tappò le orecchie con le mani: iniziò a tremare e le sembrò di sentirsi poco bene.

«Non so che cosa fare… non so che cosa fare»,

continuava a ripetersi. «Non ce la faccio più a sopportarlo.»

Si chiese se la sua presenza l'avrebbe calmato. Ma poi pensò che, vedendola, la sua crisi si sarebbe solo aggravata. Gli urli continuavano. A un tratto Mary cominciò a innervosirsi e a pensare che sarebbe piaciuto anche a lei abbandonarsi a un accesso di collera tale da spaventarlo, come lui ora stava spaventando lei. Non era abituata al cattivo umore di qualcun altro, ma soltanto al suo. Si tolse le mani dalle orecchie e batté i piedi.

– Qualcuno deve farlo smettere! Bisogna farlo smettere! Bisogna che qualcuno gliele suoni! – gridò.

In quel momento si sentirono dei passi frettolosi nel corridoio, la porta della sua camera si aprì ed entrò l'infermiera. Era pallida, quasi sconvolta e ora non rideva più.

– Si è fatto venire una crisi isterica! – disse in fretta. – Si farà del male! Non riusciamo a calmarlo. Su, da brava, vieni a provarci tu! Sai benissimo che ha una certa simpatia per te.

– Mi ha mandato via – rispose Mary con rabbia.

Il suo atteggiamento piacque all'infermiera. Aveva avuto paura di trovare Mary in lacrime, con la testa nascosta sotto il cuscino.

– Così mi piaci! – disse. – Sei dell'umore giusto. Vai a sgridarlo. Fai in modo di distrarlo. Vai subito, corri!

Fu solamente più tardi che Mary si rese conto della drammaticità ma anche della comicità della situazione. Era veramente comico il fatto che delle persone adulte si fossero talmente spaventate da rivolgersi a una ragazzina, solo perché aveva lo stesso brutto carattere di Colin.

Mary si precipitò lungo il corridoio, e più si avvicinava alla camera del cugino, più la sua rabbia aumentava. Aprì la porta con violenza e corse verso il letto.

– Basta! – gridò. – Smettila! Ti odio! Ti odiano tutti! Vorrei che se ne andassero tutti via di casa e ti lasciassero gridare fino a morirne! Tu urli perché *vuoi* morire, e io vorrei che tu ci riuscissi!

Una ragazza sensibile e affettuosa non avrebbe mai pensato né detto cose del genere, ma per un ragazzino isterico, che nessuno aveva mai osato contraddire e castigare, fu proprio la sorpresa di sentirsi dire quelle parole ciò che costituì la medicina migliore.

Colin, che aveva affondato il viso nel cuscino, sul quale batteva rabbiosamente i pugni, si voltò di colpo, sentendo quella vocina furibonda. Aveva un aspetto spaventoso: la faccia era gonfia e sconvolta. Respirava affannosamente e a momenti sembrava soffocare. Ma alla piccola, rabbiosa Mary non importava assolutamente niente.

– Se ricominci a urlare, – continuò – mi metterò a urlare anch'io… io posso urlare molto più forte di te… e ti farò paura!

Colin ammutolì di colpo. Quelle parole lo avevano sorpreso, e l'urlo che aveva represso rischiava di soffocarlo. Le lacrime gli rigavano il viso e il suo corpo era scosso da tremiti.

– Non posso smettere! – singhiozzò affannosamente. – Non posso… non ci riesco!

– Sì che puoi! – gridò Mary. – La metà dei tuoi mali dipende dal fatto che sei un isterico… un isterico! Hai capito? – e pestò il piede sul pavimento ogni volta che disse quella parola.

– Ho sentito il gonfiore... l'ho sentito! – disse Colin con voce soffocata. – Lo sapevo che prima o poi lo avrei sentito. Mi verrà la gobba, e poi morirò! – e ricominciò a contorcersi, preso dalle convulsioni,[1] a singhiozzare e a lamentarsi con il viso affondato nel cuscino, ma smise di urlare.

– Tu non hai sentito un bel niente! – ribatté Mary furiosa. – Se hai sentito qualcosa, è perché sono stati i tuoi nervi a fartelo sentire. È l'isterismo che ti fa credere che ti sia venuto un gonfiore... Sei solo un isterico! Girati e fammi vedere!

La parola «isterico» le piaceva molto e aveva l'impressione che facesse un certo effetto anche a lui. Era probabile, però, che Colin, come Mary d'altronde, non l'avesse mai sentita pronunciare prima di allora.

– Infermiera! – ordinò Mary. – Per favore, venga qui e gli scopra la schiena!

L'infermiera, la signora Medlock e Martha erano rimaste raggruppate vicino alla porta, e avevano osservato la scena a bocca aperta e senza muovere un dito per lo spavento. L'infermiera si fece avanti, titubante.[2] Colin era scosso da violenti singhiozzi.

– Forse... non vorrà che io... – disse incerta, a bassa voce.

Ma Colin la sentì e tra un singhiozzo e l'altro disse: – Sì, sì, gliela faccia vedere! Tanto, che cosa me ne importa!

[1] *convulsioni*: movimenti violenti, non controllabili.
[2] *titubante*: incerta, con un po' di paura.

La schiena messa a nudo era di una magrezza impressionante. Si potevano contare tutte le costole e le vertebre della spina dorsale; ma Mary non le contò, quando si chinò per esaminarla con un'espressione solenne e contrariata. Aveva un aspetto così severo e serio che l'infermiera girò la faccia dall'altra parte per nascondere un sorriso. Seguì un minuto di silenzio. Anche Colin cercò di trattenere il fiato, mentre Mary osservava in lungo e in largo la sua schiena, con la stessa minuziosa[3] attenzione che avrebbe avuto il famoso medico di Londra.

– Qui non c'è nessun gonfiore, – disse alla fine – tranne qui dove ci sono le ossa, e lo puoi sentire facilmente perché sei magro. Ho avuto anch'io i tuoi stessi gonfiori, quando ero magra come te. E non sono ancora abbastanza grassa per nasconderli del tutto. Non c'è un solo gonfiore che sia più grosso di una capocchia di uno spillo! Se dici ancora una volta che c'è, mi metterò a ridere!

Solo Colin seppe quale sollievo gli dessero quelle parole dette spontaneamente, anche se con grande irritazione. Se in passato avesse avuto qualcuno con cui parlare delle sue paure; se avesse osato fare qualche domanda; se avesse avuto degli amici della sua età e non fosse rimasto sdraiato per così tanto tempo nel letto di una camera di quella casa enorme, a respirare un'atmosfera di sospettoso timore in mezzo a gente ignorante e stanca di lui, avrebbe capito che tutte le sue paure e i suoi malanni se li era creati da solo. Era sempre stato a letto e per ore, giorni, mesi e anni non aveva fatto altro che pensare continuamente ai suoi dolori e alla sua debolez-

[3] *minuziosa*: scrupolosa, precisa.

za. E ora che una ragazzina petulante[4] insisteva ostinatamente nel dire che non era così ammalato come credeva di essere, ebbe la sensazione che avesse ragione.

– Non sapevo – si azzardò a dire l'infermiera – che si fosse fissato di avere un gonfiore sulla schiena. Altrimenti avrei potuto dirglielo anch'io che non aveva niente. La sua schiena è così debole perché non si sforza mai di alzarsi.

Colin inghiottì a fatica e si girò a guardarla.

– Davvero me lo avrebbe detto? – le chiese pateticamente.

– Certo.

– Ecco, lo vedi? – disse Mary, contenta che tutto fosse finito.

Colin girò di nuovo la testa dall'altra parte e rimase immobile. Respirava ancora affannosamente e grosse lacrime gli scorrevano ancora sul viso. Ma erano lacrime di sollievo, di un enorme e strano sollievo. Si rigirò e guardò nuovamente l'infermiera: quando le rivolse la parola, curioso a dirsi, non lo fece più con tono autorevole.

– Lei crede... che io possa vivere... e diventare grande? – chiese.

L'infermiera non era né intelligente né di cuore tenero, ma era in grado di ripetere le parole dette dal famoso medico di Londra.

– Probabilmente sì, se farà ciò che le viene detto di fare, se non farà i capricci e se starà molto tempo fuori, all'aria aperta.

La crisi isterica era finita. Colin era esausto ed era

[4] *petulante*: noiosa.

forse per questo che i suoi modi si erano fatti più gentili. Allungò timidamente la mano verso Mary che, intenerita, gli porse allo stesso tempo la sua, in atto di riconciliazione.

– Uscirò... uscirò con te, Mary – disse. – Non odierò più l'aria aperta! Se riuscissimo a trovare... – Si ricordò in tempo di non dire «giardino segreto», e così terminò la frase, dicendo: – Mi piacerà uscire con te, se Dickon volesse spingere la mia sedia a rotelle. Voglio conoscere Dickon, la volpe e il corvo.

L'infermiera riassettò[5] il letto, batté e mise in ordine i cuscini. Poi preparò per Colin una tazza di brodo e ne diede una anche a Mary, che dopo tutta quella agitazione ne aveva veramente bisogno. La signora Medlock e Martha furono felici di andarsene, e quando tutto tornò tranquillo, l'infermiera fece capire che sarebbe stata felice di tornarsene in camera anche lei. Aveva sonno e sbadigliava visibilmente, mentre guardava Mary che, avvicinato al letto lo sgabello, teneva la mano di Colin nella sua.

– Dovresti tornare in camera tua e cercare di dormire – le disse sottovoce. – Tra poco si addormenterà... se non è ancora troppo agitato. Allora andrò a letto anch'io, nella camera accanto.

– Ti piacerebbe se ti cantassi la canzoncina che mi ha insegnato la mia ayah? – mormorò Mary a Colin.

Lui le strinse la mano e la guardò con occhi stanchi e supplichevoli.

– Oh, sì! – rispose. – È così bella! Mi addormenterò in un attimo.

[5] *riassettò*: riordinò.

– Penserò io a farlo addormentare – disse Mary all'infermiera. – Può andare, se lo desidera.

– Bene – disse l'infermiera, cercando di apparire riluttante.[6] – Se però tra mezz'ora non si sarà addormentato, vieni a chiamarmi.

– D'accordo – rispose Mary.

Un minuto dopo l'infermiera aveva lasciato la camera. Non appena fu uscita, Colin strinse nuovamente la mano di Mary.

– Stavo quasi per tradirmi, – disse – ma per fortuna mi sono fermato in tempo. Non ho voglia di parlare e vorrei dormire, ma tu hai detto che avevi un sacco di cose da raccontarmi... Hai scoperto come fare a entrare nel giardino segreto?

Mary guardò la faccia esausta e gli occhi gonfi del cugino, e si sentì impietosire.

– Sì, – rispose – credo di sì. Ma ora è meglio che tu dorma un po'. Ti dirò tutto domani.

La mano di Colin ebbe un fremito.

– Oh, Mary! – disse. – Che bello! Se potessi vedere quel giardino, credo che potrei guarire e diventare grande! Invece di cantarmi la canzoncina della tua ayah, non potresti raccontarmi un'altra volta come ti immagini sia il giardino segreto? Sono sicuro che mi addormenterei subito.

– Certamente! – rispose Mary. – Ma adesso devi chiudere gli occhi.

Colin chiuse gli occhi e rimase immobile, e lei, tenendogli stretta la mano, cominciò a parlare molto lentamente, quasi in un sussurro.

[6] *cercando di apparire riluttante*: fingendo di non volerlo fare.

– È rimasto abbandonato per tanto tempo e ormai è tutto un groviglio di piante… Le rose si sono arrampicate dappertutto, penzolano dai rami degli alberi e dai muri, e strisciano anche per terra… formano quasi una strana nebbiolina grigia. Alcune sono morte, ma molte altre sono vive, e quando arriverà l'estate ci saranno grappoli e cascate di rose. Il suolo è ricoperto di asfodeli, bucaneve, gigli e iris che cercano di aprirsi un varco verso il sole. Ora che la primavera è cominciata… forse… forse…

Il dolce e monotono ronzio della voce di Mary lo rilassava sempre di più. La bimba se ne accorse e continuò.

– Forse spuntano già attraverso l'erba… forse ci sono già dei mucchietti di crochi rossi e gialli… Forse le foglioline nuove sono già spuntate… e forse… il grigiore si sta trasformando in un tappeto verde che ricopre ogni cosa. E gli uccelli vengono a vedere il giardino… perché è per loro un rifugio tranquillo e sicuro… E forse… forse… – continuò con molta dolcezza, molto lentamente – il pettirosso ha trovato una compagna… e comincia a costruirsi il nido.

E finalmente Colin si addormentò.

Capitolo Diciottesimo

Non c'è tempo da perdere

La mattina dopo, come è facile intuire, Mary si svegliò tardi. Era stanca e, quando Martha le portò la colazione, seppe che Colin non stava bene, nonostante fosse calmo e sereno: aveva un po' di febbre, come succedeva tutte le volte quando era sfinito dopo una crisi di pianto. Mary mangiò lentamente, e ascoltò quello che Martha aveva da dirle in proposito.

– Vorrebbe che tu andassi a trovarlo non appena puoi. È sorprendente vedere quanta simpatia ha per te. Eppure non hai avuto peli sulla lingua, questa notte! Nessuno avrebbe osato farlo. Povero ragazzo! È stato troppo viziato. La mamma dice che le due cose peggiori che possano capitare a un ragazzo sono: di non poter fare mai a modo suo, o di poter fare sempre a modo suo. La mamma dice che non sa quale delle due cose sia la peggiore. Anche tu questa notte eri di pessimo umore, o sbaglio? Eppure, quando sono entrata in camera sua questa mattina, sai che cosa mi ha detto? «Per favore, chiederesti a Mary se vuol venire a farmi un po' di compagnia?» Pensa! Ha detto: «Per favore»! Ci andrai, Mary?

– Prima devo fare una corsa fuori a vedere Dickon – disse Mary. – No, andrò prima a vedere Colin e gli dirò… sì, ora so cosa devo dirgli – aggiunse con un'improvvisa ispirazione.

Quando Mary comparve nella camera di Colin, aveva il cappellino in testa. Colin era a letto con un faccino paurosamente pallido e gli occhi cerchiati. La guardò con una certa delusione

– Sono contento che tu sia venuta – disse. – Mi fa male la testa e sono tutto dolorante, forse perché sono anche molto stanco. Dove stai andando?

Mary si avvicinò al letto e si chinò verso di lui.

– Farò presto – disse. – Vado a trovare Dickon, ma tornerò subito. Colin, si tratta del giardino segreto…

Il viso del ragazzo si illuminò e riprese un po' di colore.

– Davvero? – esclamò. – L'ho sognato per tutta la notte. Ho sentito che dicevi qualcosa a proposito del grigio che si stava trasformando nel colore verde, e ho sognato di essere in un giardino pieno di foglioline verdi che tremolavano… pieno di nidi e di uccellini che saltellavano fiduciosi e felici. Starò a letto e penserò al giardino, finché non sarai tornata.

Cinque minuti dopo Mary era in giardino, accanto a Dickon. La volpe e il corvo erano con lui, ma questa volta aveva con sé anche due scoiattoli addomesticati.

– Sono venuto in groppa al cavallino, questa mattina – disse. – È un mio caro amico… si chiama Jump! In tasca avevo i due scoiattoli. Questo si chiama Noce e quest'altro Guscio.

Quando disse: «Noce» uno scoiattolo gli si arrampicò sulla spalla destra, e quando disse: «Guscio» l'altro gli si arrampicò sulla spalla sinistra.

Si sedettero sull'erba; Captain si accovacciò ai loro piedi, Soot si appollaiò sul ramo di un albero vicino per ascoltare i loro discorsi, e Noce e Guscio cominciarono a fiutare incuriositi vicino a loro. Mary pensò che non le sarebbe stato possibile staccarsi subito da un luogo in cui avvenivano cose così meravigliose, ma quando cominciò a raccontargli quello che era successo durante la notte, l'espressione del viso di Dickon le fece cambiare a poco a poco opinione. Capì che era dispiaciuto per Colin molto più di lei. Dickon alzò gli occhi al cielo e poi si guardò intorno.

– Ascolta il cinguettio degli uccellini... Sembra che il mondo ne sia pieno... Non fanno che cinguettare – disse. – Guarda quelli come volano: sembrano delle frecce! E guarda quegli altri, come si chiamano! Quando arriva la primavera, il mondo intero sembra un richiamo. Le foglie cominciano a spuntare fuori e a farsi vedere... e, senti che buon profumo c'è dappertutto! – Fiutò l'aria con quel buffo nasino rivolto all'insù. – E quel povero ragazzo, chiuso in camera sua, sdraiato su un letto, non vede niente di tutto questo e pensa solo a quelle brutte cose che lo fanno piangere come un disperato! Ma noi dobbiamo tirarlo fuori di lì... dobbiamo fare in modo che veda, ascolti, respiri l'aria e si riscaldi al sole. Bisogna far presto: non c'è tempo da perdere.

Quando mostrava un interesse particolare per qualcosa, parlava spesso in dialetto, anche se a volte cercava di modificarlo perché Mary lo capisse più facilmente. Ma a lei quel suo rustico[1] dialetto piaceva e addirit-

[1] *rustico*: rozzo, non raffinato.

tura aveva cercato d'impararlo. E così anche adesso gli fece il verso.

– Sì, non bisogna mica perder tempo, – fece Mary – e ora ti dico che bisogna fare… – Sentendola parlare in quel modo, a Dickon venne da ridere. Quando Mary cercava di storpiare la lingua[2] per parlare il dialetto, Dickon si divertiva un mondo. – Colin ti ha preso in simpatia, capito? – continuò Mary. – Ti vuol vedere, e con te vuol vedere pure Soot e Captain. Appena torno a casa, gli dico subito che domattina tu lo vai a trovare e che con te porti pure le tue bestioline… Capito? E poi dopo, quando gli alberi avranno buttato fuori le foglie e i germogli, noi due lo porteremo fuori, a spasso. Tu spingerai la carrozzella e gli faremo vedere tutto quanto.

Quando finì di parlare, si sentì molto fiera di sé. Non aveva mai fatto prima d'allora un discorso così lungo, pieno di inflessioni dialettali. E a quanto pareva, se l'era cavata benissimo.

– Ehi! Dovresti parlare in dialetto anche con il signorino Colin – disse Dickon smorzando una risatina. – Lo faresti ridere di gusto, e non c'è niente di meglio per chi è malato. La mamma dice che una mezz'ora di risate ogni mattina è la medicina migliore per qualsiasi ragazzo, anche se ha un febbrone da cavallo.

– Va bene, gli parlerò in dialetto oggi stesso – fece Mary, ridendo.

Era arrivata la stagione in cui sembrava che ogni giorno e ogni notte i maghi passassero con la loro bacchetta magica per il giardino, per estrarre dalla terra e

[2] *storpiare la lingua*: pronunciare male le parole di una lingua.

dai rami degli alberi cose di una bellezza strepitosa. Le dispiaceva abbandonare quelle meraviglie, specialmente ora che Noce le era saltato in braccio e Guscio si era arrampicato sui rami del melo, sotto il quale sedevano i due ragazzi, che si era messo a osservare con aria interrogativa. Tuttavia tornò a casa. Quando si mise a sedere accanto al letto di Colin, il ragazzo cominciò a fiutare, come faceva di solito Dickon, ma, ovviamente, non con la stessa competenza.

– Hai il profumo dei fiori e... e di roba fresca – esclamò allegramente. – È un profumo tiepido e dolce.

– È il profumo portato dal vento della brughiera – disse Mary. – È lo star seduti sull'erba, sotto un albero, con Dickon, con Captain, con Soot, con Noce e con Guscio. È il profumo della primavera, dell'aria buona e della terra riscaldata dal sole.

Mary disse quelle parole in dialetto, come meglio poté, e nessuno sa come possa sembrare rustico il dialetto dello Yorkshire, se non lo si è mai sentito parlare. Colin cominciò a ridere.

– Ma come parli? – disse. – Non ti ho mai sentito parlare in questo modo, prima d'ora. Com'è buffo!

– Ti ho fatto ascoltare un po' di dialetto dello Yorkshire – rispose Mary, trionfante. – Io non so parlare il dialetto come Dickon e Martha, ma, come vedi, riesco a imitarli un po'. Ma come, non capisci il dialetto? E dire che sei nato e cresciuto nello Yorkshire! Mi chiedo come fai a non vergognartene...

Scoppiarono tutti e due in una fragorosa risata. Risero talmente tanto da non riuscire a fermarsi, e così di gusto che la camera ne risuonò tutta. La signora Medlock, che in quel momento stava per aprire la porta, si affrettò a richiuderla, rimanendo nel corridoio ad ascoltare stupita.

– Che mi venga un accidente! – disse anche lei in dialetto per la meraviglia. – Chi lo avrebbe mai potuto immaginare? Nessuno lo ha mai sentito ridere!

C'erano moltissime cose di cui parlare. Colin sembrava non stancarsi mai di sentir raccontare di Dickon, di Captain, di Soot, di Noce e di Guscio e del cavallino Jump. Mary era corsa nel bosco con Dickon per vedere Jump. Era un cavallino di brughiera, con la folta criniera che gli ricadeva sugli occhi, una graziosa testolina e il muso vellutato. Era piuttosto magro perché mangiava soltanto l'erba della brughiera, ma era forte, come se i muscoli delle sue zampette fossero fatti di molle d'acciaio. Non appena aveva visto Dickon, aveva alzato la testa con un breve nitrito, gli era trottato incontro e gli aveva appoggiato la testa su una spalla. Dickon gli aveva parlato all'orecchio e Jump gli aveva risposto con dei piccoli e strani nitriti, sbuffando e soffiando. Dickon lo aveva poi indotto a porgere a Mary la zampetta anteriore e a baciarla sulla guancia con quel suo musino di velluto.

– Capisce veramente tutto quello che gli dice Dickon? – chiese Colin.

– Sembra proprio di sì – rispose Mary. – Dickon dice che puoi capire ogni cosa, se sei loro amico. Ma prima bisogna essere veramente amici.

Colin rimase tranquillo per qualche istante con gli occhi grigi fissi alla parete. Mary capì che stava pensando.

– Mi piacerebbe essere amico di qualcuno – disse

alla fine – ma non lo sono di nessuno. Non ho mai avuto nessuno con cui diventare amico e non posso sopportare la gente.

– Non puoi sopportare neanche me? – gli chiese Mary.

– Sì, te sì – rispose. – È molto strano, ma tu mi piaci.

– Ben Weatherstaff ha detto che io gli somiglio – disse Mary. – Ha detto anche che io e lui abbiamo lo stesso caratteraccio. Io credo che anche tu sia come lui. Abbiamo tutti e tre lo stesso carattere… tu, io e il vecchio Ben. Dice che c'è veramente poca allegria in noi tre, e che siamo bisbetici e antipatici. Da quando ho conosciuto il pettirosso e Dickon però, credo di essere meno bisbetica e scontrosa di prima.

– Anche tu prima odiavi tutti?

– Proprio così – ammise Mary, con tutta semplicità. – Avrei detestato anche te, se ti avessi conosciuto prima di vedere il pettirosso e di incontrare Dickon.

Colin allungò la mano e le toccò il braccio.

– Mary, – disse – vorrei non aver mai detto quello che mi è scappato a proposito di Dickon. Mi sono così arrabbiato, quando hai detto che lui era un angelo e ho riso di te… Ma forse lo è davvero.

– Be', ho detto una cosa un po' ridicola – ammise con franchezza la ragazza. – Sai, ha il naso all'insù, la bocca che gli arriva fino alle orecchie, toppe da tutte le parti… e per di più parla in dialetto. Ma se un angelo dovesse venire nello Yorkshire e vivesse nella brughiera… se ci fosse un angelo nello Yorkshire… credo che saprebbe far crescere tutte le piantine verdi che spuntano dal terreno, e saprebbe parlare agli animaletti, proprio come fa Dickon, e gli animaletti capirebbero che è un amico fidato.

– Non mi dispiacerebbe, sai, che Dickon mi vedesse – disse Colin. – Anzi, mi piacerebbe proprio conoscerlo.

– Sono felice che tu voglia conoscerlo – rispose Mary – perché… perché…

Le venne improvvisamente in mente che quello era il momento giusto per dirglielo. Colin comprese che stava per succedere qualcosa di nuovo.

– Perché che cosa? – chiese con impazienza.

Mary, incerta, si alzò dallo sgabello, gli si avvicinò e gli prese le mani.

– Posso fidarmi di te? Ho avuto fiducia in Dickon perché gli uccelli hanno fiducia in lui. Posso avere fiducia in te? Ma assoluta… proprio *assoluta* fiducia? – implorò Mary.

Il viso di Mary era così teso che Colin mormorò: – Sì, certo!

– Bene! Dickon verrà a trovarti domani mattina e porterà con sé i suoi animaletti.

– Davvero? – gridò allora Colin, al colmo della gioia.

– Sì, ma non è tutto – continuò Mary, quasi pallida per la troppa agitazione. – Quello che devo dirti adesso è ancora più importante. Ho scoperto la porta per entrare nel giardino. L'ho trovata. Era nascosta dall'edera che ricopre il muro…

Se fosse stato un ragazzo sano e robusto, Colin avrebbe probabilmente fatto dei salti di gioia e avrebbe gridato: «Urrà» per almeno tre volte, ma era debole e aveva i nervi scossi; quindi spalancò gli occhi e rimase senza fiato.

– Oh, Mary! – esclamò con un mezzo singhiozzo. – Allora potrò vederlo? Potrò entrarci? Potrò davvero *vivere* tanto da vederlo? – Le strinse le mani e l'attrasse a sé.

– Certo che potrai vederlo! – sbottò Mary con indignazione. – Certo che vivrai tanto da vederlo! Non dire sciocchezze!

La sua risposta fu così istintiva e spontanea che lo riportò di colpo al suo buonsenso. Colin cominciò a ridere di se stesso. Pochi minuti dopo, Mary sedeva nuovamente sullo sgabello e gli raccontava, non come immaginava fosse il giardino segreto, ma come realmente era, e Colin dimenticò in fretta tutta la sua stanchezza e i dolori, ascoltando affascinato.

– È proprio come immaginavi che fosse – disse alla fine. – Proprio come se lo avessi visto realmente.

Mary esitò un momento, poi coraggiosamente gli confessò la verità.

– L'avevo già visto... e c'ero già stata – disse. – È un pezzo che ho trovato la chiave e ci sono entrata alcune settimane fa. Ma avevo paura a dirtelo... non osavo... Non ero sicura di poter avere fiducia in te, una fiducia *assoluta*!

Capitolo Diciannovesimo

Arriva la primavera

Il mattino seguente, dopo la crisi di Colin, venne subito chiamato il dottor Craven. Veniva sempre chiamato, quando Colin aveva quegli attacchi. E quando arrivava, trovava immancabilmente il ragazzo pallido e disfatto, ancora così scontroso e con i nervi così scossi che bastava una parola per farlo scoppiare nuovamente in singhiozzi. In realtà il dottor Craven detestava quel genere di visite. In quella circostanza, poi, arrivò a Misselthwaite solo nel pomeriggio.

– Come sta? – chiese il dottor Craven alla signora Medlock, con un certo nervosismo. – Una volta o l'altra, durante una di queste crisi, rischierà di rompersi qualche vaso sanguigno. La pazienza che abbiamo avuto con lui non è servita a niente.

– Dottore, – rispose la signora Medlock – forse non crederà ai suoi occhi, quando lo vedrà. Quella ragazzina insignificante e capricciosa, quanto lui, è riuscita a stregarlo. Come abbia fatto, non glielo saprei proprio dire. Il Cielo sa che non c'è assolutamente niente di straordinario in lei, ed è già tanto se qualche volta spiccica una parola; però ha fatto quello che nessuno di noi aveva mai osato fare. Questa notte è andata di corsa da lui, ha pestato i piedi e gli ha ordinato di smetterla di urlare. Deve averlo spaventato, perché il ragazzo ha smesso subito, e questo pomeriggio... Ma è meglio che lo veda con i suoi occhi. È una cosa da non credersi.

La scena che si presentò alla vista del dottor Craven, quando entrò nella camera dell'ammalato, fu davvero sorprendente. Non appena la signora Medlock aprì la porta, il dottore udì ridere e chiacchierare allegramente. Colin, in vestaglia, era seduto con la schiena dritta sul divano e guardava le illustrazioni di un libro di giardinaggio. Rideva e chiacchierava con la ragazzina dall'aspetto insignificante, che in quel momento però era tutt'altro che insignificante, perché il suo viso sprizzava gioia e allegria.

– Di questi lunghi steli azzurri ne avremo un sacco – diceva Colin. – Si chiamano *delphinium*.

– Dickon dice che sono speronelle diventate grandi e grosse – aggiunse Mary. – Ce ne sono già tantissime.

Non appena videro entrare il dottor Craven, smisero di parlare. Mary rimase immobile e Colin si accigliò.

– Mi dispiace, ragazzo mio, che questa notte tu non sia stato bene – disse il dottor Craven con un certo nervosismo. Era quasi sempre nervoso.

– Ora sto meglio... molto meglio – rispose Colin con l'aria di un principe indiano. – Tra un paio di giorni, se il tempo sarà bello, uscirò sulla mia sedia a rotelle all'aria aperta. Voglio prendere una boccata d'aria.

Il dottor Craven si mise a sedere accanto a lui, gli tastò il polso e lo guardò con curiosità.

– Dovrà essere una giornata molto bella, però – disse. – E bisognerà che tu stia bene attento a non stancarti.

– Una boccata d'aria fresca non mi stancherà – ribatté il ragazzo.

Poiché in varie occasioni Colin aveva urlato a più non posso e con rabbia, insistendo nel dire che l'aria fresca gli avrebbe fatto prendere il raffreddore e lo avrebbe ucciso, non c'era da stupirsi che il medico ora fosse molto sorpreso.

– Credevo non ti piacesse uscire all'aperto – disse.

– Non mi piace se esco da solo, ma mia cugina verrà con me.

– E anche l'infermiera, naturalmente – suggerì il dottor Craven.

– No, niente infermiera – disse Colin con quella solennità che a Mary ricordò ancora una volta un giovane principe indiano, con i diamanti, le perle e gli smeraldi sparsi sugli abiti, e con i grossi rubini infilati sulle dita della mano delicata, con la quale faceva cenno ai servi di avvicinarsi a lui per ricevere gli ordini.

– Mia cugina sa come aver cura di me. Sto sempre meglio quando sono in sua compagnia. Mi ha fatto stare meglio anche questa notte. E poi con noi ci sarà un ragazzo molto robusto che spingerà la mia sedia a rotelle.

Il dottor Craven iniziò a preoccuparsi un po'. Se quel ragazzo isterico e noioso fosse guarito, avrebbe dovuto rinunciare alla speranza di ereditare Misselthwaite. Ma visto che non era un uomo privo di scrupoli,[1] anche se debole, non voleva esporre il ragazzo a eventuali pericoli.

– Deve essere un ragazzo molto robusto e di cui ci

[1] *privo di scrupoli*: disonesto.

si possa fidare – disse. – E bisogna che io sappia qualcosa di lui. Chi è? Come si chiama?

– Si tratta di Dickon – disse Mary improvvisamente. Era convinta che chiunque vivesse nella brughiera, dovesse conoscere Dickon. E non si sbagliava. Il viso grave del medico si rasserenò immediatamente e Mary lo vide sorridere sollevato.

– Oh, – disse – se si tratta di Dickon, possiamo stare tranquilli. È forte come un cavallino selvaggio.

– E ci si può fidare – disse Mary. – *È il più meglio* dello Yorkshire – aggiunse con una storpiatura dialettale. Poco prima aveva parlato in dialetto con Colin e ora non si ricordò di parlare in lingua.

– È stato Dickon a insegnarti il dialetto? – chiese il dottor Craven, ridendo apertamente.

– Lo sto imparando come se si trattasse del francese – rispose Mary. – È come un dialetto indiano. Molta gente istruita cerca di imparare i dialetti. A me piace e piace anche a Colin.

– Be', se si diverte, niente di male. Hai preso il tuo sedativo[2] stanotte, Colin?

– No – rispose Colin. – Prima non l'ho voluto prendere, e poi è venuta Mary e mi ha calmato parlandomi a bassa voce della primavera che sta arrivando, fino a quando non mi sono addormentato.

– Bene, ha agito come un sedativo – disse il dottor Craven più perplesso che mai, guardando di sottecchi[3] Mary che, seduta sullo sgabello, fissava in silenzio il tappeto. – Stai certamente meglio, ma bisogna che ti ricordi...

[2] *sedativo*: una medicina calmante.
[3] *di sottecchi*: di nascosto.

– Non voglio ricordarmi di niente – lo interruppe Colin, trasformandosi nuovamente in rajah. – Quando sono a letto e sono solo, mi ricordo che sono ammalato: allora sento dolori da ogni parte e penso a quelle cose orribili che mi fanno gridare. Se ci fosse un medico che riuscisse a farmi dimenticare che sono malato, invece di ricordarmelo in continuazione, lo farei venire subito qui. – E fece un cenno con la mano esile… una mano che, a essere sinceri, meritava di essere adorna di anelli col sigillo reale fatto di rubini. – Sto meglio proprio perché mia cugina mi fa dimenticare di essere malato.

Il dottor Craven non aveva mai fatto una visita così breve, dopo una crisi. Di solito era costretto a restare a lungo. Quel pomeriggio, invece, non solo non diede medicine e non lasciò delle nuove ricette, ma gli furono anche risparmiate spiacevoli scenate. Quando scese le scale, aveva l'aria molto assorta.[4] E quando parlò alla signora Medlock in biblioteca, era molto perplesso e imbarazzato.

– Allora, dottore, che cosa ne pensa? Lo avrebbe mai immaginato?

– È certamente uno stato di cose del tutto nuovo – rispose il medico. – E non si può negare che sia migliore di quello di prima.

– Io credo che Susan Sowerby abbia ragione… Lo credo veramente – disse la signora Medlock. – Ieri, mentre andavo a Thwaite, mi sono fermata un momento a casa sua per fare due chiacchiere con lei. Mi ha detto: «Può darsi che quella Mary non abbia un gran

[4] *assorta*: pensierosa.

bel carattere, ma è una bambina, e i bambini hanno bisogno di stare con i bambini». Siamo state compagne di scuola, Susan Sowerby e io.

– È la migliore infermiera che conosca – disse il dottor Craven. – Quando la trovo nella casa di una persona malata, so già che con tutta probabilità la guarirà.

La signora Medlock sorrise. Voleva molto bene a Susan Sowerby.

– Susan ha un modo tutto suo di vedere le cose – continuò. – Ho pensato per tutta la mattinata a un episodio che mi ha raccontato ieri, riguardo a una predica fatta ai suoi ragazzi perché avevano litigato. Spiegò loro che quando andava a scuola, il suo libro di geografia diceva che la terra aveva la forma di un'arancia e, prima ancora di avere dieci anni, imparò che l'arancia intera non apparteneva a nessuno. Nessuno possiede più del suo spicchio, e qualche volta sembra che non ci siano abbastanza spicchi per tutti. Nessuno può pensare di possedere tutta l'arancia, se non vuole imparare a prezzo di durissimi colpi che si è sbagliato. Secondo lei, i ragazzi imparano dai ragazzi che è un errore volersi impossessare dell'arancia intera… buccia e tutto il resto. Se lo fanno, è probabile che non gli rimarranno nemmeno i semi, che sono, fra l'altro, troppo amari per poter essere mangiati.

– È una donna di buonsenso – disse il dottor Craven, mentre indossava il soprabito.

– Be', ha un modo tutto suo di dire le cose – concluse la signora Medlock, compiaciuta. – Qualche volta le ho detto: «Susan, se tu fossi una donna diversa e non parlassi questo nostro orribile dialetto, direi che sei una donna intelligente…».

Quella notte Colin dormì profondamente senza svegliarsi nemmeno una volta. Quando al mattino aprì gli occhi, era calmo e sorrideva senza saperlo… Sorrideva perché si sentiva stranamente sereno e tranquillo. Era bello essere sveglio, e si girò e rigirò nel letto, stiracchiandosi con grande soddisfazione. Aveva la sensazione che le corde che lo avevano tenuto strettamente legato per tanto tempo ora si fossero allentate, permettendogli di tornare libero. Il dottor Craven avrebbe spiegato la faccenda dicendo che i suoi nervi si erano rilassati: ma Colin non lo sapeva. Invece di stare a letto a guardare le pareti e a voler dormire ancora, ripensava ai progetti fatti il giorno prima con Mary, alle immagini del giardino, a Dickon e ai suoi animaletti. Era così bello avere qualcosa cui pensare! Era sveglio da una decina di minuti quando udì dei passi veloci nel corridoio. La porta si spalancò e Mary apparve sulla soglia. Un attimo dopo si precipitò verso il letto di Colin, portando con sé un soffio di aria fresca e profumata.

– Sei già stata fuori! Sono sicuro che sei già stata fuori! Sento il buon profumo delle foglie! – esclamò Colin.

Mary aveva corso ed era tutta spettinata. Aveva il viso splendente e le guance rosee, anche se il cugino non riusciva a vederle.

– È così bello fuori! – disse, respirando a fatica per la corsa fatta. – Non ho mai visto niente di così bello! È arrivata la primavera! Credevo che fosse arrivata l'altra mattina, e invece… stava solo per arrivare. Ma ora è proprio qui! È arrivata! L'ha detto Dickon!

– Davvero? – esclamò Colin. E sebbene lui della primavera non sapesse niente, si sentì battere forte il cuore. Si alzò a sedere sul letto.

– Apri la finestra! – disse, ridendo di gioia. – Forse riusciremo a sentire il suono delle trombe d'oro!

Mary in un attimo fu alla finestra, e la spalancò: aria fresca, profumo di fiori e canti di uccelli entrarono nella stanza.

– Che aria fresca! – disse. – Allungati e respira profondamente come fa Dickon, quando si distende sui prati della brughiera. Dice che se la sente entrare nelle vene e che si sente più forte. Dice anche che gli sembra di dover vivere per sempre e di non poter morire mai.

Ripeteva solo quello che le aveva detto Dickon, ma quelle parole colpirono l'immaginazione di Colin.

– Vivere per sempre! Per sempre! Davvero l'aria lo fa sentire così? – e respirò profondamente, finché non si rese conto che qualcosa di nuovo e di delizioso stava accadendo in lui.

Con un salto, Mary fu di nuovo al suo capezzale.

– Tutto preme per venir fuori dalla terra – disse in fretta. – I fiori cominciano a sbocciare e i germogli sono dappertutto. Il manto verde ha ricoperto quasi tutto il grigiore dell'inverno e gli uccelli lavorano senza un attimo di tregua[5] intorno al loro nido, per paura di fare troppo tardi e di doversi battere per trovare posto nel giardino segreto. I cespugli di rose sembrano più vivi che mai. Nei boschi e nei viottoli ci sono le primule. I fiori che abbiamo seminato cominciano a germogliare, e Dickon ha portato la volpe, il corvo, gli scoiattoli e un agnellino appena nato.

Mary si fermò per riprendere fiato. Dickon aveva trovato l'agnellino tre giorni prima nella brughiera tra i

[5] *tregua*: sosta.

cespugli di ginestra accanto alla madre morta. Non era il primo agnellino senza madre che trovava, e sapeva come trattarlo. Lo aveva portato a casa avvolto nella sua giacca, lo aveva tenuto vicino al fuoco e nutrito con del latte caldo. Era una cosuccia morbida, con un musino grazioso e inespressivo[6], e con delle gambette piuttosto lunghe rispetto al corpo. Dickon lo aveva portato in braccio attraverso la brughiera, con la bottiglia del latte in tasca, insieme a uno scoiattolo. Quando Mary si era seduta sotto un albero con quel caldo corpicino in braccio, si era sentita colma di un'insolita gioia. Un agnellino! Teneva un agnellino vivo sulle sue ginocchia, come se fosse stato un bambino!

Mary parlava dell'agnellino con entusiasmo e Colin ascoltava, respirando grandi boccate d'aria, quando entrò l'infermiera. Fu sorpresa di trovare la finestra spalancata. Si era sentita spesso soffocare in quella stanza durante le giornate estive, perché l'ammalato voleva tenere le finestre chiuse per paura di prender freddo.

– È sicuro di non aver freddo, signorino Colin? – chiese.

– No, non prendo freddo – rispose. – Sto respirando un po' d'aria fresca. Rende più forti. Per far colazione mi alzo e vado a sedermi sul divano. Mia cugina farà colazione con me.

L'infermiera uscì nascondendo un sorriso e andò in cucina a ordinare la colazione per due. La sala dei domestici era un ritrovo molto diverso dalla camera dell'ammalato, specialmente ora che tutti volevano sapere le ultime novità riguardo a quanto stava succedendo ai

[6] *inespressivo*: senza espressione, insignificante.

piani superiori. Molte cose divertenti venivano dette sul conto del giovane e scontroso recluso[7] che, come diceva la cuoca, «aveva trovato finalmente un padrone». I domestici erano stufi delle sue crisi isteriche, e il maggiordomo, che aveva famiglia, aveva espresso più volte l'opinione che l'ammalato sarebbe stato sicuramente molto meglio dopo una buona dose di sculacciate.

Quando il malato fu sistemato sul divano e la colazione per due venne disposta sulla tavola, Colin annunciò all'infermiera, con il suo tono da principe indiano: – Un ragazzo, una volpe, un corvo, due scoiattoli e un agnellino verranno a trovarmi questa mattina. Voglio che vengano condotti subito qui – disse – e non voglio che si cominci a giocare con quelle bestiole nella sala dei domestici, facendo perder loro del tempo. Li voglio subito qui.

L'infermiera ebbe un lieve sussulto, che cercò di dissimulare con un colpo di tosse.

– Benissimo, signorino – rispose.

– Le dirò che cosa può fare lei – aggiunse Colin, con un cenno della mano. – Deve dire a Martha di accompagnarli qui. Quel ragazzo è suo fratello. Si chiama Dickon ed è un incantatore di animali.

– Spero che quegli animali non mordano, signorino Colin – disse l'infermiera.

– Le ho già detto che Dickon è un incantatore – ripeté Colin con solennità. – Gli animali degli incantatori non mordono mai.

– In India ci sono degli incantatori – disse Mary – che si mettono in bocca la testa dei serpenti.

[7] *recluso*: prigioniero.

– Santo cielo! – esclamò con un brivido l'infermiera.

Fecero colazione, mentre l'aria del mattino continuava a entrare dalla finestra aperta. La colazione di Colin fu molto sostanziosa e Mary lo osservò con interesse mentre mangiava.

– Comincerai anche tu a ingrassare, come ho fatto io – disse. – Quando ero in India, non avevo mai voglia di fare colazione. Ora, invece, la faccio sempre volentieri.

– Questa mattina avevo appetito – disse Colin. – Forse è stata l'aria fresca. Quando credi che arriverà Dickon?

Non ci fu molto da aspettare. Dieci minuti dopo, Mary alzò una mano.

– Ascolta! – disse. – Non senti gracchiare?

Colin rimase un istante in ascolto e udì un rauco cra-cra: era il suono più buffo che si potesse mai sentire all'interno di una casa.

– Sì, è vero – rispose.

– È Soot – disse Mary. – Ascolta ancora! Non senti belare? È un belato lieve.

– Oh, sì – esclamò Colin commosso.

– È l'agnellino appena nato – disse Mary. – Dickon è arrivato.

Gli scarponi di Dickon erano robusti ma rozzi e, per quanto cercasse di camminare piano, facevano molto rumore lungo i corridoi. Mary e Colin lo sentirono avvicinarsi, finché, dopo essere entrato dalla porta nascosta dall'arazzo, i suoi passi si smorzarono[8] sul soffice tappeto del corridoio dove era situata la camera di Colin.

[8] *si smorzarono*: produssero meno rumore, si sentirono di meno.

– Se lei permette, signorino, – annunciò Martha aprendo la porta – le presento Dickon e le sue bestiole.

Dickon fece il suo ingresso con il più grazioso e il più largo dei sorrisi. Aveva in braccio l'agnellino e la piccola volpe rossa gli trotterellava al fianco. Noce sedeva sulla sua spalla sinistra e Soot sulla destra. La testolina e le zampette di Guscio spuntavano fuori dalla tasca della sua giacca.

Colin si alzò lentamente a sedere e lo guardò come aveva guardato Mary quando l'aveva vista per la prima volta. Ora però il suo sguardo esprimeva meraviglia e felicità. Sebbene ne avesse sentito parlare tanto, Colin non aveva minimamente immaginato come fosse quel ragazzo e come gli fossero veramente affezionati la volpe, il corvo, gli scoiattoli e l'agnellino. Colin non aveva mai parlato con un ragazzo in vita sua, ed era così sopraffatto dalla gioia e dalla curiosità che non seppe che cosa dire.

Ma Dickon non si sentiva né intimidito né impacciato. Non aveva provato imbarazzo nemmeno la prima volta che aveva visto il corvo, il quale, non avendo capito il suo linguaggio, lo aveva solo guardato senza rispondergli. Gli animali sono sempre così, fino a quando non ci conoscono. Dickon si avvicinò al divano senza dire una parola e mise con tutta tranquillità l'agnellino sulle ginocchia di Colin. La bestiola si dedicò subito alla soffice vestaglia di velluto, e cominciò ad annusare e a frugare col musino nelle sue pieghe, fino a spingere con impazienza la testolina ricciuta contro il fianco di Colin.

– Che cosa fa? – non poté fare a meno di esclamare Colin. – Che cosa vuole?

– Vuole sua madre – disse Dickon, sorridendo sempre di più. – Te l'ho portato un po' affamato perché pensavo che ti sarebbe piaciuto vederlo mangiare.

Si inginocchiò accanto al divano e tirò fuori di tasca una bottiglia.

– Su, piccolino – disse, girando dolcemente verso di sé la bianca testolina lanosa. – Ecco quello che cerchi. È più buono questo delle vestaglie di velluto. Su, prendi! – e spinse il poppatoio di gomma della bottiglia vicino al muso dell'agnellino, che cominciò a succhiare con avidità.

Dopo di ciò non fu più necessario chiedersi cosa bisognava dire. Quando l'agnellino si addormentò, le domande cominciarono a fioccare e Dickon rispose a tutte. Disse loro che aveva trovato l'agnellino tre giorni prima all'alba, mentre si trovava nella brughiera ad ascoltare il canto di un'allodola, che prese a volare sempre più alto nel cielo, finché non fu più che un puntino nell'azzurro immenso.

– L'avevo quasi perduta di vista, ma sentivo il suo canto, e mi stavo chiedendo com'era possibile sentirla ancora, nonostante fosse così lontana. Proprio allora sentii tra i cespugli di ginestra un fioco belato, e capii che era quello di un agnellino appena nato che aveva fame. E se aveva fame, voleva dire che aveva perso sua madre. Quindi mi misi a cercarlo. E ce n'è voluto di tempo per trovarlo! Ma alla fine vidi qualcosa di bianco vicino a una roccia, in alto. Mi arrampicai e trovai il piccolino, mezzo morto di freddo e di fame.

Mentre Dickon parlava, Soot volava imperterrito[9]

[9] *imperterrito*: senza fermarsi.

dentro e fuori dalla camera attraverso la finestra spalancata, e gracchiava qualche commento a proposito del paesaggio... Noce e Guscio si avventuravano sui rami che i grandi alberi allungavano fino alla finestra, correndo su e giù per i tronchi. Captain si era raggomitolato vicino a Dickon, che si era seduto sul tappeto davanti al camino.

Guardarono le illustrazioni dei libri di giardinaggio, e Dickon diceva loro il nome con cui la gente della brughiera chiamava tutti i fiori, nominando anche quelli che stavano crescendo nel giardino segreto.

– Non conosco il nome esatto di quello, – disse indicando un fiore sotto il quale era scritta la parola «aquilegia» – ma noi lo chiamiamo «colombina». Quell'altro è una «bocca di leone»: crescono tutti e due allo stato selvatico nelle siepi. Questi, invece, sono dei fiori di giardino e sono più grandi e più belli. Nel nostro giardino ci sono alcune grandi macchie di colombine. Quando sbocceranno, daranno l'impressione di un'aiuola palpitante[10] di farfalle bianche e azzurre.

– Verrò a vederle – esclamò Colin. – Verrò a vederle!

– Certo, che devi vederle! – disse Mary con serietà. – E senza perdere altro tempo!

[10] *palpitante*: che sembra muoversi, aver vita per il volo delle farfalle.

Capitolo Ventesimo

Voglia di vivere

Furono costretti ad aspettare più di una settimana, prima di andare nel giardino segreto. Dopo alcuni giorni di vento impetuoso, Colin corse il rischio di buscarsi un bel raffreddore. Dickon venne quasi ogni giorno, anche se per pochi minuti, a parlare di quello che accadeva nella brughiera, nei viottoli, nelle siepi e sulle rive dei ruscelli. Ciò che raccontava a proposito dei rifugi delle lontre, dei tassi e dei topi d'acqua, per non parlare dei nidi degli uccelli e delle tane dei topi di campagna, erano sufficienti a eccitare la curiosità di qualsiasi persona. Tutti quei minimi particolari – narrati da un vero incantatore di animali – facevano capire con quale impegno ed energia tutto il mondo sotterraneo lavorava.

– Sono come noi – diceva Dickon. – Lavorano per farsi una casa. La sola differenza sta nel fatto che ogni anno devono rifarsela. E ciò li rende così indaffarati che qualche volta si azzuffano per poterla portare a termine.

Il problema più importante ora era quello di trasportare Colin nel giardino, in assoluta segretezza. Dovevano girare un certo angolo del boschetto e imboccare il vialetto che fiancheggiava esternamente il muro ricoperto di edera. A mano a mano che i giorni passavano, Colin era sempre più affascinato dal pensiero che il giardino dovesse restare un mistero per tutti, un segreto che nessuno doveva scoprire e che niente doveva rovinare, perché non venisse meno l'incanto. Tutti dovevano credere che Colin andasse fuori con Mary e Dickon perché amava stare in loro compagnia. Discussero a lungo e vivacemente sul percorso da seguire. Avrebbero risalito prima un viale, poi sarebbero scesi per un altro; ne avrebbero attraversato un terzo, avrebbero fatto il giro delle aiuole intorno al laghetto, come se avessero voluto ammirare le piantine che il capo-giardiniere aveva sistemato in quel luogo. Questo loro giro sarebbe apparso naturale e per niente misterioso. Si sarebbero poi cacciati nei viottoli che fiancheggiavano il bosco e, dopo essere scomparsi dalla vista di tutti, avrebbero raggiunto il muro ricoperto di edera. Era un piano ingegnoso, degno di uno stratega.[1]

Qualche indiscrezione su ciò che stava accadendo di strano e di nuovo nella camera dell'ammalato era ovviamente trapelata,[2] attraverso la sala dei domestici, nelle scuderie e tra i giardinieri. Lo stesso signor Roach, il capo-giardiniere, fu non poco sorpreso quando, un giorno, ebbe l'ordine di presentarsi al signorino Colin, che nessun giardiniere aveva mai visto, perché l'ammalato desiderava parlargli.

– Mah! – disse a se stesso, mentre si affrettava a indossare un'altra giacca. – Cosa diavolo vorrà mai sua Altezza Reale? Non ha mai voluto essere visto da nessuno ed ecco che ora si mette a convocare la gente.

[1] *stratega*: comandante esperto di tecnica militare.
[2] *trapelata*: si era venuta a sapere.

Il signor Roach era piuttosto incuriosito: aveva sentito una quantità esorbitante[3] di chiacchiere, immancabilmente esagerate, sull'aspetto deforme del ragazzo, sul suo strano comportamento e sulle sue crisi isteriche; aveva sentito ripetere che poteva morire da un momento all'altro, e non erano mancate nemmeno delle fantastiche descrizioni di un gonfiore sulla schiena e di gambe debolissime.

– Stanno cambiando molte cose in questa casa, signor Roach – disse la signora Medlock, mentre lo accompagnava verso il corridoio della camera misteriosa.

– Speriamo che cambino in meglio, signora Medlock – rispose lui.

– È impossibile che cambino in peggio – continuò, – e per quanto strano possa apparire, oggi c'è chi sopporta meglio il suo lavoro. Non si sorprenda se si troverà in mezzo a una specie di zoo, signor Roach, e se Dickon, il fratello di Martha Sowerby, si senta qui a casa sua più di lei e di me.

In realtà intorno a Dickon aleggiava una specie di incantesimo, come Mary aveva sempre creduto in cuor suo. Quando il signor Roach sentì pronunciare il nome del ragazzo, sorrise con indulgenza.[4]

– Si sentirebbe a casa sua anche a Buckingham Palace[5] o in fondo a una miniera di carbone – disse. – Ma non è affatto sfrontatezza la sua. È un ragazzo educato e sensibile.

Fortunatamente il capo-giardiniere era stato avvi-

[3] *esorbitante*: esagerata.
[4] *indulgenza*: bontà.
[5] *Buckingham Palace*: la residenza dei sovrani d'Inghilterra. Il ragazzo, cioè, poteva sentirsi a suo agio ovunque.

sato in tempo, altrimenti si sarebbe sorpreso davvero tanto per la scena che gli si presentò davanti agli occhi. Arrivato alla porta della camera da letto, un grosso corvo, tranquillamente appollaiato sulla spalliera di una sedia, annunciò l'ingresso del nuovo venuto con un sonoro cra-cra. Nonostante fosse stato avvertito, poco mancò che il signor Roach facesse un balzo indietro.

Il giovanissimo rajah non era né a letto né sul divano. Era seduto su una poltrona e aveva accanto un agnellino al quale Dickon, inginocchiato, stava dando del latte da una bottiglia. L'agnellino scuoteva festosamente la coda, come fanno di solito i suoi simili quando succhiano il latte. Uno scoiattolo, arrampicatosi sulla schiena piegata di Dickon, era intento a sgranocchiare una noce. Infine, la ragazzina venuta dall'India, seduta sopra un grande sgabello, osservava la scena in silenzio.

– Ecco il signor Roach, signorino Colin – disse la signora Medlock.

Il piccolo rajah si voltò, squadrando dalla testa ai piedi il capo-giardiniere.

– Lei è il signor Roach, vero? – disse. – L'ho fatta chiamare per darle degli ordini molto importanti.

– Benissimo – rispose Roach, chiedendosi se gli sarebbe stato ordinato di abbattere le querce del parco, o di trasformare i frutteti in giardini con piante acquatiche, fontane e ruscelli con rocce artificiali.

– Nel pomeriggio uscirò sulla mia sedia a rotelle – disse Colin. – Se stare all'aria aperta mi farà bene, uscirò ogni giorno. Quando sarò fuori, nessun giardiniere dovrà trovarsi in prossimità del lungo vialetto che costeggia i muri del giardino. Non ci deve essere nessuno. Uscirò verso le due e tutti dovranno tenersi lontani da quel posto, finché le farò sapere quando potranno riprendere il lavoro.

– Benissimo, signorino – rispose il signor Roach, con un sospiro di sollievo, risollevato al pensiero che le querce non sarebbero state abbattute e che i frutteti erano salvi, almeno per il momento.

– Mary, – disse Colin, voltandosi verso di lei – come dite voi in India, quando avete finito di parlare e volete che la gente se ne vada?

– Diciamo: «Ha il permesso di andare» – rispose Mary.

Il piccolo principe fece un cenno con la mano.

– Ha il permesso di andare, Roach – disse. – Ma si ricordi: ciò che le ho detto è della massima importanza.

– Cra-cra! – sottolineò il corvo, con voce rauca, ma non senza cortesia.

– Benissimo, signorino. Grazie, signorino – disse il signor Roach, mentre la signora Medlock lo accompagnava fuori.

Quando fu nel corridoio il signor Roach sorrise, anzi non poté trattenersi dal ridere.

– Accidenti! – esclamò. – Che arie! Si direbbe che la sua persona simboleggi un'intera famiglia reale.

– Cosa pretende, – protestò la signora Medlock – è da quando è nato che siamo sempre stati ai suoi piedi pronti a farci calpestare, e ormai ha preso l'abitudine di comandare.

– Se vivrà, può darsi che cambi – insinuò il signor Roach.

– Una cosa è certa, comunque – disse la signora Medlock. – Se vivrà, e se la ragazzina indiana continuerà a stare qui, le assicuro che sarà lei a insegnargli che l'arancia non appartiene tutta a lui, come dice Susan Sowerby. Ed è probabile che solo allora capirà quanto è grande il suo spicchio.

Nel frattempo, in camera Colin aveva appoggiato la schiena sui cuscini.

– Ora è tutto a posto – disse. – Questo pomeriggio lo vedrò! Nel pomeriggio entrerò nel giardino!

Dickon tornò in giardino insieme ai suoi animali, e Mary rimase a tenere compagnia a Colin. Non le sembrava stanco, ma rimase silenzioso e tranquillo fino a quando servirono il pranzo, e continuò a esserlo anche mentre mangiavano. Mary se ne chiese il motivo, ma poi si rivolse direttamente a lui.

– Hai gli occhi strani, Colin – gli disse. – Quando pensi a qualcosa, i tuoi occhi diventano rotondi e grandi come delle biglie. A che cosa stai pensando?

– Non posso fare a meno di pensare – rispose – a come sarà.

– Il giardino? – chiese Mary.

– No, non il giardino! La primavera – disse. – Non l'ho mai vista! Sono uscito di casa pochissime volte, e quando lo facevo non mi guardavo molto intorno. Non ci pensavo proprio alla primavera.

– In India io non l'ho mai vista. Non c'era – disse Mary.

Per quanto avesse trascorso la vita chiuso in casa, inchiodato al letto, Colin era dotato di un'immaginazione molto più fervida[6] rispetto a Mary e, se non altro, aveva trascorso molto tempo a sfogliare bellissimi libri illustrati.

– Quel mattino, quando sei corsa qui e hai detto: «È

[6] *fervida*: vivace.

arrivata! È arrivata!», ho fantasticato parecchio. Mi sembrava di vedere qualcosa che procedeva come in una lunga processione e a suon di musica. In un mio libro ho visto un'illustrazione del genere: molti ragazzi e ragazze, ornati di ghirlande[7] di fiori e di ramoscelli fioriti, che danzano e ridono allegramente, al suono del piffero e del flauto. Ecco perché ho detto: «Forse sentiremo squillare le trombe d'oro!» e ti ho pregato di spalancare la finestra.

– Divertente! – esclamò Mary. – E sembra proprio così! E immagina quale folla ci sarebbe se i fiori, le foglie, gli uccelli e tutti gli animaletti si mettessero improvvisamente a danzare insieme! Sono sicura che danzerebbero, canterebbero e suonerebbero il flauto e che riuscirebbero a fare una bellissima festa.

I due ragazzi risero, non perché l'idea fosse buffa in se stessa, ma per il piacere di ridere.

Poco dopo venne l'infermiera a vestire Colin e notò con piacere che, mentre lo vestiva, invece di rimanere disteso e rigido come un pezzo di legno, il ragazzo si mise a sedere e fece qualche sforzo per aiutarsi, parlò e rise continuamente con Mary.

– Questa è una delle sue rare giornate buone – disse al dottor Craven, che era venuto a dargli un'occhiata. – È così di buon umore, che sembra anche più forte.

– Tornerò nel pomeriggio, quando sarà rientrato – disse il dottor Craven. – Voglio assicurarmi che l'aria aperta gli faccia veramente bene. Vorrei, – aggiunse a bassissima voce – vorrei che Colin le permettesse di accompagnarlo.

[7] *ghirlande*: corone intrecciate.

– Preferirei rinunciare subito al posto – rispose l'infermiera con fermezza – piuttosto che essere presente quando lei glielo suggerirà, dottore.

– Non era mia intenzione chiederle questo favore – disse il medico, come sempre un po' nervoso. – E va bene! Faremo una prova. Dickon è un ragazzo al quale affiderei con ogni tranquillità anche un neonato.

Il domestico più robusto trasportò Colin al pianterreno e lo adagiò nella sedia a rotelle, accanto alla quale Dickon stava già aspettando. Dopo che il domestico ebbe sistemato nel modo più opportuno le coperte e i cuscini, il rajah fece un cenno al domestico e all'infermiera.

– Avete il permesso di andare – disse, ed entrambi sparirono immediatamente, anche se non possiamo nascondere al lettore che non appena furono in casa, sicuri di non essere sentiti, risero a più non posso.

Dickon cominciò a spingere la sedia lentamente, ma con sicurezza. Mary camminava al suo fianco, mentre Colin, appoggiato sui cuscini, alzava gli occhi al cielo. Alcune nuvolette bianche come la neve, simili a grandi uccelli bianchi dalle ali aperte, veleggiavano sotto l'azzurro cristallino del cielo. Dalla brughiera, il vento mandava il suo mite e ampio respiro, ricco di profumi dolci e genuini tipici della natura selvaggia. Colin allargava i piccoli polmoni per respirarli. Sembrava ascoltasse con i grandi occhi spalancati, invece che con le orecchie.

– Sento dei ronzii, dei richiami, i cinguettii e i canti degli uccelli – disse. – Che cos'è questo profumo che ci porta il vento?

– Sono le ginestre che cominciano a fiorire nella brughiera – rispose Dickon. – Oggi le api fanno festa.

I sentieri che percorrevano erano deserti. Tutti i giardinieri e gli aiuto-giardinieri, secondo gli ordini ricevuti, erano scomparsi. Ciò nonostante i tre ragazzi, per il gusto di eseguire un piano segreto, seguirono il complicato itinerario che avevano stabilito, girando avanti e indietro nel boschetto, tra le macchie e intorno alle aiuole del laghetto. Quando finalmente imboccarono il viale che costeggiava il muro ricoperto di edera, un senso di misteriosa aspettativa li indusse a parlare a bassissima voce.

– Questo è il luogo – disse Mary in un soffio – dove passeggiavo e fantasticavo.

– Davvero? – esclamò Colin. I suoi occhi cominciarono a scrutare attentamente l'edera, con crescente curiosità. – Io non vedo niente – mormorò. – Non vedo nessuna porta.

– Anch'io non vedevo niente – disse Mary.

Seguì un silenzio carico di tensione, poi la sedia a rotelle riprese ad avanzare.

– Questo è il giardino in cui lavora Ben – disse Mary.

– Questo qua? – esclamò Colin.

Pochi metri più in là, Mary mormorò ancora: – Questo è il punto dal quale ho visto il pettirosso volare al di là del muro.

– Proprio qui?! – esclamò Colin. – Oh, come mi piacerebbe vederlo!

– E quello – disse Mary con gioiosa solennità, indicando un punto del terreno sotto un grande arbusto di lillà – è il posto in cui il pettirosso si mise a beccare un mucchietto di terra per indicarmi dov'era la chiave.

Colin si raddrizzò di colpo.

– Dove? Dove? – chiese. I suoi occhi si fecero grandi come quelli del lupo di *Cappuccetto Rosso*, quando Cappuccetto Rosso lo trovò nel letto della nonna. Dickon rimase immobile e la sedia si arrestò.

– E questo – continuò Mary, avvicinandosi all'aiuola accanto all'edera – è il punto dove andai per parlargli, quando cominciò a cinguettare dall'alto del muro. Ecco l'edera che fu spostata dal vento – e mise la mano sulla tendina verde che pendeva fino al suolo.

– Oh! È questa! È questa! – ansimò Colin.

– Ed ecco la maniglia, ed ecco la porta, Dickon, spingilo dentro... spingilo dentro subito!

Con una forte e abile manovra, Dickon eseguì l'ordine. Ma Colin si era nuovamente adagiato sui cuscini, pur fremendo di gioia, e si era portato le mani sugli occhi. Li teneva chiusi: non voleva vedere niente fino a quando non fosse entrato, finché la sedia non si fosse fermata come d'incanto, e la porta si fosse richiusa. Solo allora tolse le mani dagli occhi e si guardò intorno, insaziabilmente,[8] come avevano fatto Dickon e Mary la prima volta che erano entrati. Sopra ai muri, sul terreno, sugli alberi, sui ramoscelli e sui viticci si era disteso un incantevole manto verde fatto di tenere foglioline. Tra l'erba, sotto gli alberi e nelle grigie, enormi urne[9] di pietra poste dovunque, si vedevano chiazze e pennellate gialle, rosse e bianche. Sopra di lui, gli alberi mostravano nuvole rosee o bianche come la neve. E dappertutto si sentiva un palpito d'ali, lievi e dolci suoni flautati, ronzii e tantissimi profumi. I raggi del sole gli sfioravano il volto come una calda e

[8] *insaziabilmente*: mai sazio di guardare, avidamente.
[9] *urne*: vasi di diverse forme.

delicata carezza. Mary e Dickon guardarono Colin stupiti. Era diverso, sembrava cambiato: un lieve rossore si era diffuso sul suo viso di cera, sul collo e sulle mani.

– Guarirò! Starò bene! – esclamò. – Mary! Dickon! Sento che guarirò! Vivrò per sempre, per sempre, per sempre!

Capitolo Ventunesimo

Ben Weatherstaff

Una cosa stranissima che succede a chi vive in questo mondo è che solo di tanto in tanto è sicuro di vivere per sempre, per sempre, per sempre. Qualche volta sappiamo di esserne certi, quando ci alziamo al mattino presto, usciamo da soli all'aperto, solleviamo la testa il più possibile per guardare il cielo pallido che si colora lentamente di rosa, finché quello che vediamo a oriente ci fa venire quasi voglia di piangere e di gridare allo stesso tempo, e ci sembra che il cuore si arresti davanti alla strana e immutabile maestà[1] del sole che nasce: cosa che accade da migliaia, migliaia e migliaia di anni, ogni mattina. Allora, per qualche istante, sappiamo di esserne certi.

Altre volte, trovandoci da soli in un bosco al tramonto, la pace dorata, profonda e misteriosa che vi regna ci ripete lentamente qualcosa che non riusciamo a percepire distintamente.

Altre volte, invece, è il silenzio della notte blu scura, con milioni di stelle che guardano e attendono, a farci fremere per un senso di eternità; altre volte

[1] *maestà*: grandiosità.

ancora, è l'eco di una musica lontana o lo sguardo trasognato di un'altra persona a farci quest'effetto.

Qualcosa di simile accadde a Colin quando, per la prima volta, vide, ascoltò e sentì la primavera all'interno delle quattro mura del giardino segreto. Quel pomeriggio il mondo intero sembrava volersi mostrare in tutta la sua perfezione, raggiante di bellezza e di bontà. Forse per un miracolo, la primavera aveva radunato in quel giardino tutte le meraviglie che era riuscita a mettere insieme. Più volte Dickon aveva smesso di lavorare per rimanere immobile a guardare, con un'espressione di crescente meraviglia negli occhi, scuotendo dolcemente la testa.

– Che bello! – disse. – Ho dodici anni e sto per compierne tredici. Ci sono un sacco di pomeriggi in tredici anni, ma mi sembra di non averne mai visto uno più bello di questo.

– Sì, è proprio bello – disse Mary, con un sospiro di gioia. – Sono sicura che è il più bello che sia mai stato visto sulla terra.

– Credi che sia stato fatto così bello apposta per me? – disse Colin, con un'inflessione dialettale pronunciata non senza sforzo.

– Proprio così! – esclamò Mary con ammirazione. – Ed ecco che anche tu ti ci metti con il dialetto! Be', ti ci stai abituando magnificamente.

E l'allegria regnò intorno a loro.

Spinsero la sedia a rotelle sotto un susino così carico di fiori bianchi, intorno ai quali ronzavano festosamente le api, che sembrava il baldacchino di un re delle fate. Vicino al susino, ciliegi e meli in fiore avevano sui loro rami dei germogli rosa e bianchi, alcuni dei quali già dischiusi. Tra i rami in fiore del baldacchino si intravedevano squarci meravigliosi di cielo azzurro.

Mary e Dickon fecero qualche lavoretto qua e là, e Colin rimase a guardarli. Ogni tanto gli portavano qualcosa da ammirare: germogli che si schiudevano, boccioli ancora chiusi, piccoli ramoscelli su cui cominciavano a spuntare tenere foglioline verdi, la penna di un picchio trovata per terra, il guscio d'uovo di un uccellino appena nato. Dickon spinse poi lentamente la sedia per il giardino, fermandosi ogni tanto per far ammirare a Colin, con tutta tranquillità, tutte le meraviglie che spuntavano dalla terra o che pendevano dai rami. Colin si sentiva un re, portato in trono in lungo e in largo attraverso il regno delle fate, per ammirarne i tesori misteriosi che conteneva.

– Chissà se vedremo il pettirosso! – esclamò Colin.

– Lo vedrai, e spesso tra non molto! – rispose Dickon. – Quando le uova si schiuderanno, i nuovi nati gli daranno tanto da fare che gli verrà il mal di testa. Lo vedrai volare avanti e indietro, tenendo nel becco dei vermi grossi quasi quanto lui, e sentirai che razza di baccano e d'agitazione ci sarà nel nido al suo arrivo: il povero pettirosso non saprà a quale beccuccio spalancato dare il primo pezzettino. La mamma dice che, quando vede il pettirosso indaffarato a riempire quelle gole affamate, le sembra di essere una dama d'alta società che non abbia mai niente da fare. Dice che dalle sue penne gocciola il sudore,[2] anche se noi non riusciamo a vederlo.

Quelle parole li fecero ridere talmente tanto che do-

[2] *dalle sue penne gocciola il sudore*: qui significa che l'uccellino fa molta fatica.

vettero tapparsi la bocca per non farsi sentire. Colin era stato istruito già da qualche giorno sulla necessità di bisbigliare o di parlare a bassa voce. Gli piaceva l'aria di mistero di cui si erano circondati e faceva del suo meglio per conformarvisi,[3] ma quando si è molto allegri risulta difficile frenarsi e non ridere forte.

Quel pomeriggio fu ricco di novità. Col trascorrere delle ore, il sole diventava sempre più caldo. La sedia era stata riportata sotto il baldacchino e Dickon, sedutosi sull'erba, aveva tirato fuori di tasca il flauto. Fu allora che Colin si accorse di qualcosa che non aveva notato prima.

– Quell'albero è molto vecchio, non è vero? – chiese.

Dickon e Mary guardarono l'albero indicato da Colin: seguì un breve silenzio.

– Sì – rispose poi Dickon. La sua voce aveva un tono gentile.

Mary guardò l'albero e rimase pensierosa.

– I rami sono secchi e non hanno nemmeno una foglia – continuò Colin. – È morto, non è vero?

– Sì, è morto! – ammise Dickon. – Ma le rose gli si sono arrampicate sopra e quando saranno piene di foglie e di fiori, i rami e il tronco non si vedranno quasi più. Allora non sembrerà più un albero morto. Sarà anzi il più bello di tutti.

Mary continuava a osservare l'albero e a riflettere.

– Sembra che un grosso ramo si sia spezzato – disse Colin. – Chissà come sarà successo!

– Dev'essere successo molti anni fa – rispose Dickon. – Guarda lassù! – aggiunse, mettendo la mano

[3] *conformarvisi*: adeguarsi alla situazione.

sul braccio di Colin, con un improvviso senso di sollievo. – Ecco il pettirosso! È proprio lui! Sta portando da mangiare alla sua compagna.

Colin fece appena in tempo a intravedere un uccellino dal petto rosso che reggeva qualcosa nel becco e che volava come una freccia verso un angolo lontano del giardino. Colin adagiò nuovamente la schiena sui cuscini e sorrise.

– È andato a portarle il tè. Forse sono già le cinque. Piacerebbe anche a me una bella tazza di tè.

Dickon e Mary trassero un profondo sospiro di sollievo ed evitarono così altre domande imbarazzanti.

– Dev'essere stata una fata a mandarci qui il pettirosso al momento giusto – disse Mary a Dickon poco dopo, sottovoce. – Sono sicura che sia stato un incantesimo. – Mary e Dickon avevano avuto paura che Colin potesse chieder loro qualcosa a proposito dell'albero, il cui ramo si era spezzato dieci anni prima. Ne avevano già parlato una volta e Dickon era rimasto turbato.

– Dobbiamo considerare quell'albero come se non fosse diverso dagli altri – aveva detto, grattandosi la testa. – Non possiamo certo dire al povero Colin per quale motivo si è spezzato quel ramo. Se dovesse chiederci qualcosa dell'albero, cercheremo di mostrarci allegri!

– Hai ragione! Ci mostreremo allegri – aveva risposto Mary.

Ma quando aveva guardato l'albero, Mary non si era sentita per niente allegra. Pensò e ripensò in quei pochi istanti a quello che le aveva detto Dickon. Il ragazzo aveva continuato a grattarsi la testa color ruggine, con aria perplessa, ma uno sguardo di sollievo era poi apparso nei suoi occhi azzurri.

– La signora Craven era una donna giovane e molto bella – aveva ripreso a dire, esitante. – La mamma crede che si aggiri spesso da queste parti per badare a suo figlio, come fanno tutte le mamme che hanno lasciato questo mondo. Vedi, deve essere tornata su questa terra. Probabilmente è venuta nel giardino, e forse è stata proprio lei a farci mettere al lavoro e a suggerirci di portare qui Colin.

Mary aveva capito che Dickon intendeva accennare a un eventuale incantesimo. La bimba credeva fermamente nella magia. In cuor suo credeva che Dickon facesse degli incantesimi, incantesimi buoni, naturalmente, su tutto ciò che gli era vicino, ed era convinta che quello fosse il motivo per cui tutti gli volevano bene e gli animaletti lo consideravano loro amico. A dire il vero, Mary si chiese più di una volta se non fosse stato un suo incantesimo a condurre lì il pettirosso proprio nel momento in cui Colin aveva fatto quella domanda imbarazzante. Era convinta che il suo incantesimo si fosse manifestato durante tutto il pomeriggio, facendo apparire Colin completamente diverso da quello che era. Non le sembrava assolutamente possibile che il ragazzo che vedeva ora fosse lo stesso ragazzo isterico che aveva urlato, tempestato di pugni e addentato il proprio cuscino. Non era più pallido come prima, o almeno così sembrava. Il lieve rossore apparsogli sul viso, sul collo e sulle mani, quando era entrato nel giardino, non era più scomparso. Ora Colin sembrava fatto di carne, invece che d'avorio o di cera.[4]

[4] *Ora Colin… cera*: prima il ragazzo era pallido come una candela, mentre adesso è roseo come la carne.

Videro più volte il pettirosso portare il cibo alla sua compagna, e quell'atto ripetuto li fece pensare alla merenda, suggerendo a Colin l'idea di prendere il tè del pomeriggio.

– Vai a dire a un domestico di portare il tè in un cesto nel viale dei rododendri – disse a Mary. – Poi tu e Dickon lo porterete qui.

Era una bellissima idea e fu felicemente messa in pratica. Quando la candida tovaglia fu stesa sull'erba, con il tè caldo, i crostini imburrati e i pasticcini, il delizioso spuntino fu divorato da tre bambini affamati e da non pochi uccellini che, intenti al disbrigo di commissioni domestiche,[5] fecero una breve sosta per chiedersi che cosa stesse succedendo, approfittandone per rovistare fra le briciole. Noce e Guscio si arrampicarono su un albero con dei pezzettini di focaccia, mentre Soot si portò in un angolo la metà di un crostino imburrato, lo esaminò, lo girò e lo rigirò, finché non decise di ingoiarlo allegramente in un unico boccone.

Il pomeriggio volgeva al tramonto. Il sole aveva incupito[6] l'oro dei suoi raggi, le api erano tornate ai loro alveari e gli uccelli avevano diradato i loro voli. Mary e Dickon sedevano sull'erba, dopo aver riposto nel cesto tutto quello che dovevano riportare a casa. Colin aveva appoggiato la testa sui cuscini con la fronte libera dalle ciocche di capelli che di solito gli ricadevano sul viso, che aveva ora un colorito più sano rispetto ai giorni passati.

– Vorrei che questo pomeriggio non finisse mai –

[5] *intenti al disbrigo di commissioni domestiche*: indaffarati nelle loro attività, che assomigliano a quelle degli uomini in casa.

[6] *aveva incupito*: aveva reso più scuro.

disse – ma voglio tornare in questo giardino domani, dopodomani, e poi il giorno dopo… sempre.

– Vuoi prendere molta aria fresca, non è vero? – chiese Mary.

– Non voglio prendere altro, ormai – rispose Colin. – Ora che ho visto la primavera, voglio vedere anche l'estate. Voglio vedere crescere ogni cosa che c'è qui. E voglio crescere anch'io.

– Non devi far altro che volerlo – disse Dickon. – Vedrai che tra poco camminerai per il giardino e zapperai insieme a noi.

– Camminare! – disse. – Zappare! Davvero lo potrò fare?

Dickon lo guardò con perplessità. Né lui né Mary gli avevano mai chiesto niente riguardo le gambe.

– Certo che potrai – gli disse fermamente. – Non… non hai forse le gambe come tutti noi?

Mary aspettò con trepidazione la risposta di Colin.

– Veramente non ho niente alle gambe, – disse – ma sono così deboli e magre che mi tremano al solo pensiero di dover stare in piedi.

Mary e Dickon trassero un profondo sospiro di sollievo.

– Quando non avrai più paura, – disse Dickon con convinzione – allora starai in piedi. E vedrai che la paura ti passerà presto.

– Lo credi davvero? – domandò Colin: e rimase immobile, come se riflettesse su quelle parole.

Rimasero in silenzio per qualche minuto. Il sole continuava a calare: era l'ora in cui ogni cosa si acquieta e anche i ragazzi, che avevano trascorso un intero pomeriggio di lavoro e di eccitazione, sembravano sentirne la dolcezza. Colin sembrò godere di quel momento con particolare soddisfazione. Anche gli animaletti avevano smesso di andare in giro e ora riposavano vicino a loro. Soot si era appollaiato sul ramo più basso di un albero e, sollevata una zampetta, aveva abbassato le palpebre grigie. Mary si chiese se tra qualche istante non avrebbe cominciato a russare.

Fu quindi una sorpresa per tutti quando, in mezzo a tanto silenzio, Colin sollevò un po' la testa, esclamando all'improvviso: – Chi è quell'uomo?

Dickon e Mary balzarono in piedi.

– Quale uomo? – esclamarono a bassa voce.

Colin indicò loro il muro.

– Guardate! – mormorò con grande agitazione. – Guardate!

Mary e Dickon si voltarono. Il viso indignato di Ben Weatherstaff li stava guardando al disopra del muro, dall'alto di una scala! Ben agitò ora il pugno in direzione di Mary.

– Se non fossi scapolo e se fossi mia figlia, – le gridò – ti prenderei a sculacciate!

Salì un altro scalino, come se avesse veramente intenzione di saltare giù per mettere in pratica quella minaccia, ma nel vedere che Mary stava andando verso di lui, cambiò idea e rimase sull'ultimo gradino della scala, limitandosi a minacciarla con i pugni.

– Non mi sei mai piaciuta! – le gridò. – Non ti ho mai potuto sopportare, fin dal primo momento che ti ho visto, con quel faccino magro e verdognolo, sempre pronta a fare un sacco di domande e a ficcare il naso in cose che non ti riguardavano. Non credevo fossi così falsa. Se non fosse stato per quel maledetto pettirosso...

– Ben – incominciò Mary, ritrovando la voce. Stava ai piedi del muro e gli parlò con un tono alquanto nervoso. – Ben, è stato il pettirosso a indicarmi la strada!

A questo punto sembrò che Ben avesse veramente intenzione di scavalcare il muro, tanta era la sua indignazione.

– Sei una bambina bugiarda! – le disse. – Hai la faccia tosta di dare la colpa a un pettirosso! Non perché non sia abbastanza sfacciato per fare questo e altro… Ti ha indicato la strada, eh? Proprio lui, eh? Sei davvero impertinente… – A Mary sembrò di poter indovinare le sue parole, prima ancora che gli uscissero di bocca. Sapeva che era vinto dalla curiosità. – Ma come diavolo hai fatto a entrare?

– È stato il pettirosso a indicarmi la strada – insistette Mary con ostinazione. – Forse l'ha fatto senza saperlo. Ma io non ti racconterò niente, se continui a mostrarmi i pugni.

Ben smise subito di scuotere il pugno minaccioso e spalancò la bocca per lo stupore: il giardiniere stava fissando qualcosa che si muoveva verso di lui.

Nel sentire quelle parole Colin era rimasto all'inizio molto sorpreso. Aveva sollevato un po' la testa ed era rimasto ad ascoltare, senza aprire bocca. Poi si era ripreso e aveva fatto un cenno imperioso a Dickon.

– Spingimi fin là! – gli aveva ordinato. – Spingimi più vicino che puoi e fermati davanti a lui!

Ben era rimasto di stucco: una sedia a rotelle imbottita di bellissimi cuscini e coperte avanzava verso di lui come una specie di carrozza reale. Vi stava seduto, con la schiena appoggiata ai cuscini, un piccolo, giovanissimo rajah. Nei suoi grandi occhi dalle ciglia nere si leggeva l'abitudine al comando, mentre l'esile manina bianca era stesa imperiosamente verso di lui. La sedia a rotelle si fermò sotto il naso di Ben. Non meravigliamoci, quindi, se il vecchio giardiniere spalancò la bocca al colmo della sorpresa.

– Sai chi sono io? – chiese il rajah.

Ben aveva gli occhi sbarrati, come se avesse visto un fantasma. Lo fissò a lungo e inghiottì la saliva, come se un nodo in gola gli impedisse di parlare.

– Sai chi sono io? – chiese Colin, ancora più imperiosamente di prima. – Rispondi!

Ben si passò la mano nodosa sugli occhi e sulla fronte, e poi rispose con voce soffocata e tremante: – Chi sei? Certo che lo so! Come potrei non saperlo, se mi guardi con gli stessi occhi di tua madre. Dio solo sa come hai fatto a entrare qui dentro. Sei un povero gobbo.

Colin dimenticò del tutto di aver mai avuto una schiena. Divenne rosso come un peperone e si drizzò di colpo a sedere.

– Non sono gobbo! – esclamò arrabbiatissimo. – Hai capito?

– Non lo è – esclamò Mary, quasi gridando per l'indignazione. – Non ha nessun gonfiore, neppure uno grosso come la capocchia di uno spillo! Gli ho guardato io la schiena, e non ne ha nessuno… nessuno!

Ben si passò nuovamente la mano sulla fronte e lo guardò come se non potesse più staccargli gli occhi di dosso. Le mani, la bocca e la voce gli tremavano. Era un vecchio ignorante e privo di tatto, perciò non faceva che ripetere quello che aveva sentito dire.

– Non hai la gobba? – chiese con voce rauca.

– No! – gridò Colin.

– Non… non sei storpio? – la voce di Ben tremava, più rauca che mai.

Era troppo. L'energia che di solito Colin impiegava nelle sue crisi di nervi rifluì in lui, prendendo però una nuova direzione. Nessuno gli aveva ancora detto che aveva le gambe storte, e il semplice fatto che qualcuno lo credesse, come rivelavano le parole del vecchio giardiniere, era più di quanto il giovane rajah potesse tollerare. La collera e l'orgoglio offeso gli fecero dimenticare ogni cosa e gli conferirono una forza che non aveva mai avuto.

– Vieni qui! – disse a Dickon, cominciando a liberare le gambe dalle coperte. – Vieni qui! Vieni qui immediatamente!

In un baleno Dickon gli fu accanto. Mary trattenne il fiato e si sentì impallidire.

– Ci riuscirà! Ci riuscirà! Sì, ci riuscirà! – farfugliò fra i denti.

Seguì un breve tramestio,[7] le coperte furono buttate per terra e le gambe sottili furono ben visibili.

Poi Dickon lo sostenne per un braccio, e Colin appoggiò i piedini per terra. Colin era in piedi, dritto come un fuso. Sembrava stranamente alto, con la testa piegata all'indietro, mentre i suoi occhi mandavano lampi di collera.

– Guardami! – gridò con rabbia a Ben. – Sì, guardami! Guardami bene!

[7] *tramestio*: movimento.

– È dritto come me! – esclamò Dickon. – È dritto come lo sono tutti i ragazzi dello Yorkshire!

Mary rimase stupefatta davanti al comportamento del vecchio giardiniere: prima soffocò un singhiozzo, poi, mentre si stringeva le mani, un fiume di lacrime cominciò a scorrergli sulle guance rugose.

– Quante bugie dice la gente! – esclamò. – Sei magro come un chiodo e pallido come un cadavere, ma in te non c'è la minima traccia di una gobba. Diventerai un uomo come tutti gli altri. Dio ti benedica, figliolo!

Dickon sorreggeva solidamente Colin per un braccio, ma il ragazzo non vacillava.[8] Stava dritto e guardava Ben negli occhi.

– Comando io, quando non c'è mio padre – disse – e tu hai il dovere di obbedirmi. Questo è il mio giardino; e non ti venga in mente di parlarne con nessuno. Scendi da quella scala e vai verso il vialetto lungo il muro: Mary ti verrà incontro e ti accompagnerà qui! Devo parlarti! Non eri nei nostri piani, ma ora è necessario che tu condivida il nostro segreto! Fai presto!

Il viso scontroso e rugoso di Ben era ancora umido di lacrime. Sembrava non potesse staccare lo sguardo dalla figura dritta e sottile di Colin, che gli stava davanti, con la testa piegata all'indietro.

– Sì, subito, – mormorò – subito, ragazzo mio! – Poi, correggendosi e toccandosi il cappello, aggiunse rispettosamente: – Sì, signorino! – e obbediente si affrettò a scendere dalla scala, sparendo dietro il muro.

[8] *vacillava*: dondolava.

Capitolo Ventiduesimo

Tramonto

Quando la testa di Ben fu sparita dietro il muro, Colin si rivolse a Mary: – Corrigli incontro! – e Mary corse verso la porticina del giardino.

Dickon osservò attentamente Colin. Sulle sue guance era apparsa qualche macchia rossa, ma nell'insieme aveva un aspetto meraviglioso: soprattutto, non accennava affatto a vacillare.

– Riesco a stare in piedi! – disse orgogliosamente, tenendo il capo sempre eretto.

– Te l'avevo detto che saresti riuscito a stare in piedi, – disse Dickon – non appena ti fosse passata la paura. Ora, non hai più paura, vero?

– Sì, è vero. Non ho più paura – disse Colin.

Improvvisamente si ricordò le parole di Mary riguardo i poteri magici di Dickon.

– Tu sei capace di fare degli incantesimi? – gli chiese.

La bocca di Dickon si aprì in un largo sorriso.

– Sei stato tu che hai fatto questo incantesimo – gli disse. – Ed è lo stesso incantesimo che fa spuntare dalla terra tutte queste piantine – e sfiorò col robusto scarpone un mucchietto di crochi che spuntavano tra l'erba.

Colin li guardò per qualche istante, in silenzio.

– È vero, – disse lentamente – non può esserci un incantesimo più grande di questo.

Si raddrizzò ancora di più.

– Voglio provare a camminare fino a lì – disse, indicando un albero a pochi passi da lui. – Voglio che Ben mi trovi in piedi, quando arriverà. Mi appoggerò all'albero, se sarà necessario. Mi siederò quando ne avrò voglia, ma non prima che venga lui. Prendi una coperta dalla sedia!

Camminò fino all'albero, come aveva detto. Dickon, che lo sosteneva per un braccio, sentì che le sue gambe erano salde e che non vacillava affatto. Quando si appoggiò al tronco, stava così dritto che sembrava si reggesse in piedi senza l'aiuto dell'albero; inoltre appariva ancora più alto di quanto non fosse realmente.

Dalla porta del giardino, Ben lo vide in piedi e sentì Mary borbottare qualcosa tra sé.

– Cosa brontoli? – le chiese piuttosto bruscamente, perché non voleva essere distratto dall'alta ed esile figura del ragazzo e dal suo viso orgoglioso.

Ma Mary non gli rispose. Stava ripetendo tra sé queste parole magiche: – Puoi farcela! Puoi farcela! Te l'avevo detto che potevi farcela! Puoi farcela! Puoi farcela!

Stava rivolgendo quelle parole a Colin perché voleva fargli un incantesimo: voleva che riuscisse a restare in piedi e che continuasse a mantenere quell'aspetto fiero. Non poteva sopportare l'idea che potesse cedere, mettendosi a sedere prima che Ben fosse davanti a lui. Ma il ragazzo riuscì a resistere. La sensazione improvvisa che fosse bello, nonostante la sua magrezza, colmò di gioia l'animo di Mary.

Colin piantò gli occhi addosso a Ben e gli parlò con il suo solito tono imperioso: – Guardami! Guardami bene! Sono gobbo, secondo te? Ho le gambe storte?

Ben non si era ancora ripreso del tutto dalla sua emozione, ma riuscì comunque a rispondere: – No, – disse – assolutamente no. Ma allora perché ti sei tenuto nascosto? Perché non ti sei mai lasciato vedere? Perché hai lasciato credere alla gente che eri storpio e... mezzo scemo?

– Mezzo scemo! – esclamò Colin indignato. – Chi ha detto una cosa del genere?

– Un po' tutti – disse Ben. – Il mondo è pieno di malelingue che sputano veleno, di somari che non ragliano mai la verità, ma solo bugie.[1] Ma perché ti sei chiuso in camera?

– Perché tutti dicevano che dovevo morire – disse Colin brevemente. – Ma non è vero.

E disse quelle parole con una tale fermezza che Ben lo squadrò[2] dalla testa ai piedi, pieno di ammirazione.

– Morire! – disse il vecchio giardiniere, non senza commozione. – Un ragazzo come te! Con il coraggio che hai! Quando ti ho visto mettere i piedi per terra, con tanta decisione, ho capito subito che stavi bene. Ora mettiti un po' a sedere sulla coperta, e dimmi che cosa devo fare.

C'era nel suo atteggiamento un miscuglio curioso

[1] *Il mondo... bugie*: nel mondo ci sono tante persone che dicono cose cattive e false.

[2] *lo squadrò*: lo guardò con attenzione.

di ruvida tenerezza e di calcolata saggezza. Mary gli aveva detto molte cose in fretta, mentre percorrevano insieme il lungo vialetto. La cosa più importante da ricordare, gli aveva detto, era che Colin cominciava a star bene… a star bene veramente. Ed era tutto merito del giardino. Non bisognava assolutamente riportargli alla mente la sua fissazione riguardo la gobba e la morte.

Il rajah accondiscese a sedersi sulla coperta, ai piedi dell'albero.

– Che lavoro fai nei giardini, Ben? – gli chiese.

– Quello che mi si dice di fare – rispose il vecchio Ben. – Mi si tiene qui per bontà, perché lei mi voleva bene.

– Lei, chi? – chiese Colin.

– Tua madre – rispose Ben.

– Mia madre? – disse Colin, guardandosi lungamente intorno. – Questo era il suo giardino, non è vero?

– Sì, era il suo giardino! – e anche Ben si guardò intorno. – Le piaceva così tanto!

– Ora è il mio giardino, e mi piace moltissimo. Verrò qui ogni giorno – annunciò Colin. – Ma deve rimanere un segreto. I miei ordini sono questi: nessuno deve sapere che noi veniamo qui. Dickon e mia cugina hanno lavorato per farlo tornare in vita. Ogni tanto ti manderò a chiamare, per avere il tuo aiuto… ma devi venire senza farti vedere da nessuno.

Il viso di Ben si contrasse in un sorriso velatamente ironico.

– Sono già venuto qui, senza che nessuno mi vedesse – disse.

– Quando? – chiese Colin, sorpreso.

– L'ultima volta che sono stato qui – disse, grattandosi il mento e guardandosi intorno – è stato circa due anni fa.

– Ma sono dieci anni che nessuno ha più messo piede in questo giardino! – esclamò Colin. – La porta era chiusa!

– Eppure io ci sono venuto, – disse Ben seccato – ma non sono entrato dalla porta. Ho scavalcato il muro. I miei reumatismi me l'hanno impedito, in questi ultimi due anni.

– Allora sei stato tu a potare un po' gli alberi! – esclamò Dickon. – Non riuscivo a capire se qualcuno l'aveva fatto e come.

– Amava tanto questo giardino! – disse lentamente il vecchio Ben. – Ed era così giovane e bella! Una volta mi disse ridendo: «Ben, se mi dovessi ammalare o morire, dovrai aver cura tu delle mie rose!». Quando morì, a nessuno fu più permesso di avvicinarsi al giardino. Ma io ci venivo lo stesso – proseguì caparbiamente.[3] – Scavalcavo il muro... finché la salute me lo consentì, e almeno una volta all'anno, facevo qualche lavoretto, come mi era stato ordinato da lei.

– Non sarebbe così rigoglioso oggi, se non fosse stato potato – disse Dickon. – Era ciò che immaginavo.

– Sono contento che tu l'abbia fatto, Ben – disse Colin. – E vedo che sai mantenere un segreto.

– Sì, signorino – rispose Ben. – E ora che posso passare dalla porta, sarà più facile per i miei reumatismi.

[3] *caparbiamente*: ostinatamente.

Mary aveva posato la sua paletta sull'erba, accanto all'albero. Colin allungò la mano e la prese. Cominciò a grattare la terra con una strana espressione sul viso. La mano era debole, ma a un certo punto, mentre tutti lo stavano guardando, e Mary lo fissava con un interesse che le mozzava il fiato, affondò l'estremità della paletta nella terra, smuovendola un po'.

«Puoi farcela! Puoi farcela!», ripeteva Mary a se stessa. «Ti dico che puoi farcela!»

Gli occhi di Dickon erano colmi di curiosità, ma non disse una parola. Ben, da parte sua, seguiva la scena con interesse.

Colin continuò ancora per qualche minuto; poi, dopo aver rivoltato qualche altro mucchietto di terra, si rivolse a Dickon esultante e nel suo dialetto migliore: – Hai detto che qui avrei camminato come gli altri, hai detto che sarei riuscito a zappare... Credevo che dicessi quelle bugie per farmi piacere. Oggi sono venuto qui per la prima volta e ho camminato... e ora, ecco che riesco anche a zappare!

Ben spalancò nuovamente la bocca nel sentire quelle parole dette in dialetto e finì col soffocare una risatina.

– Credo che tu abbia spirito e coraggio – disse. – Sei un vero ragazzo dello Yorkshire. E vedo che sai anche lavorare la terra. Ti piacerebbe piantare qualcosa in quella buca? Vuoi che ti porti una pianta di rose?

– Vai subito a prenderla! – disse Colin zappando con entusiasmo. – Presto!

E ogni cosa fu fatta con notevole sollecitudine. Ben andò subito e quasi di corsa, dimenticando i suoi reumatismi. Dickon prese la zappetta e, venendo in aiuto all'inesperto giardiniere, rese la buca un po' più ampia e profonda di quella scavata dalle sue esili e bianche manine. Mary corse a prendere l'annaffiatoio. Quando Dickon ebbe terminato di fare la buca, Colin continuò a rivoltare la terra soffice e poi guardò il cielo. Aveva le guance rosse e sfavillanti per l'insolito, anche se non faticoso, esercizio.

– Voglio piantare la rosa prima che tramonti il sole – disse.

E Mary pensò che forse il sole sarebbe tramontato appositamente alcuni minuti più tardi del consueto. Ben tornò con il vaso che era andato a prendere nella serra, avanzando a fatica, più in fretta che poteva. Anche lui era stato contagiato dall'eccitazione generale. Si inginocchiò davanti alla buca, ruppe il vaso e porse a Colin la pianta con il suo terriccio.

– Ecco, ragazzo mio – disse. – Mettila tu stesso nella buca, come fa il re quando visita un nuovo Paese.

Le mani bianche e sottili di Colin tremarono un po' e il suo colorito si accese quando mise la pianta di rose nella buca e la tenne ferma, perché il vecchio Ben potesse colmarla e rassodare il terriccio intorno. Mary, in ginocchio, si era piegata in avanti, appoggiando a terra le mani. Soot volò giù dal ramo per andare a vedere da vicino ciò che stava accadendo, mentre Noce e Guscio, arrampicatisi sul ciliegio, sembravano discutere sulla scena che si svolgeva davanti ai loro occhi.

– La rosa è stata piantata! – disse Colin alla fine. – E il sole comincia solo adesso a tramontare. Aiutami, Dickon: voglio essere in piedi quando tramonterà. Fa parte dell'incantesimo.

Dickon lo aiutò e l'incantesimo, o qualsiasi cosa

fosse, gli diede tanta forza che quando il sole sparì dietro l'orizzonte, Colin era ancora ritto sulle gambe con il viso illuminato da un incantevole sorriso, e come una magica figura pose termine a quel pomeriggio bizzarro e delizioso.

Capitolo Ventitreesimo

L'INCANTESIMO

Quando tornarono a casa, trovarono il dottor Craven che li stava aspettando da un bel po' e che si stava chiedendo se non fosse stato meglio mandare qualcuno a cercarli, lungo i vialetti e i sentieri del giardino.

Non appena Colin fu riportato in camera, il povero dottore lo guardò con aria preoccupata.

– Non saresti dovuto rimanere fuori così tanto – disse. – Non dovevi stancarti troppo.

– Non sono affatto stanco – disse Colin. – Mi ha fatto bene uscire all'aria aperta. Domani andrò fuori di mattino e di pomeriggio.

– Non sono certo di potertelo permettere – rispose il dottor Craven. – Sarebbe un'imprudenza.

– Sarebbe un'imprudenza cercare di impedirmelo – disse Colin con molta serietà. – Intendo fare a modo mio.

Anche Mary si era accorta che Colin non si rendeva minimamente conto di quanto fosse scortese e sgarbato quel suo modo di impartire ordini a tutti. Era vissuto come re incontrastato in una specie di isola deserta, e da questa sua esperienza era derivato quel suo contegno[1] intollerabile. Mary era stata come lui ma, da quan-

[1] *contegno*: comportamento.

do si trovava a Misselthwaite, aveva compreso a poco a poco che il suo modo di fare non era stato, in passato, quello tipico di tutte le ragazzine della sua età. Dopo essersi accorta di ciò, Mary pensò naturalmente di informarne il cugino. Dopo che il dottor Craven se ne fu andato, si mise perciò a sedere e a guardare il cugino con insistenza, in silenzio, fino a quando lui non le chiese: – Perché mi guardi così?

– Perché mi dispiace molto per il dottor Craven.

– Dispiace anche a me – disse Colin tranquillamente, ma non senza una certa soddisfazione. – Non erediterà Misselthwaite, se non muoio.

– Naturalmente mi fa pena anche per questo – disse Mary – ma pensavo soprattutto che non deve essere stato facile per lui, durante tutti questi anni, mostrarsi gentile con un ragazzo sempre sgarbato. Io non ci sarei mai riuscita.

– Credi che io sia sgarbato? – chiese Colin senza scomporsi.

– Se tu fossi stato suo figlio e lui un padre severo, – disse Mary – ti avrebbe preso sicuramente a sberle.

– Non avrebbe mai osato – disse Colin.

– È vero – rispose Mary, meditando sulla faccenda con una certa obiettività. – Nessuno ha mai osato fare qualcosa che a te non piacesse... eri ammalato... dovevi morire... avevano pietà. Eri una povera cosuccia da niente.

– Ma – annunciò Colin caparbiamente – non sarò più una cosuccia da niente, e non voglio che la gente lo pensi. Oggi mi sono alzato in piedi.

– Sì certo, ma a furia di essere sempre stato accontentato in tutto e per tutto, sei diventato capriccioso – proseguì Mary, pensando ad alta voce.

Colin si accigliò.

– Sono capriccioso? – chiese.

– Sì – rispose Mary – e molto. Ma non ti devi arrabbiare – aggiunse imparzialmente – perché anch'io sono così... e anche Ben Weatherstaff. Ma io lo sono meno di prima, da quando ho cominciato a trovare simpatica la gente e da quando sono entrata nel giardino.

– Non voglio essere strano – disse Colin. – Voglio essere un ragazzo normale – e si accigliò[2] nuovamente.

Era molto orgoglioso. Rifletté per qualche istante, ma poi Mary vide che un bel sorriso gli illuminò il volto.

– Sono sicuro che non sarò più strano, – disse – se andrò ogni giorno nel giardino. Nel nostro giardino regna un incantesimo, Mary, un incantesimo buono. Io ne sono sicuro.

– Ne sono sicura anch'io – disse Mary.

– E se anche non fosse un incantesimo vero, – disse Colin – possiamo sempre immaginare che ci sia. Anche se c'è *qualcosa*... c'è certamente *qualcosa*!

– È un incantesimo, – disse Mary – ma non si tratta di magia nera. È magia bianca come la neve.

Anche in seguito i due ragazzi lo chiamarono incantesimo, e in realtà nei mesi che seguirono il giardino sembrò veramente incantato. Furono dei mesi meravigliosi, radiosi, stupefacenti! Oh, quante e quali cose non accaddero in quel giardino! Se non avete mai avuto

[2] *si accigliò*: si oscurò in viso.

un giardino, non potrete capire; e se avete avuto un giardino, saprete che ci vorrebbe un libro intero per descrivere tutto quello che accadde. All'inizio sembrò che le puntine verdi non dovessero mai finire di spuntare dalla terra, in mezzo all'erba, nelle aiuole e persino nelle crepe dei muri. Poi le puntine verdi crebbero e cominciarono a mostrare dei germogli, e i germogli cominciarono a schiudersi: fecero la loro comparsa fiori di ogni sfumatura di azzurro e di porpora, di ogni tinta e gradazione. Un tempo, giorni felici, i fiori erano stati seminati o piantati in ogni buco, in ogni angolo, in ogni minuscolo pugno di terra. Ben era stato presente quando furono seminati e piantati, e lui stesso aveva raschiato la calce tra i mattoni del muro, e fatto delle sacche di terra perché i fiori vi si attaccassero e crescessero. Iris e gigli bianchi spuntavano a fasci tra l'erba, e le verdi nicchie si riempivano di tantissimi fiori azzurri e bianchi: *delphinium*, colombine, campanelle.

– Lei li adorava – diceva Ben. – Li adorava perché tutti tendevano al cielo azzurro. Non perché disprezzasse la terra... no, certo. Amava la terra, ma diceva che il cielo azzurro era sempre così bello!

I fiori, che Dickon e Mary avevano seminato, crescevano come per magia. Papaveri di ogni colore danzavano nella brezza accanto a un'infinità di fiori dai colori vivaci che da anni crescevano nel giardino, e che ora sembravano chiedersi, è inutile tacerlo, come avessero fatto quelle persone mai viste a entrare in quel luogo. E le rose... Oh, le rose! Spuntavano tra l'erba, avviluppate intorno alla meridiana e ai tronchi degli alberi, pendendo dai loro rami. Si arrampicavano sui muri e li cospargevano di lunghe ghirlande, ricadendo poi in cascate, tornando a rivivere di giorno in giorno. Tenere foglioline nuove e germogli minuscoli, che si gonfiavano poco per volta come per effetto di un incantesimo, alla fine si schiudevano per diventare coppe di fragranze delicate, dai cui orli traboccavano i profumi che riempivano l'aria del giardino.

Colin vedeva tutto e osservava ogni minimo cambiamento. Tutte le mattine, purché non piovesse, veniva portato fuori e trascorreva tutta la giornata nel giardino. Anche le giornate grigie gli piacevano. Si sdraiava sull'erba e «guardava crescere le rose», come diceva lui. «Se le si guarda a lungo», diceva, «riesci a vedere i germogli che si schiudono». Si può anche fare la conoscenza di strani insetti affaccendati, che corrono di qua e di là per compiere ignote, ma evidentemente importanti incombenze,[3] a volte alle prese con il trasporto di pagliuzze, minuscole piume o pezzettini di cibo, a volte intenti a scalare dei fili d'erba, quasi fossero alberi, dalla cui cima si potessero esplorare i dintorni. Una talpa che buttava fuori la terra dall'estremità della tana, per aprirsi un varco verso la luce con le unghie delle zampette tanto simili alle manine di un bimbo, aveva attratto la sua attenzione per un mattino intero. Il comportamento delle formiche, degli scarabei, delle api, delle rane, degli uccelli, delle piante era per lui un mondo nuovo tutto da scoprire; e quando Dickon spiegò a lui e a Mary tutto quello che sapeva a riguardo, aggiungendovi anche qualcosa a proposito delle abitudini delle volpi, delle lontre, dei furetti, degli scoiattoli, delle trote, dei topi

[3] *incombenze*: lavori.

di fogna e dei tassi, gli argomenti degni di conversazione non ebbero più fine.

E quella fu solo una piccola parte dell'incantesimo. Il fatto di essere riuscito a stare in piedi aveva dato moltissimo da pensare a Colin, e quando Mary gli rivelò la formula magica che lei aveva mormorato in quella occasione, il ragazzo ne rimase profondamente impressionato, e ne parlò continuamente.

– Sono sicuro che il mondo è pieno di magia, – disse un giorno con molta serietà – ma la gente non sa come si manifesti. Forse basterebbe esprimere più volte con una frase il desiderio che qualcosa avvenga, per farla avvenire veramente. Voglio provare.

La mattina dopo, quando andarono nel giardino segreto, Colin mandò a chiamare subito il vecchio Ben. Ben arrivò in fretta e trovò il rajah in piedi sotto un albero, in un atteggiamento regale, ma anche con un bellissimo sorriso sulle labbra.

– Buongiorno, Ben – disse. – Voglio che tu, Dickon e Mary stiate intorno a me ad ascoltarmi. Desidero dirvi una cosa molto importante.

– Bene, signorino! – rispose Ben, toccandosi la fronte. (Ben, nella sua prima giovinezza, aveva fatto il marinaio e viaggiato per mare. Quindi ora rispose all'uso dei marinai.)

– Voglio fare un esperimento scientifico – spiegò il rajah. – Quando sarò grande, farò importanti scoperte scientifiche, e voglio cominciare ora con questo esperimento.

– Bene, signorino – disse subito Ben, sebbene quella fosse la prima volta che sentiva parlare di grandi scoperte scientifiche.

Quanto a Mary, anche lei ne sentiva parlare per la prima volta, ma già da un po' di tempo aveva cominciato a rendersi conto che Colin, sebbene fosse un ragazzo un po' strano, aveva letto molti libri che trattavano di moltissime cose curiose e che era, a modo suo, un ragazzo molto convincente. Quando sollevava la testa e guardava l'interlocutore con quegli occhi scuri, sembrava naturale credere in lui, sebbene avesse poco più di dieci anni. In quel momento Colin era più eloquente[4] che mai, posseduto com'era dalla piacevole sensazione di fare una specie di conferenza, come fanno solitamente le persone adulte e importanti.

– La grande scoperta scientifica che sto per fare – proseguì – tratterà di magia. La magia è una grande cosa, di cui nessuno sa niente, tranne pochissima gente che ha scritto dei vecchi libri… Anche Mary la conosce un po', perché è nata in India, nel paese dei fachiri.[5] Io credo che Dickon conosca un po' di magia, ma forse non se ne rende conto. Incanta gli animali e la gente. Io non gli avrei mai permesso di venirmi a trovare, se non fosse stato un incantatore di animali… che è come essere anche un incantatore di bambini, perché il bambino è simile a un animaletto. Io sono sicuro che la magia regni un po' dappertutto, ma che noi non la conosciamo abbastanza per padroneggiarla, per sfruttarla… come facciamo con l'elettricità, i cavalli e il vapore.

Quell'inizio parve così interessante che Ben, eccitato, non riuscì più a star fermo.

[4] *eloquente*: chiaro.
[5] *fachiri*: qui accenna a quei religiosi mendicanti, di religione induista, che si ritenevano capaci di incantesimi e magie.

– Bene, signorino – disse, cominciando a muoversi.

– Quando Mary entrò in questo giardino per la prima volta, – proseguì l'oratore – le piante sembravano morte. Poi qualche forza misteriosa cominciò a spinger fuori dal terreno quelle piantine... a farle nascere dal nulla. Un giorno non c'era niente, e il giorno dopo spuntavano. Io non avevo mai visto niente del genere, prima di allora, e questo fenomeno mi incuriosì. Gli scienziati sono sempre curiosi e io sarò uno scienziato. Cominciai a chiedermi: «Che cos'è tutto questo? Come accade? È certamente qualcosa! Non è possibile che non sia niente!». Non sapendo che nome dare a questo fenomeno, ho pensato di chiamarlo magia. Non ho mai visto il sole levarsi, ma Mary e Dickon l'hanno visto, e a giudicare da quello che mi hanno detto, sono sicuro che anche quella è magia. Qualcosa lo spinge dal basso e qualcosa lo tira dall'alto. Da quando sono venuto nel giardino, qualche volta ho guardato il cielo attraverso i rami e le foglie degli alberi e ho avuto la strana sensazione di essere felice, come se qualcosa si agitasse nel mio petto e mi facesse respirare più velocemente. La magia è sempre presente: spinge, tira e fa spuntare le cose dal nulla. Tutto è opera di magia: foglie e alberi, fiori e uccelli, tassi e volpi, scoiattoli e persone. La magia deve perciò essere intorno a noi, in questo giardino, in ogni luogo. In questo giardino la magia mi ha fatto stare in piedi e mi ha dato la certezza che vivrò e che diventerò un uomo. Ora voglio fare questo esperimento scientifico: voglio cercare di avere anch'io un po' di magia, di metterla in me stesso e di fare in modo che mi spinga, mi tiri e mi faccia diventare forte. Io non so come devo fare, ma credo che se voi vi metterete a pensarla e la chiamerete, forse lei verrà da me. Forse questo è il primo modo di ottenerla, il modo più infantile. Quando cercai di stare in piedi per la prima volta, Mary continuò a dire tra sé, più in fretta che poté: «Devi farcela! Devi farcela!» e io ce l'ho fatta. Nello stesso tempo ho dovuto, certo, mettere alla prova me stesso, ma il suo incantesimo mi fu di aiuto… e anche quello di Dickon. Ogni mattina, ogni sera, durante il giorno, ogni volta che me ne ricorderò, dirò a me stesso: «L'incantesimo è in me! L'incantesimo mi farà star bene! Diventerò forte come Dickon, forte come lui». E anche voi dovrete fare questo. Ecco il mio esperimento. Mi vuoi aiuare, Ben?

– Certamente, signorino! – disse Ben. – Certamente!

– Se continuerete a farlo ogni giorno, con la regolarità del soldato che esegue gli esercizi militari, vedremo che cosa accadrà e sapremo se l'esperimento avrà successo. Noi impariamo a memoria le cose a furia di ripeterle e pensando continuamente a esse, finché non ci rimangono impresse nella mente, e io credo che sia così anche per la magia. Se continueremo a invocarla perché venga ad aiutarci, diventerà parte di noi stessi, e opererà per nostro conto.

– Una volta, in India, ho sentito un ufficiale dire a mia madre che certi fachiri ripetono le stesse parole migliaia di volte – disse Mary.

– Io ho sentito la moglie di Jim Fettleworth che diceva la stessa cosa migliaia e migliaia di volte… Diceva a Jim che era uno stupido ubriacone – disse Ben ironicamente. – Ci sono delle mogli che fanno sempre i soliti discorsi. Una volta lui le diede una buona dose di sculacciate, se ne andò al «Leone Azzurro» e si ubriacò come un gentiluomo.

Colin aggrottò la fronte e rimase pensieroso per qualche minuto, poi il suo viso si rasserenò e disse allegramente: – Come vedete, ne ha ricavato ugualmente qualcosa. Probabilmente quella donna utilizzò della magia cattiva, che lo costrinse a picchiarla. Se avesse usato della magia giusta e avesse detto qualcosa di carino, forse lui non si sarebbe ubriacato come un gentiluomo e forse... forse le avrebbe comprato un cappellino nuovo.

Ben soffocò una risatina e guardò Colin con una certa ammirazione.

– Oltre ad avere le gambe dritte, signorino Colin, – disse – sei anche un ragazzo intelligente. La prima volta che vedrò Bess Fettleworth le dirò quello che la magia potrebbe fare per lei. Sarebbe molto felice e stupita se il tuo esperimento scientifico facesse effetto... e lo sarebbe anche Jim.

Dickon aveva ascoltato quella conferenza, con i grandi occhi luccicanti di interesse e curiosità. Teneva Noce e Guscio sulle spalle e aveva tra le braccia un coniglietto bianco, che accarezzava dolcemente. Con le lunghe orecchie ripiegate sul dorso, l'animaletto sembrava gradire moltissimo le carezze che Dickon gli faceva.

– Credi che l'esperimento riuscirà? – gli chiese Colin, curioso di sapere a che cosa pensasse il ragazzo. Gli rivolgeva spesso delle domande, quando si accorgeva che Dickon lo osservava o guardava le sue bestiole con un sorriso felice sulle labbra.

Dickon fece un largo sorriso: un sorriso ancora più largo del solito.

– Sì, – rispose – credo di sì. Sarà come quando il sole riscalda i semi. Riuscirà di sicuro. Vogliamo cominciare subito?

Colin e Mary ne furono felicissimi. Ricordandosi dei fachiri e dei santoni visti nelle illustrazioni, Colin suggerì che sedessero tutti a gambe incrociate sotto l'albero che costituiva una specie di baldacchino.

– Sarà come se sedessimo in un tempio – disse Colin. – Sono un po' stanco e vorrei sedermi.

– Non cominciare a dire che sei stanco – osservò Dickon. – Potresti togliere efficacia all'incantesimo.

Colin si voltò e fissò gli occhi innocenti di Dickon.

– È vero – disse lentamente. – Devo pensare soltanto all'incantesimo.

Quando si misero a sedere in cerchio, una certa aria di mistero aleggiò[6] nel giardino. A Ben sembrò di essere stato costretto a partecipare a una funzione religiosa, che solitamente cercava di evitare; ma poiché questa volta si trattava di una faccenda che riguardava il rajah, non si mostrò affatto riluttante, fu anzi lusingato di essere stato invitato a parteciparvi. Mary aveva un'aria incantata. Dickon teneva in braccio il coniglietto e forse, all'insaputa di tutti, fece qualche segnale magico perché, quando si mise a sedere a gambe incrociate come gli altri, il corvo, la volpe, gli scoiattoli e l'agnellino gli si avvicinarono lentamente, mettendosi anch'essi in cerchio, in atteggiamento di riposo.

– Anche gli animali sono venuti – disse Colin con serietà. – Vogliono aiutarci anche loro.

[6] *aleggiò*: si diffuse nell'aria.

Colin era proprio bello, pensò Mary. Teneva la testa alta, come una specie di sacerdote, e nei suoi occhi brillava una luce intensa. Il sole splendeva su di lui, filtrando attraverso il fogliame dell'albero.

– Ora cominceremo – disse. – Mary, dobbiamo dondolarci avanti e indietro come fanno i fachiri?

– Io non posso dondolarmi avanti e indietro – disse il vecchio Ben. – Ho i reumatismi.

– L'incantesimo ti guarirà! – disse Colin, con il tono di un Grande Sacerdote. – Ma per il momento non ci dondoleremo, finché non sarai guarito. Per ora, canteremo solamente.

– Non posso neppure cantare – disse Ben con una certa irritazione. – Mi allontanarono dal coro della chiesa, la prima volta che cercai di farlo.

Nessuno sorrise: erano tutti troppo concentrati sull'incantesimo.

– Allora canterò io – disse il Grande Sacerdote. E cominciò: – Il sole splende. Il sole splende. Questo è l'incantesimo. I fiori sbocciano. Le radici cominciano a muoversi. Questo è l'incantesimo. È una magia essere vivi. È una magia essere forti. L'incantesimo è in me. È in me. È in me. È in ciascuno di noi. È nella schiena di Ben. Magia! Magia! Vieni e aiutaci!

Ripeté quelle parole moltissime volte. Mary ascoltava, come ipnotizzata. Le sembrava che tutto fosse misteriosamente bello e avrebbe voluto che quella strana cantilena non avesse mai fine. Ben cominciò a sentirsi calmo e sereno, come immerso in una specie di sogno piacevole, cullato dal vicino ronzio delle api e dalla voce monotona di Colin. Dickon sedeva a gambe incrociate, con il coniglietto addormentato in braccio e una mano sul dorso dell'agnellino. Soot aveva fatto spostare uno scoiattolo e gli si era appollaiato su una spalla, con le grigie palpebre abbassate. Alla fine Colin tacque.

– Ora farò un giro intorno al giardino – annunciò.

La testa di Ben, che aveva cominciato a ciondolare, si rialzò di colpo.

– Hai dormito? – gli disse Colin.

– Niente affatto! – borbottò Ben. – Anzi, la predica è stata bellissima… ma ora me ne devo andare, prima che cominci l'offertorio.[7]

Non era ancora del tutto sveglio.

– Non sei mica in chiesa – aggiunse Colin.

– Lo so benissimo – disse Ben, raddrizzandosi. – Chi ha mai detto che ero in chiesa? Ho ascoltato tutto! Non mi è sfuggita una parola. Hai detto che l'incantesimo era nella mia schiena, li medico lo chiama «reumatismi».

Il rajah agitò la mano con noncuranza.

– Quella era una cattiva magia – disse. – Presto starai meglio. Hai il mio permesso di tornare al tuo lavoro. Ma torna qui domani mattina.

– Mi piacerebbe vederti camminare per il giardino – borbottò Ben.

Era un borbottio amichevole, ma pur sempre un borbottio.

Era un vecchio cocciuto che non aveva troppa fiducia negli incantesimi. Aveva infatti deciso che, se lo

[7] *offertorio*: parte della cerimonia della Messa cristiana, nella quale anche i fedeli porgono le loro offerte. Segue solitamente l'omelia (la predica) del sacerdote. È dunque una battuta ironica, quella di Ben.

avessero mandato via, sarebbe salito sulla scala per correre in aiuto di Colin se ce ne fosse stato bisogno.

Il rajah non fece alcuna obiezione, e Ben rimase. Si formò il corteo. Colin era alla sua testa, con Dickon da un lato e Mary dall'altro. Ben veniva dopo, seguito dagli animaletti. L'agnellino e il volpacchiotto si tenevano vicini a Dickon, mentre il coniglietto bianco saltava di qua e di là, fermandosi ogni tanto a brucare l'erba, e Soot chiudeva la marcia con l'aria austera di un personaggio importante.

Il corteo si muoveva lentamente, ma con dignità. Spesso Colin, che si appoggiava al braccio di Dickon, si fermava per riposare. Di tanto in tanto faceva qualche passo da solo. Ben esercitava un'attentissima sorveglianza, pronto a intervenire, se necessario. Colin manteneva la testa alta e si muoveva con portamento altero.

– La magia è in me! – ripeteva. – La magia mi fa diventare forte! Lo sento! Lo sento!

Sembrava sicurissimo che una forza magica lo sorreggesse. Una volta si mise a sedere su un sedile di pietra, due volte si adagiò sull'erba e più di una volta si fermò sul sentiero per appoggiarsi a Dickon, ma non si arrese finché non ebbe fatto il giro completo del giardino. Quando tornò sotto l'albero da cui era partito, aveva le guance rosse e appariva esultante.

– Ci sono riuscito! L'incantesimo ha funzionato! – esclamò. – Questa è la mia prima scoperta scientifica.

– Cosa dirà il dottor Craven? – disse Mary.

– Non dirà niente, – rispose Colin – perché non saprà niente. Questo deve essere il nostro più grande segreto. Nessuno deve sapere niente, finché non sarò diventato tanto forte da poter camminare e correre come gli altri ragazzi. Verrò qui tutti i giorni sulla mia sedia a rotelle, e tornerò a casa sulla mia sedia a rotelle. Non voglio che la gente chiacchieri e faccia domande. E non voglio che mio padre venga a sapere qualcosa, finché l'esperimento non avrà successo. Quando sarà tornato a Misselthwaite, andrò a trovarlo nel suo studio e gli dirò: «Eccomi! Sono un ragazzo come gli altri. Sto bene e vivrò tanto da diventare un uomo. Sono guarito grazie a un esperimento scientifico!».

– Non crederà ai suoi occhi! – esclamò Mary.

Colin era raggiante. Era sicuro ormai di guarire, e questo, anche se lui non lo sapeva, equivaleva ad aver vinto più di metà della battaglia. Più di tutto il resto lo stimolava il pensiero della faccia che avrebbe fatto suo padre nel vedere il figlio dritto e forte come tutti gli altri. La cosa che lo aveva umiliato maggiormente durante tutti quegli anni era stata quella di sentirsi un bambino malaticcio e deforme, che persino il padre non voleva vedere. E il desiderio di rivalersi[8] di quelle pene era ora molto forte.

– Sarà costretto a credere ai suoi occhi – disse. – Dopo che l'incantesimo avrà operato e prima di cominciare a fare delle scoperte scientifiche, cercherò di diventare un atleta.

– Tra una settimana o due – disse Ben – comincerai a fare del pugilato. Finirai col vincere la Cintura[9] e col diventare il campione dei pugili professionisti di tutta l'Inghilterra.

Colin lo guardò severamente.

[8] *rivalersi*: prendersi una rivincita.
[9] *vincere la Cintura*: come nelle arti marziali, vincere il primo premio.

– Ben, – disse – non mancarmi di rispetto. Non devi prenderti certe libertà per il fatto che sei a parte del nostro segreto. Per quanta efficacia potrà avere l'incantesimo, io non sarò mai un pugile. Mi dedicherò alla scienza.

– Scusami, hai ragione – rispose Ben, toccandosi la fronte in segno di rispetto. – Avrei dovuto capire che si trattava di una cosa seria. – I suoi occhi ammiccarono e in cuor suo era immensamente soddisfatto. In realtà, non gliene importava un bel niente del rimprovero, gli interessava soltanto che il ragazzo guadagnasse forza e vigore.

Capitolo Ventiquattresimo

Il riso fa buon sangue

Il giardino segreto non era il solo al quale Dickon lavorasse. Intorno a casa sua, nella brughiera, c'era un pezzettino di terra circondato da un muretto e lì, al mattino presto, alla sera, o nei giorni in cui Colin e Mary non lo vedevano, Dickon seminava o coltivava patate, cavoli, rape, carote e altri ortaggi. Accompagnato sempre dalle sue bestiole, non dava mai l'impressione di essere stanco. Mentre zappava o sarchiava,[1] fischiettava delle canzoncine della brughiera, o parlava con Soot e con Captain, oppure con i fratellini e le sorelline ai quali aveva insegnato come aiutarlo.

– Non siamo mai stati così bene come ora – diceva la signora Sowerby. – È tutto merito del giardino di Dickon. Quello che Dickon semina cresce meravigliosamente. Le sue patate e i suoi cavoli sono più grandi il doppio di quelli degli altri, e hanno un sapore tutto particolare.

Di sera, quando aveva un attimo di tranquillità, le piaceva andare a fare due chiacchiere con lui. Si sedeva allora sul muretto, e stava lì a guardare e a commentare i fatti della giornata. Amava tanto quell'ora di sere-

[1] *sarchiava*: smuoveva il terreno per togliere le erbacce.

no riposo. Non c'erano solo gli ortaggi, nel giardino; ogni tanto Dickon acquistava alcuni semi di fiori dal profumo dolce e dai colori vivaci, e in tal modo, con i semi che conservava di anno in anno e con i fiori che rispuntavano a mucchi in primavera, tra i cavoli e gli arbusti di uva spina, crescevano mazzi di reseda, garofani e viole del pensiero. Il muretto, poi, era la cosa più graziosa dello Yorkshire: era ricoperto di digitale della brughiera, di felci, crescione di roccia e di fiori di siepe in ogni crepa, al punto che solo a tratti era possibile vederne le pietre.

– Per farli crescere bene – diceva Dickon alla madre – non si deve far altro che essere loro amico. I fiori sono come gli animaletti. Se hanno sete, bisogna dar loro da bere; se hanno fame, bisogna dar loro da mangiare. Vogliono vivere, esattamente come noi. Se dovessero morire, mi sembrerebbe di essere stato un cattivo ragazzo e di non averli curati e amati abbastanza.

Era proprio nelle ore della sera che la signora Sowerby veniva a conoscenza di tutto ciò che stava accadendo a Misselthwaite Manor. In un primo momento Dickon le aveva detto che a Colin era venuto il ghiribizzo[2] di andare in giro per i giardini con Mary, e che l'aria aperta gli stava facendo veramente bene. Ma non passò molto tempo perché i due ragazzi convenissero che la madre di Dickon poteva «essere messa a parte del segreto». Non c'era assolutamente da dubitare del fatto che avrebbe saputo mantenerlo.

E così, in una di quelle sere, Dickon raccontò ogni cosa a sua madre, senza tralasciare gli eccitanti partico-

[2] *il ghiribizzo*: un desiderio strano.

lari della chiave sotterrata, del pettirosso, della grigia nebbiolina che rivestiva le piante, e del segreto che Mary aveva stabilito di non rivelare a nessuno. L'arrivo di Dickon e il modo in cui il segreto gli era stato confidato, i dubbi nutriti sul conto di Colin, il suo drammatico ingresso in quel regno nascosto, arricchito dall'episodio del viso arrabbiato di Ben Weatherstaff apparso al disopra del muro, l'indignazione di Colin e la sua improvvisa reazione, fecero cambiare più volte colore al viso simpatico e gentile della signora Sowerby.

– Parola mia! – disse. – È una benedizione del cielo che quella ragazza sia qui. È stata un'ottima cosa anche per lei, che ha messo su un po' di ciccia, e la salvezza di lui. Sta in piedi! E noi che credevamo fosse un povero storpio e un mezzo scemo!

I suoi occhi azzurri apparvero colmi di pensieri molto seri. Poi fece un sacco di domande.

– Che cosa dicono al castello, – chiese – nel vedere che sta bene, che è allegro e che non si lamenta più?

– Non ci capiscono più niente – rispose Dickon. – Ogni giorno che passa il suo viso cambia. Non è più così magro né pallido. Ma bisogna che continui a recitare la parte di chi si lamenta – aggiunse con un sorriso divertito.

– E perché? – chiese la signora Sowerby, stupita.

Dickon soffocò una risatina.

– Deve fare così per evitare che capiscano cosa stia succedendo. Se il medico sapesse che Colin riesce a stare in piedi, scriverebbe probabilmente al signor Craven per farglielo sapere. Colin, invece, ha intenzione di mantenere il segreto perché vuole essere lui a dirglielo. Si è proposto di esercitare ogni giorno l'incantesimo sulle sue gambe, fino al ritorno di suo padre. Allora entrerà in camera sua e gli farà vedere che è dritto come gli altri ragazzi. Mary e lui pensano che di tanto in tanto sia necessario piagnucolare e brontolare un po', perché nessuno sospetti di nulla.

La signora Sowerby non nascose la sua soddisfazione.

– Chissà come si divertono quei due! – esclamò. – Recitano la commedia, e non c'è niente che piaccia di più ai ragazzi quanto il recitare una parte. Raccontami un po' come fanno, Dickon.

Dickon smise di sarchiare e si sedette per terra per raccontarle ogni cosa. I suoi occhi scintillavano di gioia.

– Tutte le volte che vuole uscire, Colin si fa portare giù in braccio per essere messo nella sedia a rotelle – spiegò – e si arrabbia con John, il domestico, perché dice che lo trasporta senza troppi riguardi. Fa la faccia da malato grave e non alza la testa, finché ritiene che qualcuno possa vederlo. Brontola e si lamenta per un bel po' quando viene messo nella sedia. Mary e lui si divertono un mondo. Quando piagnucola e si lamenta, lei dice: «Povero Colin! Ti fa tanto male? Sei proprio così debole? Povero Colin!». Il guaio è che qualche volta gli scappa da ridere a tutti e due. Quando siamo al sicuro, nel giardino, allora ridono a più non posso. Sono perfino costretti a nascondere la faccia nei cuscini di Colin, per paura di essere sentiti da qualche giardiniere che per caso si aggira nelle vicinanze.

– Il riso fa buon sangue – disse la signora Sowerby. – Le risate dei ragazzi sono più efficaci di qualsiasi medicina, ogni giorno dell'anno. Quei due ragazzi ingrasseranno di certo.

– Stanno già ingrassando – disse Dickon. – Sono così affamati che non sanno come fare, perché se chiedessero più roba desterebbero dei sospetti. Colin dice che se chiede altro cibo non crederanno più che sia malato. Mary vorrebbe dargli la sua parte, ma lui non vuole, perché ha paura che poi sia lei ad avere una fame da lupi!

Davanti alla rivelazione di quei sotterfugi[3] la signora Sowerby si piegò in due dalle risate, e Dickon si unì a quello scoppio di ilarità.

– Ti dirò una cosa, ragazzo mio – disse la signora Sowerby, che per il gran ridere si dondolava avanti e indietro nella sua mantella azzurra. – Credo che sarebbe possibile aiutare quei due ragazzi. Al mattino, quando vai a trovarli, ti darò un secchiello di latte fresco e una bella pagnotta croccante, che cuocerò apposta per loro, oppure alcune focacce con l'uva passa, che a voi ragazzi piacciono tanto. Non c'è niente di meglio del latte fresco e del pane. Così, mentre sono in giardino calmeranno un po' la fame, e i cibi più sostanziosi che mangeranno a casa serviranno a colmare gli angolini vuoti dello stomaco.

– Mamma! – esclamò Dickon con ammirazione. – Sei grande! Trovi sempre il modo per sistemare le cose. Ieri erano tutti agitati. Non sapevano come fare per ordinare altro cibo… e sentivano di avere ancora fame.

– Crescono in fretta e la buona salute sta tornando a tutti e due. I ragazzi della loro età sono dei lupacchiotti: il cibo è sangue e carne per loro – disse la signora Sowerby.

[3] *sotterfugi*: imbrogli.

Quella madre meravigliosa aveva perfettamente ragione… E non ne aveva mai avuta tanta come quando aveva detto che quel recitare la commedia era un vero spasso per Colin e per Mary. L'idea di sfuggire ai sospetti era stata suggerita loro dalla perplessità[4] dell'infermiera e dello stesso dottor Craven.

– Ha sempre più appetito, signorino Colin… o mi sbaglio? – aveva detto un giorno l'infermiera. – Prima mangiava pochissimo e non c'era mai niente che le piacesse.

– Ora mi piace tutto – rispose Colin. Poi, accorgendosi che l'infermiera lo osservava con curiosità, si ricordò improvvisamente che forse sarebbe stato prudente non mostrarsi ancora troppo in salute. – Cioè, ci sono meno cose che non mi piacciono. Dev'essere lo stare all'aria aperta.

– Può darsi – disse l'infermiera con perplessità. – Ma sarà meglio che ne parli al dottor Craven.

– Come ti ha guardato! – esclamò Mary quando l'infermiera se ne fu andata. – Credo che sospetti qualcosa.

– Non voglio che si sappia niente, per ora – disse Colin. – Nessuno deve scoprire ancora niente!

Anche il dottore, quando venne a visitarlo quella mattina, sembrò perplesso, e con grande fastidio di Colin, iniziò a fargli mille domande.

– Stai troppo tempo in giardino – disse. – Dove vai?

Colin assunse un fare tra l'annoiato e l'indispettito, che gli riuscì molto bene: – Non voglio che lo sappia nessuno – rispose. – Vado dove mi pare e piace. Tutti hanno l'ordine di tenersi lontani da me. Non voglio

[4] *perplessità*: dubbi.

essere visto o sorvegliato da nessuno, e loro lo sanno bene!

– Sembra che stare tutti i giorni fuori non ti abbia fatto male. Anzi, al contrario. L'infermiera dice che mangi molto più di prima.

– Forse – disse Colin, con improvvisa ispirazione, – forse è l'effetto della malattia.

– Non direi, visto che mangi così tanto e volentieri – rilevò il dottor Craven. – Hai un colorito migliore e stai mettendo su un po' di ciccia.

– Forse... sono soltanto gonfio, e magari ho un po' di febbre – disse Colin, assumendo un'aria triste e abbattuta. – La gente che non è destinata a vivere a lungo fa spesso dei cambiamenti.

Il dottor Craven scosse la testa: aveva controllato il polso di Colin e ora, tirando su la manica, gli tastò il braccio.

– Non hai la febbre – disse riflettendo – e la ciccia che hai messo su è proprio ciccia. Se riuscirai a continuare in questo modo, ragazzo mio, non dovrai più parlare di morire. Tuo padre sarà felicissimo di sapere che stai molto meglio.

– Non voglio che lo sappia! – sbottò Colin, arrabbiatissimo. – Sarebbe una delusione per lui se poi dovessi nuovamente peggiorare. Potrei star male questa notte stessa. Potrei avere un violento attacco di febbre. Già me la sento un po' addosso. Non voglio che lei scriva a mio padre... Non voglio! Lei vuole solo farmi arrabbiare e sa benissimo che mi fa male. Sento che mi sta venendo una crisi. Non posso sopportare il fatto che si scriva e si parli di me, come odio anche che mi si guardi!

– Calmati, ragazzo mio – gli disse il dottor Craven, cercando di tranquillizzarlo. – Nessuno scriverà a tuo padre senza il tuo permesso. Sei ancora troppo eccitabile,[5] ma non ti devi preoccupare di queste sciocchezze. Non devi perdere quello che hai guadagnato.

Non parlò più di scrivere al signor Craven e, quando vide l'infermiera, l'avvertì subito di non accennare all'ammalato un'eventualità del genere.

– Il ragazzo sta molto meglio – disse – e il suo miglioramento è davvero sorprendente. Certo, ora fa di sua spontanea volontà quello che prima non riuscivamo a fargli fare. È comunque ancora molto eccitabile, e bisogna cercare di non irritarlo.

Mary e Colin, preoccupati, discussero a lungo sul modo di sviare i sospetti e da quel momento cominciarono a recitare la commedia.

– Forse sarebbe necessario che mi facessi venire una crisi di nervi – disse Colin, con tristezza. – Ma probabilmente non ci riuscirei; non mi sento più predisposto. Il nodo in gola non mi viene più: penso a cose belle, invece di pensare a cose orribili. Ma se parleranno ancora di scrivere a mio padre, bisogna pure che faccia qualcosa.

Decise di mangiare un po' meno, ma la cosa era più facile a dirsi che a farsi. Si svegliava ogni mattina con un appetito formidabile e non poteva resistere davanti a una colazione a base di pane fatto in casa e burro fresco, uova bianche come la neve, marmellata di lamponi e panna, e infine gustose fette di prosciutto sfrigolato. Una vera tentazione!

[5] *eccitabile*: impressionabile e nervoso.

– Credo che questa mattina bisognerà mangiare tutto – finiva sempre col dire Colin a Mary, che faceva colazione con lui. – Cercheremo di rinunciare a una parte del pranzo o a buona parte della cena.

Ma non trovavano mai il coraggio di rinunciare a qualcosa e i piatti vuoti suscitavano molti commenti, quando tornavano in cucina accuratamente ripuliti.

– Vorrei – diceva spesso Colin – che le fette di prosciutto fossero più spesse! E poi, una tartina a testa non è sufficiente per tutti e due.

– È abbastanza per una persona che stia per morire – rispondeva invariabilmente Mary – ma non certamente per una persona che deve vivere. A volte mi verrebbe voglia di mangiarne tre, quando dalla finestra spalancata entra il profumo dell'erica e della ginestra.

Un bel mattino, dopo che si erano divertiti in giardino per circa un paio d'ore, Dickon andò dietro un grande cespuglio di rose e ritornò con due secchielli, dicendo che uno era pieno di latte fresco ricoperto di panna, e che l'altro conteneva focacce di uva passa fatte in casa, così accuratamente avvolte in un tovagliolo bianco e azzurro da essere ancora calde. Ci fu una vera esplosione di gioia. Che idea meravigliosa aveva avuto la signora Sowerby! Che donna intelligente e gentile! Com'erano buone le focacce! E che delizia il latte fresco!

– L'incantesimo è presente in lei come è presente in Dickon – disse Colin. – La magia le suggerisce il modo di fare le cose… le cose buone. È una persona fatata. Dille che le siamo molto grati, Dickon… tanto tanto grati.

Gli capitava a volte di adoperare delle espressioni

usate dai grandi. Gli piacevano. Quella gli piacque talmente tanto che volle migliorarla.

– Dille che è stata molto generosa e che la nostra gratitudine non ha limiti.

E subito dopo, mettendo da parte ogni convenevole,[6] cominciò a rimpinzarsi di focacce. Bevve anche abbondanti sorsate di latte direttamente dal secchiello, comportandosi né più né meno come un qualsiasi ragazzo affamato della brughiera.

Quello fu il primo di molti altri piacevolissimi avvenimenti. Ma presto i due ragazzi si resero conto che la signora Sowerby aveva quattordici bocche da sfamare, e che non poteva avere di certo denaro sufficiente per sfamarne tutti i giorni altre due. Così le fecero chiedere da Dickon il permesso di mandarle qualche scellino che servisse a pagare tutto ciò che acquistava per loro.

Nel frattempo Dickon fece la straordinaria scoperta che nel bosco che circondava il giardino, dove Mary lo aveva incontrato per la prima volta mentre suonava il flauto per gli animaletti, c'era una buca profonda, nella quale avrebbero potuto costruire con delle pietre un forno minuscolo per cuocervi le uova e le patate. Le uova al forno furono per i due ragazzi un'appetitosa novità e le patate bollenti, mangiate con del sale e del burro fresco, sembrò loro un piatto degno di un re dei boschi, oltre a essere veramente deliziose e molto nutrienti. Le uova e le patate potevano venir acquistate e si poteva quindi mangiarne a sazietà, senza avere la minima preoccupazione di sottrarre del cibo a quattordici bocche affamate.

[6] *convenevole*: complimento.

Ogni mattina, quando il tempo era bello, la cerimonia magica veniva ripetuta sotto il susino, che formava il baldacchino con le sue foglie, sempre più fitte ora che la fioritura era cessata. Dopo quel rituale,[7] Colin faceva sempre il giro del giardino, che ripeteva poi a intervalli durante il resto della giornata. Le sue forze aumentavano di giorno in giorno, e ora riusciva a camminare con maggior sicurezza e sempre più a lungo. Come è facile intuire, la sua fede nella magia si moltiplicava di giorno in giorno: faceva un esperimento dopo l'altro, a mano a mano che sentiva di acquistare maggiore energia, e Dickon gli dava i suggerimenti migliori.

– Ieri – gli disse una mattina, dopo un giorno di assenza – sono andato a Thwaite per sbrigare una faccenda della mamma e vicino all'osteria «La Mucca Azzurra» ho incontrato Bob Haworth. Bob è il ragazzo più forte della brughiera. È campione di lotta libera e di salto in alto, e lancia il martello più lontano di tutti gli altri. Qualche volta è andato perfino in Scozia, per partecipare a delle gare sportive. Mi conosce da quando ero bambino e mi ha trattato sempre amichevolmente. La gente dice che è un vero atleta. Io ho pensato a te, Colin, e gli ho fatto qualche domanda. Gli ho chiesto: «Che cosa hai fatto, Bob, per avere dei muscoli così sviluppati? Hai fatto qualcosa di particolare per diventare così forte?». E lui mi ha risposto: «Sì, ragazzo mio. L'uomo di un circo capitato una volta a Thwaite mi ha fatto vedere in quale modo dovevo esercitare le braccia, le gambe e i muscoli del corpo». E io gli ho chiesto: «Bob, un ragazzo debole può diventare più

[7] *rituale*: cerimonia.

forte, facendo quegli esercizi?». Lui si è messo a ridere e mi ha detto: «Sei tu il ragazzo debole?». E io gli ho detto: «No, ma conosco un ragazzino che si sta riprendendo da una lunga malattia, e mi piacerebbe conoscere qualcuno di quegli esercizi per poterglieli insegnare». Non gli ho fatto nessun nome, e lui non me lo ha neanche chiesto. Come ripeto, mi è sempre stato amico, e perciò mi ha fatto vedere qualche esercizio di buon grado. Ho imitato quello che faceva, finché non l'ho imparato a memoria.

Colin lo aveva ascoltato con grande interesse.

– Puoi farmeli vedere? – chiese. – Hai voglia?

– Certo! – rispose Dickon. – Mi ha detto che all'inizio bisogna fare gli esercizi molto lentamente e cercare di non stancarsi. Tra un esercizio e l'altro, riposati, respira profondamente e cerca di non strafare.

– Sarò prudente – disse Colin. – Fammi vedere! Dai, fammi vedere! Dickon, sei il ragazzo più magico del mondo!

Dickon si alzò e lentamente cominciò a eseguire una serie di esercizi muscolari molto semplici. Colin lo osservava con gli occhi spalancati. Poi ripeté qualche esercizio, pur restando seduto. Infine ne fece qualche altro in piedi. Anche Mary provò a farne qualcuno. Soot, che seguiva la scena, sembrò dispiaciuto di non poterli imitare: lasciò perciò il suo ramo e saltellò indispettito di qua e di là.

Da quel momento gli esercizi fecero parte dei programmi quotidiani come il rituale magico, e di giorno in giorno Colin e Mary ne eseguivano un numero sempre maggiore. Ne risultò un tale aumento dell'appetito che, se per caso fosse venuto a mancare il cesto che ogni mattina Dickon poneva dietro il cespuglio, i due ragazzi si sarebbero sentiti perduti. Per fortuna, il piccolo forno e le cure della signora Sowerby erano tali che la signora Medlock, l'infermiera e il dottor Craven non seppero più che cosa pensare. Non era difficile per Colin e Mary assaggiare appena la colazione e far finta di non aver appetito a pranzo, quando erano pieni fino alle orecchie di uova e patate fritte e avevano ancora la schiuma del latte fresco in bocca, per non parlare poi delle focacce di farina d'avena, delle ciambelle, del miele d'erica e della panna…

– Non mangiano quasi più niente – diceva l'infermiera. – Moriranno di fame, se continuano così. Eppure, guardateli come stanno bene!

– Già! – esclamò una volta indignata la signora Medlock. – Sono terribilmente arrabbiata e preoccupata. Non ho mai visto una simile coppia di diavoletti. Un giorno mangiano a quattro palmenti fino quasi a scoppiare, e il giorno dopo storcono il naso davanti alle squisitezze che la cuoca prepara apposta per loro. Ieri non hanno assaggiato un solo boccone di quel pollastrino delizioso e di quella salsa di pan cotto che aveva preparato. La povera donna aveva cercato di *inventare* un dolcetto, credendo di far cosa gradita e loro hanno avuto il coraggio di mandarlo indietro. Quasi piangeva, la poverina. Se moriranno di fame, sarò io quella che ne avrà la colpa.

Venne il dottor Craven ed esaminò Colin con molta attenzione. Sembrò molto preoccupato, quando l'infermiera gli fece vedere il vassoio della colazione che il paziente quella mattina aveva appena toccato. L'aveva messo da parte apposta perché il medico si rendesse conto di quello che stava succedendo. Ma sembrò ancor più preoccupato, quando si sedette sul divano accanto a Colin e lo visitò. Era stato chiamato a Londra per sbrigare certi affari e non aveva più visto il ragazzo da circa due settimane. Il viso di Colin non era più di un pallore cadaverico: anzi, ora era bianco e rosso come una mela. I suoi occhi si erano fatti luminosi e non erano più infossati. I vuoti delle guance e delle tempie erano scomparsi. I capelli cominciavano ad apparire morbidi e caldi di vita e di salute. Le labbra, turgide,[8] avevano un colore normale. A dire il vero, non lo si poteva più considerare un ragazzo inguaribilmente malato. Il dottor Craven, tenendolo per il mento, lo osservò con attenzione.

– Ho saputo che non mangi e mi dispiace – disse. – Così non va bene. Perderai tutto quello che hai guadagnato. E hai guadagnato moltissimo. Fino a poco tempo fa mangiavi così tanto.

– Le avevo detto che probabilmente dipendeva dalla malattia – rispose Colin.

A quelle parole Mary, che come al solito sedeva sullo sgabello vicino, represse a stento un suono strano e inarticolato.

– Che cos'hai? – chiese il dottor Craven, girandosi a guardarla.

Mary assunse un aspetto grave.

– Non so bene se sia stato uno starnuto o un colpo di tosse – rispose un po' imbarazzata.

Quando furono soli, la ragazza spiegò a Colin il piccolo incidente.

[8] *turgide*: carnose.

– Non sono riuscita a trattenermi. Mi è venuta in mente all'improvviso quella volta che hai mangiato quella grossa patata, e il modo in cui avevi allargato la bocca per mordere quella grossa fetta di pane tostato, così buona, ricoperta di panna e marmellata.

Il dottor Craven, da parte sua, era molto preoccupato.

– È possibile che questi ragazzi si procurino qualcosa da mangiare di nascosto? – chiese poi alla signora Medlock.

– No, non è possibile, a meno che non lo trovino sottoterra o non lo raccolgano dagli alberi – rispose la signora Medlock. – Stanno fuori tutto il giorno e non vedono nessuno. D'altra parte, se volessero mangiare qualcosa di diverso di ciò che viene preparato loro, non avrebbero che da chiederlo.

– Be', – disse il dottor Craven – fino a quando non sentiranno il bisogno di mangiare e staranno bene, è inutile preoccuparsi. Il ragazzo è completamente cambiato.

– E si può dire la stessa cosa della ragazza – disse la signora Medlock. – Comincia a diventare quasi carina, da quando è ingrassata un po' e non ha più quella brutta aria scontrosa. I suoi capelli sono più folti e più belli, e ora ha un colorito sano. Quando è arrivata sembrava una scimmietta annoiata e dispettosa, mentre ora non fa altro che ridere continuamente insieme a Colin. Sembrano davvero spensierati. Saranno le risate a farli ingrassare.

– Può darsi! – disse il dottor Craven. – Lasciamo pure che ridano!

Capitolo Venticinquesimo

La tendina

Il giardino segreto fiorì, rivelando ogni mattina nuove meraviglie. Nel nido del pettirosso fecero la loro comparsa le Uova, e la compagna del pettirosso passava l'intera giornata tenendole al caldo sotto il petto piumato e proteggendole con le ali. In un primo momento sembrò molto nervosa, e anche il pettirosso divenne inquieto e scontroso. Nemmeno Dickon, in quei giorni, aveva osato avvicinarsi al nido, e aspettò finché la sua misteriosa magia non riuscì a convincerli che in quel giardino tutto viveva in armonia e guardava alla cosa meravigliosa che stava accadendo loro, cioè alla grande e straordinaria bellezza della vita che nasce. In quel giardino tutti avevano intuito nel loro intimo che se un solo Uovo fosse stato sottratto al nido, oppure si fosse rotto, tutto l'equilibrio della Natura si sarebbe incrinato: se una sola persona non avesse intuito questo e non si fosse comportata di conseguenza, non ci sarebbe stata nessuna felicità, neppure nell'aria di quella dorata primavera. Ma lo sapevano tutti, tutti lo avevano intuito, e il pettirosso e la sua compagna sapevano di potersi fidare.

Bisogna dire che in un primo momento il pettirosso guardò Mary e Colin con aria sospettosa, mentre, per qualche misteriosa ragione, sapeva che non aveva alcun motivo di tener d'occhio Dickon. Nel momento stesso in cui aveva guardato Dickon con quei suoi occhietti neri e brillanti, il pettirosso aveva capito che il ragazzo non era un estraneo, ma una specie di pettirosso senza becco e senza penne. Sapeva parlare la lingua dei pettirossi, che è una lingua tutta particolare. Parlare a un pettirosso la lingua dei pettirossi è come parlare il francese a un francese. E Dickon la sapeva parlare bene. Per cui quell'altra lingua strana e incomprensibile, che usava con gli esseri umani, non aveva per il pettirosso nessuna importanza. Secondo lui, probabilmente, Dickon parlava così con loro perché non erano abbastanza intelligenti per capire il linguaggio dei pennuti. Anche i gesti di Dickon erano quelli di un pettirosso. Non spaventavano mai nessuno, non erano mai così rapidi e improvvisi da sembrare pericolosi o minacciosi. Qualsiasi pettirosso avrebbe potuto capire Dickon e perciò la sua presenza non recava alcun disturbo.

In un primo momento, invece, sembrò necessario essere più prudenti nei confronti degli altri due. Per prima cosa, il ragazzo non veniva mai in giardino camminando come gli altri. Veniva spinto su una certa cosa con delle ruote, ricoperta di pellicce di animali. Solo quella faccenda li lasciava perplessi e dubbiosi. Poi, quando cominciò a stare in piedi e a fare qualche passo, lo fece in modo bizzarro e insolito, e sembrò che gli altri dovessero aiutarlo. Il pettirosso si nascondeva allora in un cespuglio e di là spiava preoccupato quello che stava succedendo, con la testolina piegata ora da una parte ora dall'altra, come se facesse delle supposizioni riguardo a quei movimenti lenti, che gli ricordavano quelli di un gatto che si prepara a fare un balzo sulla preda. Infatti, come ben sapete, quando si preparano a fare il balzo, i gatti avanzano sul terreno con movimenti lenti e cauti. Il pettirosso ne parlò a lungo con la sua compagna, e poi decise di non tornare più sull'argomento per non spaventarla ulteriormente.

Quando il ragazzo cominciò a camminare da solo e poi a muoversi meno lentamente, il pettirosso ne fu sollevato. Ma il ragazzo aveva un comportamento diverso rispetto agli altri esseri umani. Sembrava avesse una voglia matta di muoversi, ma aveva un modo tutto suo di sedersi, di sdraiarsi e di rialzarsi.

Un giorno il pettirosso si ricordò che quando i suoi genitori gli avevano insegnato a volare, aveva fatto le stesse cose che ora vedeva fare. Aveva fatto brevi voli di pochi metri e poi era stato costretto a riposarsi. Gli venne allora in mente che quel ragazzo stesse imparando a volare, o meglio, a camminare. Ne parlò con la sua compagna e, quando le disse che le Uova avrebbero probabilmente fatto la stessa cosa, non appena messe le piume, la pettirossina si sentì rassicurata e cominciò a osservare il ragazzo con curiosità e interesse sporgendo la testolina dal nido, pur ritenendo, da parte sua, che le Uova sarebbero state certamente più intelligenti di lui e avrebbero imparato a volare più in fretta. Ma poi si disse, con indulgenza, che le creature umane erano sempre più goffe e più lente delle Uova, e che nella maggior parte dei casi sembrava non riuscissero mai a imparare a volare. Infatti, non le era mai capitato di incontrarne qualcuna in aria o sulla cima degli alberi.

Dopo un po' di tempo, il ragazzo cominciò a muoversi come gli altri, ma tutti insieme iniziarono a fare delle cose strane. Si mettevano sotto gli alberi e muovevano le gambe, le braccia e la testa in un modo che non era né camminare, né correre e neppure star seduto. Facevano quei movimenti ogni giorno, a intervalli, e il pettirosso non riuscì mai a spiegare alla sua compagna che cosa stessero facendo o cercassero di fare. Poteva solo dire che era sicuro che le Uova non sarebbero mai riuscite a piegarsi in quel modo. Ma visto che il ragazzo che parlava con tanta scioltezza la lingua dei pettirossi faceva quegli esercizi insieme agli altri due, i due uccellini potevano stare tranquilli: quei movimenti non rappresentavano alcun pericolo per loro. È inutile dire che né il pettirosso né la sua compagna avevano mai sentito parlare del campione di lotta libera Bob Haworth e dei suoi esercizi che facevano irrobustire e gonfiare i muscoli. I pettirossi non sono come gli esseri umani: i loro muscoli sono sempre in esercizio, e perciò si sviluppano in modo del tutto naturale. Se doveste volare anche voi in cerca di qualcosa da mangiare, i vostri muscoli non si atrofizzerebbero, cioè non deperirebbero[1] per mancanza d'esercizio.

Quando anche l'altro ragazzo cominciò a correre, a saltare e a lavorare la terra come i suoi compagni, il nido fu covato nella serenità e nella gioia più assoluta, e ogni timore per le Uova divenne acqua passata. Ora, quando si resero conto che le Uova erano al sicuro, come nella cassaforte di una banca, e che potevano assistere dal nido in assoluta tranquillità alle tante cose strane che accadevano nel giardino, la cova divenne per i due pettirossi un'occupazione divertentissima.

[1] *deperirebbero*: perderebbero la loro forza.

Tanto divertente che nei giorni di pioggia, quando i ragazzi non venivano nel giardino, la madre delle Uova sentiva la loro mancanza, annoiandosi un po'.

Non si può dire però che nei giorni di pioggia Mary e Colin si annoiassero. Una mattina che pioveva a catinelle e Colin cominciava a sentirsi irrequieto, perché costretto a restare seduto sul divano (non sarebbe stato prudente alzarsi e camminare), Mary ebbe un'idea.

– Ora che sono diventato un ragazzo come tutti gli altri, – aveva detto Colin – sento che le mie braccia, le gambe e tutto il mio corpo sono così pieni di incantesimo che non riesco più a tenerli fermi. Hanno sempre voglia di muoversi, di fare qualcosa. Sai, Mary, che al mattino, quando mi sveglio presto e sento gli uccellini cinguettare, e pare che ogni cosa cinguetti di gioia, persino gli alberi e le cose che non possiamo udire, mi viene un fortissimo desiderio di saltare dal letto e di mettermi anch'io a cinguettare? Te lo immagini cosa succederebbe, se lo facessi?

Mary rise a più non posso.

– L'infermiera si precipiterebbe qui, la signora Medlock verrebbe di corsa, e tutte e due crederebbero che tu sia diventato matto e manderebbero a chiamare subito il dottore – disse.

Anche Colin si mise a ridere, pensando alla faccia che avrebbero fatto le due donne inorridite[2] da un'esibizione del genere, e allo stesso tempo stupite di vederlo stare in piedi.

– Vorrei che mio padre tornasse a casa – disse. – Voglio essere io a dirgli ogni cosa. Ci penso spesso... E

[2] *inorridite*: spaventate.

poi, non possiamo continuare questa commedia ancora per molto. Non posso più continuare a stare sdraiato, fingendomi malato. Ho un aspetto troppo diverso da quello di prima. Peccato che oggi piova!

Fu allora che Mary ebbe un'idea.

– Colin, – cominciò a dire con aria misteriosa – sai quante stanze ci sono in questa casa?

– Non saprei. Un migliaio? – rispose.

– No, mille no, ma ce ne sono almeno un centinaio, in cui nessuno può entrare – disse Mary. – Un giorno che pioveva, sono andata a vederne moltissime e nessuno lo venne mai a sapere. Solo la signora Medlock fu sul punto di sorprendermi: nel tornare in camera mia mi ero persa, e lei mi ha sorpreso in fondo a questo corridoio. Questo è successo quando ti ho sentito piangere per la seconda volta.

Colin si alzò bruscamente dal divano.

– Un centinaio di stanze, hai detto, nelle quali non entra mai nessuno? – rifletté. – Sembra quasi un altro giardino segreto. E se andassimo a vederle? Tu potresti spingere la mia sedia a rotelle, e nessuno saprebbe dove siamo.

– È proprio quello che pensavo di proporti – disse Mary. – Nessuno oserebbe seguirci. Ci sono delle gallerie così lunghe dove potresti correre e dove potremmo anche fare i nostri esercizi. Ho visto una stanza in stile indiano con un armadietto pieno di elefanti d'avorio. Ci sono stanze di ogni genere.

– Suona il campanello – disse Colin.

Quando l'infermiera entrò, Colin le dette gli ordini.

– Voglio la mia sedia a rotelle – disse. – Mary e io andremo a dare un'occhiata alla parte disabitata della casa. John mi potrà spingere fino alla galleria dei ritratti perché ci sono degli scalini. Poi dovrà andarsene e ci lascerà da soli, fino a quando non lo manderò a chiamare nuovamente.

Da quella mattina i giorni di pioggia non furono più per loro un incubo di noia. Quando il domestico ebbe spinto la sedia a rotelle fino alla galleria dei ritratti e li ebbe lasciati soli, obbedendo agli ordini ricevuti, Colin e Mary si scambiarono un'occhiata di soddisfazione. E non appena Mary si fu assicurata che John era ritornato nella sala dei domestici, Colin si alzò dalla sedia.

– Farò di corsa tutta la galleria – disse – e poi voglio saltare e fare gli esercizi di Bob Haworth con te.

Oltre alle corse e alla ginnastica, i ragazzi fecero molte altre cose ancora. Guardarono i ritratti e videro anche quello della ragazzina vestita di broccato verde, che teneva il pappagallo su una mano.

– Tutte queste persone – disse Colin – devono essere i miei antenati. Sono vissuti molto tempo fa. La ragazzina con il pappagallo deve essere una mia pro, pro, prozia. Ti somiglia molto, Mary... non come sei ora, ma come eri quando sei arrivata. Ora sei molto più grassa e hai un bell'aspetto.

– Anche tu sei più grasso e hai un bell'aspetto – disse Mary, e risero.

Andarono nella stanza arredata in stile indiano e si divertirono un mondo a giocare con gli elefanti d'avorio. Rintracciarono il salottino di broccato rosa e videro il cuscino con il buco fatto dal topo. Il topo non c'era più, e nemmeno i topini, ormai cresciuti e scappati via. Visitarono molte altre stanze e fecero molte altre scoperte che Mary non aveva fatto durante la sua prima esplorazione. Trovarono nuovi corridoi, nuovi ripostigli, nuove rampe di scale, altri vecchi ritratti che attirarono la loro attenzione e tanti strani oggetti di cui ignoravano l'uso. Fu una mattinata interessante e divertentissima, che diede loro l'affascinante sensazione di andare in giro per una casa in cui si trovavano altre persone, sentendosi allo stesso tempo mille miglia lontani da essa e dal mondo misterioso del loro passato.

– Sono contento di essere venuto in questa parte della casa – disse Colin. – Non sapevo di abitare in un edificio così grande e così strano. Mi piace. Nei giorni di pioggia torneremo per continuare le nostre esplorazioni. Sono sicuro che troveremo altre cose strane e altri angoli misteriosi in cui curiosare.

Quella mattina avevano ritrovato, tra le molte altre cose, anche un sano appetito. E così quando tornarono in camera, non poterono fare a meno di divorare fino all'ultima briciola il pranzo che avevano trovato pronto sulla tavola.

Quando l'infermiera riportò giù il vassoio, lo sbatté sulla credenza della cucina perché la cuoca potesse vedere i piatti accuratamente ripuliti.

– Roba da matti! – esclamò. – Questa è la casa del mistero, e quei due ragazzi sono il mistero più grande della casa.

– Se continuano ogni giorno di questo passo, – disse John, il giovane e robusto domestico – non ci sarà affatto da meravigliarsi se tra un mese il ragazzo peserà il doppio di oggi. Sarò costretto a rinunciare al mio lavoro, prima che mi si rompa la schiena, a furia di portarlo su e giù per le scale.

Quello stesso pomeriggio Mary notò un cambiamento nella camera di Colin. A dire il vero, l'aveva già notato il giorno prima, ma non aveva detto niente perché aveva pensato che fosse avvenuto per caso. Non disse niente neanche questa volta, ma rimase con gli occhi fissi sul quadro appeso sopra il caminetto. Lo poteva vedere per il semplice fatto che la tendina era stata scostata. Era quello il cambiamento che l'aveva sorpresa.

– So che cosa mi vuoi chiedere – disse Colin, dopo che Mary ebbe fissato il ritratto a lungo. – Capisco subito quando vuoi sapere qualcosa da me. Ti stai chiedendo perché ho fatto scostare la tendina. D'ora in avanti lo terrò sempre scoperto.

– Perché? – chiese Mary.

– Perché ora non mi fa più rabbia vederla sorridere. Un paio di notti fa mi sono svegliato. C'era la luna piena, e ho avuto l'impressione che un incantesimo riempisse questa camera, dando alle cose un certo splendore. Non sono più riuscito a star fermo. Mi sono alzato e ho guardato fuori dalla finestra. La camera era illuminata dal chiaro di luna e un raggio cadeva sulla tendina del ritratto. Mi sono avvicinato e ho tirato il cordone. Ho avuto allora la netta sensazione che mia madre mi guardasse e che sorridesse contenta di vedermi lì, in piedi, davanti a lei. Mi misi a guardarla. Ora voglio che mi sorrida sempre. Credo che mia madre sia stata una specie di persona magica, incantata.

– Tu le somigli molto adesso – disse Mary. – A volte penso che il suo spirito sia in te.

Quell'idea sembrò impressionare Colin. Ci rifletté sopra a lungo, poi disse lentamente: – Se in me ci fosse il suo spirito, allora mio padre mi vorrebbe tanto, tanto bene – disse.

– Lo desideri veramente? – chiese Mary.

– Prima non pensavo minimamente a una cosa del genere, perché ero convinto che non mi volesse bene. Se ora me ne volesse, credo che gli direi ogni cosa riguardo l'incantesimo. Potrebbe dargli coraggio.

CAPITOLO VENTISEIESIMO

LODE A DIO

La loro fede nella magia era incrollabile. Dopo il rituale del mattino, a volte Colin teneva delle conferenze sulla magia.

– Mi piace fare dei discorsi, – spiegò – perché quando sarò grande e avrò fatto importanti scoperte scientifiche, dovrò tenere delle conferenze per dare delle spiegazioni: intanto, faccio un po' di pratica. Per ora sono brevi, anche perché sono molto giovane, e poi non voglio che Ben creda di essere in chiesa e si addormenti.

– La cosa migliore delle conferenze – disse Ben – sta nel fatto che una persona si alza in piedi e dice quello che vuole, senza che nessuno possa controbattere. Non mi dispiacerebbe affatto fare un discorso qualche volta.

Ma quando Colin iniziò la sua conferenza, in piedi, sotto l'albero, il vecchio Ben cominciò a fissarlo e non gli tolse più gli occhi di dosso. Non era tanto il discorso a interessarlo quanto le gambe di Colin, che sembravano farsi ogni giorno più robuste, la sua testolina infantile, che il ragazzo teneva sempre eretta, le guance, ora bene in carne, e gli occhi, che cominciavano a possedere quella luce che il vecchio giardiniere ricordava di aver visto in altri occhi! Sentendo su di sé lo sguardo ardente di Ben, Colin gli chiese: – A cosa stai pensando, Ben?

– Pensavo – rispose Ben – che questa settimana devi essere aumentato di quasi due chili. Ti guardavo le spalle e i polpacci. Mi piacerebbe poterti pesare.

– È tutto merito dell'incantesimo… e anche delle focacce, del latte e delle altre cose buone che ci manda la signora Sowerby – disse Colin. – L'esperimento scientifico ha avuto successo, come potete vedere.

Quella mattina Dickon non era arrivato in tempo per ascoltare la conferenza. Quando arrivò, era tutto rosso per la corsa e aveva il viso più raggiante e allegro del solito. Poiché avevano molto da fare, si misero subito al lavoro: dovevano estirpare[1] tutte le erbacce che erano cresciute dopo l'abbondante pioggia. L'umidità era una buona cosa per i fiori, ma lo era anche per le erbacce, che spuntavano sotto forma di sottili fili d'erba o di foglie, che bisognava strappare prima che le loro radici si attaccassero con forza al terreno. In quei giorni Colin lavorava energicamente come tutti gli altri, e si metteva anche a fare qualche discorso, mentre era al lavoro.

– L'incantesimo agisce meglio quando si lavora – disse quella mattina. – Possiamo sentire la sua presenza nelle ossa e nei muscoli. Voglio leggere qualche libro che parli di ossa e di muscoli, e in seguito ne scriverò uno io sulla magia. Mi sto già preparando adesso. Intanto continuo a fare delle scoperte.

Poco dopo aver detto quelle parole, posò a terra la

[1] *estirpare*: strappare.

paletta e si alzò in piedi. Rimase silenzioso per qualche minuto: gli altri capirono che stava riflettendo su quello che stava per dire, come faceva spesso. Quando aveva lasciato cadere la paletta per alzarsi, Mary e Dickon avevano creduto che un pensiero improvviso lo avesse indotto a sospendere il lavoro. Si raddrizzò in tutta la persona e allargò le braccia con esultanza. Aveva le guance rosse e gli occhi sfavillanti di gioia. Era chiaro che tutto a un tratto si era reso pienamente conto di qualcosa.

– Mary! Dickon! – chiamò. – Guardatemi!

I due ragazzi smisero di lavorare e lo guardarono.

– Vi ricordate – chiese loro – della prima volta che mi avete portato qui?

Dickon lo guardò intensamente. Un incantatore di animali può infatti vedere più cose degli altri, molte delle quali se le tiene per sé, e ora Dickon ne vide parecchie in quel ragazzo.

– Sì, che ce lo ricordiamo – rispose.

Anche Mary lo guardò intensamente, ma non aprì bocca.

– Proprio in questo momento, – disse Colin – mentre guardavo la mia mano che sollevava la terra con la paletta, me ne sono ricordato anch'io. Mi sono dovuto alzare in piedi per convincermi che non stavo sognando. Ed è tutto vero! *Sto bene*! *Sto bene*!

– È vero, stai bene! – disse Dickon.

– Sto bene! Sono guarito! – ripeté Colin. E il suo viso si coprì di rossore.

In un certo senso, era già da molto tempo che l'aveva presentito, l'aveva sperato, intuito e pensato, ma fu proprio in quell'istante che Colin sentì scorrergli qualcosa nelle vene... una specie di fede entusiasmante, di stupenda realtà; e fu così forte che non poté fare a meno di gridare: – Vivrò per sempre! Per sempre! Per sempre! Farò migliaia e migliaia di scoperte sugli uomini e sugli animali, su tutto ciò che vive sulla terra, come fa Dickon, e non smetterò mai di fare incantesimi. Sto bene! Mi sento... come se dovessi mettermi a cantare qualcosa... qualcosa per esprimere la mia gratitudine e la mia gioia!

Ben, che stava lavorando intorno a un cespuglio di rose, si voltò per guardarlo.

– Potresti cantare una lode a Dio, come ringraziamento – suggerì.

– Una lode a Dio? E quale? – chiese Colin.

– Dickon potrebbe cantarla con te – continuò Ben.

Dickon rispose con quel suo sorriso da incantatore d'animali che intuisce tutto.

– In chiesa la cantano spesso – disse. – La mamma pensa che la cantino anche le allodole, quando si svegliano al mattino.

– Se tua madre dice così, è certamente un bel canto – rispose Colin. – Io non sono mai stato in chiesa. Sono sempre stato troppo ammalato. Cantala, Dickon. Vorrei ascoltarla.

Dickon era un ragazzo semplice, ma capì ciò che stava provando Colin. Lo capì per una specie di istinto naturale, che non sapeva di possedere. Si tolse il berretto e si guardò intorno sorridendo.

– Dovresti toglierti il berretto, Colin, – gli disse – e anche tu, Ben. E bisogna stare in piedi, lo sapete, no?

Colin si tolse il berretto e il sole tiepido splendette sui suoi capelli folti. I suoi occhi erano fissi su Dickon.

Anche Ben si alzò e si scoprì la testa. Il suo viso appariva perplesso e pensieroso, come se non sapesse con precisione perché si fosse alzato e avesse tolto il berretto.

Dickon, in piedi tra gli alberi e i cespugli di rose, cominciò a cantare con molta semplicità, con quella sua voce acuta e calda di ragazzo:

Sia lode a Dio per tutto quello che ci dona,
Lodatelo voi tutte, creature di questa terra,
Lodatelo in cielo, voi che formate l'Esercito Celeste,
Lodate il Padre, il Figlio e lo Spirito Santo,
Amen.

Quando Dickon ebbe finito, Ben rimase in piedi, con le mascelle ostinatamente contratte e lo sguardo turbato. Teneva gli occhi fissi su Colin, che da parte sua, rifletteva, quasi volesse rendersi conto della bellezza del canto.

– È un canto molto bello – disse alla fine. – Mi piace. Sembra voler esprimere quello che intendevo dire quando ho detto che ero grato alla magia – rifletté un attimo con aria incerta. – Può darsi che siano la stessa cosa. Come si fa a sapere con precisione il nome di ogni cosa? Cantalo di nuovo, Dickon. Dai, Mary, proviamo. Voglio cantarlo anch'io. È il mio canto. Come comincia? «Sia lode a Dio per tutto quello che ci dona...»

E ricominciarono a cantare. Mary e Colin unirono la loro voce a quella di Dickon. Al secondo verso Ben si schiarì la gola e al terzo si unì a loro con un impeto quasi selvaggio. Quando giunse l'*amen*[2] e il canto finì,

[2] *amen*: la conclusione delle preghiere cristiane (così sia).

Mary si ricordò che a Ben era già successa la stessa cosa il giorno che si era reso conto che Colin non era né gobbo né storpio: il mento gli aveva tremato, aveva sbattuto le palpebre e le guance incartapecorite[3] gli si erano bagnate di lacrime.

– Non avevo mai capito il significato di questo cantico,[4] prima d'ora, – disse il vecchio giardiniere con voce rauca – ma sono ancora in tempo per farlo. Credo che tu sia cresciuto di due chili e mezzo questa settimana, signorino Colin... due chili e mezzo!

Ma l'attenzione di Colin fu attratta in quel momento da un avvenimento insolito. Il suo viso espresse la più viva sorpresa.

– Chi sta arrivando? – chiese in fretta. – Chi è?

La porta nascosta dall'edera era stata aperta lentamente e una donna era entrata nel giardino. Era entrata mentre cantavano l'ultimo verso, e si era fermata a guardarli e ad ascoltarli. Con l'edera alle spalle, e con i raggi del sole che filtravano attraverso i rami degli alberi e che illuminavano il suo lungo mantello azzurro e il viso grazioso e sorridente, sembrava uscita da una delle belle illustrazioni di un libro di Colin. Il suo sguardo dolce e affettuoso parve abbracciare tutti, compreso Ben, gli animaletti e ogni fiore che sbocciava. Sebbene non l'aspettassero, nessuno di loro ebbe la sensazione che fosse un'intrusa. Gli occhi di Dickon si illuminarono.

– È la mamma... ecco chi è! – esclamò. E le andò incontro.

[3] *incartapecorite*: coperte di rughe.
[4] *cantico*: canto sacro, spesso ispirato dalla tradizione ebraica.

Anche Colin si affrettò per andarle incontro, e Mary lo seguì. Tutti e due sentirono il cuore battere forte.

– È la mamma! – ripeté Dickon, quando si incontrarono a mezza strada. – Sapevo che volevi conoscerla e le ho detto dov'era nascosta la porta.

Colin le porse la mano, senza mai levarle gli occhi di dosso.

– Anche quando ero ammalato – disse – desideravo vedere lei e Dickon, oltre al giardino segreto. Prima, invece, non volevo vedere niente e nessuno.

Alla vista di quel viso sollevato verso di lei, la donna arrossì, gli angoli della bocca le tremarono e un velo di lacrime sembrò annebbiarle gli occhi.

– Caro ragazzo! – disse con voce tremante. – Caro ragazzo! – ripeté quasi senza volerlo. Non disse: «Signorino Colin», ma proprio «caro ragazzo». Disse quelle due parole come le avrebbe dette a Dickon, se avesse visto sul suo viso qualcosa che suscitasse in lei una certa commozione. Colin era felice.

– È sorpresa di vedere che sto bene? – le chiese.

La mamma di Dickon gli pose la mano sulla spalla e sorrise: il velo di nebbia era sparito dagli occhi.

– Sì, sono sorpresa – disse. – Ma più di tutto mi ha colpito la tua straordinaria somiglianza con tua madre.

– Lei crede – disse Colin un po' impacciato – che grazie a questa somiglianza mio padre mi vorrà bene?

– Ma certamente, ragazzo mio – rispose. E gli diede un colpetto sulla spalla. – Vedrai che presto tuo padre tornerà a casa. Deve tornare assolutamente.

– Susan Sowerby, – disse Ben avvicinandosi a lei – guardi le gambe del ragazzo, le guardi! Due mesi fa erano due stecchini infilati nelle calze... e avevo sentito dire dalla gente che erano storte. Le guardi ora!

Susan Sowerby rise, divertita.

– Tra poco diventeranno belle e forti – disse. – Se continuerà a giocare e a lavorare nel giardino, a mangiare con appetito e a bere del buon latte fresco, diventeranno le gambe più belle di tutto lo Yorkshire!

Poi mise le mani sulle spalle di Mary e le scrutò il visino con occhio materno.

– E anche tu, – disse – anche tu sei diventata sana e robusta quasi quanto la mia 'Lizabeth Ellen. Scommetto che anche tu assomigli a tua madre. La signora Medlock ha sentito dire che era una donna molto bella, a quanto mi riferisce Martha. Quando sarai grande, bambina mia, sarai un fiore di ragazza. Che Dio ti benedica!

Si guardò bene dal dire che, quando Martha era tornata a casa per il suo giorno di libertà e aveva descritto alla famiglia quella ragazzina nuova dall'aspetto triste e dai lineamenti scialbi, aveva detto: – Non è possibile che una donna così bella possa essere stata la madre di una ragazzina così brutta!

Mary non aveva mai avuto tempo di fare troppa attenzione ai cambiamenti del suo aspetto fisico. Le avevano solo detto che il suo viso era cambiato, e che i suoi capelli crescevano alla svelta e più folti di prima. Ma pensando al piacere con cui in passato aveva guardato la Mem Sahib, fu contenta di sentirsi dire che un giorno sarebbe stata bella come sua madre.

Susan Sowerby fece con loro il giro del giardino, le fu narrata tutta la storia e le furono mostrati gli alberi e i cespugli che erano ritornati a vivere. Colin e Mary camminavano al suo fianco. Tutti e due alzavano di tanto in tanto lo sguardo verso la sua bella faccia rosea, segretamente affascinati dal delizioso sentimento che lei ispirava loro: un sentimento caldo e incoraggiante. Sembrava capirli, come Dickon capiva i suoi amici animali. Si chinò sui fiori e parlò loro come se fossero stati dei bambini. Soot le andò subito dietro gracchiando e le si posò sulla spalla, come faceva con Dickon. Quando le dissero del pettirosso e dei primi tentativi di volo dei nuovi nati, rise con aria materna e comprensiva.

– Penso che insegnare a volare agli uccelli è un po' come insegnare ai bambini a camminare, ma credo che sarei molto preoccupata se i miei ragazzi avessero le ali, invece delle gambe – disse.

E poiché era una donna meravigliosa, con quel suo grazioso e schietto[5] modo di fare tipico degli abitanti della brughiera, alla fine le parlarono anche della magia.

– Lei crede nella magia? – le chiese Colin, dopo averle parlato dei fachiri indiani. – Io spero che lei ci creda.

– Sì, ragazzo mio, ci credo – rispose. – Non la conosco sotto questo nome. Ma che importanza ha il nome? In Francia o in Germania il nome cambia, ma è sempre la stessa cosa quella che fa germogliare i semi e splendere il sole, e che ha fatto di te un ragazzo sano. Diciamo pure che è l'Essere Buono, che non si preoccupa come noi di avere un nome, ma non finisce mai di preoccuparsi di tutti noi. Che Dio ci benedica! Continua a creare mondi sempre nuovi, mondi come ciascuno di noi. Non devi mai cessare di credere in Lui e di pensare che

[5] *schietto*: semplice, diretto, spontaneo.

il mondo è pieno di Lui... E poi, chiamalo pure come vuoi! Quando poco fa sono entrata in giardino, tu ne stavi cantando le lodi.

– Ero così felice! – disse Colin, sgranando su di lei i suoi begli occhi strani. – Ho sentito improvvisamente che non ero più lo stesso... che le mie braccia e le mie gambe erano forti, che potevo lavorare la terra e stare in piedi! E allora mi sono alzato di scatto e ho voluto gridare qualcosa a tutto ciò che mi circonda e che mi sta ad ascoltare.

– La... magia ti ha ascoltato di certo, quando hai cantato quella formula. Avrebbe ascoltato qualsiasi cosa che tu ti fossi messo a cantare. Ciò che era importante, era la tua gioia. Ragazzo mio, che importanza può avere il nome per Colui che crea la Gioia? – e gli diede un altro colpetto sulla spalla.

Susan Sowerby aveva preparato quella mattina un cesto pieno di roba buona e, quando la fame cominciò a farsi sentire, Dickon andò a prendere ogni cosa nel nascondiglio: la signora Sowerby si sedette in mezzo a loro sotto l'albero, e li guardò divorare ogni cosa, ridendo e scherzando del loro appetito. Susan era divertente e piena di spirito, e li fece ridere con ogni specie di trovate. Raccontò qualche storiella in dialetto, insegnò loro delle parole nuove e non poté trattenere le risa quando le dissero che era sempre più difficile per Colin fingere di essere ancora invalido e isterico.

– Come vede, non possiamo fare a meno di ridere in continuazione, quando siamo insieme – spiegò Colin. – E questo non si addice[6] molto alla condizione di

[6] *non si addice*: non è adatto.

una persona malata. Cerchiamo di non farci sentire o di soffocare le risate, ma è più forte di noi e allora sono guai.

– Spesso mi viene in mente di colpo una cosa – disse Mary – e allora non riesco più a trattenermi. Supponiamo che un giorno o l'altro la faccia di Colin, visto che si fa sempre più tonda, sembri la luna piena. Che cosa faremo?

– Santo Cielo! Vedo che avete una bella commedia da recitare – disse Susan Sowerby. – Ma non dovrete fingere ancora per molto tempo. Il signor Craven tornerà a casa presto, ve l'ho già detto.

– Lo crede veramente? – chiese Colin. – Come fa a saperlo?

Susan Sowerby sorrise.

– Suppongo che vorresti essere tu il primo a dirglielo, a modo tuo naturalmente – disse. – E scommetto che ci pensi anche di notte.

– Non sopporterei che fosse un altro a dirglielo – disse Colin. – Ogni giorno cambio idea sul modo in cui farglielo sapere. Ora ho in mente di entrare di corsa nella sua stanza.

– Chissà che bella sorpresa gli farai! – disse Susan Sowerby. – Mi piacerebbe vedere la faccia che farà. Io farei proprio come hai in mente di fare tu, ragazzo mio! Vedrai che tornerà presto... presto.

Poi parlarono della visita che volevano farle e ne concordarono i particolari. Avrebbero fatto una scarrozzata attraverso la brughiera, con colazione all'aria aperta, in mezzo all'erica. Avrebbero visto i suoi dodici figli e il giardino di Dickon, e non sarebbero tornati indietro prima di essersi stancati ben bene.

Alla fine Susan Sowerby si alzò per tornare a casa. Prima voleva, però, andare a salutare la signora Medlock. Anche per Colin era ormai ora di rientrare. Prima di sedersi sulla sedia a rotelle, il ragazzo si avvicinò alla madre di Dickon e la guardò negli occhi, con uno sguardo di confusa adorazione. Poi, di colpo, afferrò un lembo del suo mantello e lo tenne stretto.

– Lei è proprio come... come io la immaginavo – disse. – Vorrei che lei fosse mia madre... oltre a essere la madre di Dickon!

Susan Sowerby si chinò su di lui, lo prese tra le braccia e se lo strinse al petto, sotto il mantello azzurro... come se fosse stato davvero il fratello di Dickon. Un velo di lacrime le annebbiò gli occhi.

– Colin caro! – disse. – Sono sicura che tua madre è proprio qui, in questo giardino, e sono anche sicura che ci sia sempre stata. Tuo padre tornerà da te... Vedrai che tornerà da te!

Capitolo Ventisettesimo

Nel giardino

In ogni secolo, fin dagli inizi dei tempi, furono fatte scoperte meravigliose. Nel secolo scorso furono scoperte cose stupefacenti, di cui non si sospettava nemmeno l'esistenza. In questo nuovo secolo centinaia di cose ancora più sbalorditive saranno portate alla luce. In un primo momento la gente rifiuta l'idea che una cosa nuova possa essere fatta; poi comincia a sperare che si riesca a farla, poi prende atto che la si può fare. Quando è fatta, tutto il mondo si meraviglia che non fosse stata fatta secoli prima.

Una cosa nuova che fu scoperta il secolo scorso fu che il pensiero possiede l'energia di una batteria elettrica, e che per alcuni può essere salutare come la luce del sole, e per altri nocivo come il veleno. Permettere che un pensiero brutto e triste entri nella nostra mente è tanto pericoloso quanto lasciare che la scarlattina germini in un organismo giovane. Lasciarlo persistere, dopo che è entrato in noi, può significare non avere più la possibilità di debellarlo[1] per il resto della nostra vita.

Fino a quando la mente di Mary era stata piena di pensieri spiacevoli, si era mostrata con tutti scontrosa,

[1] *debellarlo*: sconfiggerlo.

indifferente e bisbetica, e il suo aspetto era sempre stato quello di una ragazzina dal colorito verdognolo, malaticcia, annoiata e infelice. Ma le circostanze si erano poi rivelate più propizie[2] per lei, sebbene non se ne fosse resa conto, e l'avevano indotta ad andare in giro per gli orti e i giardini. Quando la sua mente fu piena di pettirossi, di case nella brughiera brulicanti di ragazzini e ragazzine, di giardinieri vecchi e sgarbati, di giovanissime cameriere che parlavano solo il dialetto dello Yorkshire, di giardini segreti in primavera che tornavano a rivivere giorno per giorno, di un ragazzo di brughiera e dei suoi animaletti, in lei non rimase più posto per i pensieri spiacevoli che facevano solo male al fegato e alla digestione, e che rendevano il suo colorito verdognolo e la sua faccina stanca.

Fino a quando era rimasto chiuso in camera sua a pensare solo alle sue angosce e alla sua debolezza, a detestare la gente che lo guardava e a preoccuparsi della sua gobba e della morte prematura, Colin era stato un ragazzo isterico, capriccioso, ipocondriaco,[3] che ignorava lo splendore del sole e della primavera, e che non sospettava affatto che sarebbe potuto guarire, stare in piedi e camminare, se solo lo avesse voluto. Quando pensieri nuovi e bellissimi cominciarono a scacciare quelli vecchi e odiosi, la vita tornò a rifluire in lui, il sangue gli corse più in fretta nelle vene e le forze si riversarono in tutto il suo corpo come un fiume in piena. Il suo esperimento scientifico era pratico e semplice, e non aveva proprio niente di misterioso. Cose molto sorpren-

[2] *propizie*: favorevoli.
[3] *ipocondriaco*: si dice di persona che crede sempre di essere ammalata.

denti possono capitare a chi, avendo un pensiero spiacevole e scoraggiante nella mente, abbia il buonsenso di scacciarlo in tempo, facendo subentrare al suo posto un pensiero piacevole e fiducioso. Due cose non possono stare contemporaneamente nello stesso posto.

Dove cresce la rosa, amico mio,
il cardo non può crescere.

Mentre il giardino segreto riprendeva vigore, e insieme a esso rifiorivano due giovani vite, un uomo vagava inquieto in paesi lontani e bellissimi, dai fiordi della Norvegia alle valli e ai monti della Svizzera. Durante gli ultimi dieci anni quell'uomo aveva lasciato che la sua mente si riempisse di pensieri oscuri e dolorosi. Non era stato un uomo coraggioso e non aveva mai fatto alcuno sforzo per liberarsi dall'oppressione di quei tristi ricordi, che gli spezzavano il cuore. Aveva vagato sulle rive di laghi azzurri e quei pensieri non l'avevano mai abbandonato. Una terribile sventura l'aveva colpito nel periodo più felice della sua vita, e da quel momento si era abbandonato alla tristezza e alla disperazione, opponendosi ostinatamente a ogni barlume[4] di speranza. Aveva dimenticato e disertato la sua casa e i suoi doveri. Quando andava in giro per il mondo, la cupa tristezza che l'aveva posseduto gli faceva trascurare il prossimo, e la sua presenza sembrava avvelenare di dolore l'aria che lo circondava. Molti stranieri pensavano fosse ipocondriaco o credevano addirittura che qualche oscuro delitto gli pesasse sulla coscienza. Era

[4] *barlume*: indizio, piccolo segnale.

alto, con il viso tirato e le spalle un po' curve. Il nome con cui si faceva annotare sui registri degli alberghi era: Archibald Craven, Misselthwaite Manor, Yorkshire, Inghilterra.

Aveva viaggiato in lungo e in largo, dal giorno in cui aveva fatto venire Mary nel suo studio e le aveva detto che poteva avere il suo «pezzetto di terra». Era stato nelle più belle città d'Europa, anche se in ogni posto si era fermato solo pochi giorni. Aveva soggiornato in paesi tranquilli e remoti. Aveva scalato montagne le cui cime erano coronate di nuvole e da esse si era fermato a guardare gli altri monti, nel momento in cui il sole li investe di una tale luce da far credere che il mondo nasca in quell'istante.

Tuttavia sembrava che quella luce non lo avesse mai sfiorato, finché non arrivò il giorno in cui si rese conto che qualcosa di strano gli stava capitando. Si trovava allora in una meravigliosa vallata del Tirolo austriaco e aveva camminato da solo attraverso delle bellezze naturali così meravigliose da toccare l'anima di qualsiasi persona. Aveva camminato a lungo, ma la bellezza di quel luogo non era riuscita a risollevarlo dalla sua cupa malinconia. Stanco, si era alla fine sdraiato sopra un tappeto di muschio, vicino a un limpido ruscello che scorreva allegramente nel suo piccolo letto attraverso il verde umido e profumato. L'acqua che scorreva tra i sassi sembrava un canto lieve, che si alzava in un dolce mormorio. L'uomo seguiva con lo sguardo gli uccelli che venivano a immergere il becco nell'acqua per dissetarsi, e che poi volavano via sbattendo le ali. Il ruscello sembrava una creatura vivente, tuttavia la sua tenue voce accentuava ancora di più il silenzio della valle, immersa in una quiete assoluta.

In quel momento avvenne qualcosa di insolito. Archibald Craven ebbe la sensazione che il senso di pace serena che dominava nella valle penetrasse nella sua mente e in tutto il suo corpo. Si sentì prendere da una vaga sonnolenza, ma non si addormentò. I suoi occhi, che seguivano il gioco del sole sull'acqua, cominciarono a vedere le cose che crescevano sulle rive di quel torrentello. Un graziosissimo ciuffo di *Non-ti-scordar-di-me*[5] fioriva così vicino all'acqua che le sue foglie erano tutte bagnate. L'uomo si sorprese a guardarlo, come ricordava di aver guardato altri fiori tanti anni prima. Pensò con tenerezza che era proprio bello quel tappetino di fiori, e che l'azzurro dei suoi fiorellini era proprio meraviglioso.

Non si rese conto che quel pensiero semplicissimo aveva cominciato a riempire la sua mente, scacciando dolcemente quei pensieri tristi che da tempo lo opprimevano. Era come se una dolce e limpida primavera cominciasse a schiudersi in una pozza d'acqua e continuasse a schiudersi sempre di più fino a spazzar via le scure acque stagnanti. La valle gli apparve sempre più silenziosa e serena, mentre lì seduto l'uomo teneva lo sguardo fisso sull'azzurro delicato e luminoso dei *Non-ti-scordar-di-me*. Non seppe quanto tempo rimase seduto in quel luogo, e non si rese conto di ciò che gli stava succedendo. Alla fine cominciò a muoversi, come se si svegliasse allora da un lunghissimo sonno. Si alzò

[5] *Non-ti-scordar-di-me*: i piccoli fiori dalla corolla azzurra (*Myosotis*), così frequenti nei nostri prati.

lentamente e rimase in piedi sul tappeto di muschio. Poi trasse un lungo, profondo e dolce sospiro. Ebbe la sensazione che qualcosa avesse spezzato senza alcun rumore le sue catene, e fosse finalmente tornato libero.

– Che cosa mi sta succedendo? – disse quasi in un soffio. Si passò la mano sulla fronte. – Mi sembra quasi di rinascere!

Si sa troppo poco dei misteri dell'animo umano perché io possa spiegare a me stessa, come a tutti voi, cosa gli fosse successo. Nessuno può saperlo. Lui stesso non riusciva a capirci niente. Solo alcuni mesi dopo si ricordò di quell'ora stranissima trascorsa in quella valle del Tirolo, e cioè quando, ritornato a Misselthwaite, seppe per caso che in quello stesso istante Colin era entrato nel giardino segreto e aveva esclamato: – Vivrò per sempre! Per sempre! Per sempre!

Quello stranissimo senso di serenità si protrasse in lui per il resto della serata, ma la serenità non durò a lungo. L'indomani la sua mente era di nuovo preda di tristi pensieri. Aveva lasciato la valle e ripreso nuovamente a vagare. Ma per quanto strano potesse sembrargli, in certi momenti il fardello[6] che gli pesava sul cuore sembrava abbandonarlo, e l'uomo non si sentiva più morto, ma pervaso di vita. Un po' alla volta, insensibilmente e senza un motivo apparente, *tornò a vivere* contemporaneamente al giardino.

Quando l'estate radiosa cominciò a mutarsi nell'oro più cupo dell'autunno, il signor Craven si recò sul lago di Como, dove trovò un'atmosfera di incantata dolcezza. Passava le sue giornate sull'azzurro cristallo del lago,

[6] *fardello*: peso.

oppure facendo lunghe passeggiate sulle colline ricche di vegetazione, e non rientrava finché non era tanto stanco da poter sperare di dormire. Ma aveva già cominciato a dormire meglio, e le sue notti non erano più turbate da incubi terrificanti.

«Forse», pensò, «il mio fisico si sta irrobustendo».

Ma non era solo il suo corpo che stava riprendendo forza, era anche la sua anima che per effetto delle ore di pace stava lentamente ritrovando se stessa. Cominciò a pensare a Misselthwaite e a chiedersi se dovesse tornare a casa. Ogni tanto pensava a suo figlio e si domandava che cosa avrebbe provato nel ritrovarsi nuovamente accanto al grande letto dalle colonnine intarsiate, a contemplare il volto pallido e scarno del figlio immerso nel sonno, con quell'inquietante ombra scura che gli circondava gli occhi chiusi. Il pensiero di quello spettacolo era uno dei motivi che lo teneva lontano da casa.

Un giorno di stupenda bellezza si era allontanato più del solito dalla villa: tornò a casa così tardi che la luna piena era già alta nel cielo, e il resto del mondo era avvolto da un'ombra argentea e color porpora. La pace che regnava sulla riva del lago e nel bosco era così meravigliosa che preferì non rientrare in casa. Si diresse allora verso una piccola terrazza con un pergolato che sporgeva sul lago, e si mise a sedere su una panchina per respirare i balsamici[7] profumi della notte. Sentì allora una strana serenità pervadergli a poco a poco il cuore per rifluire in tutto il suo essere. Chiuse gli occhi e si addormentò.

[7] *balsamici*: salutari, che arrecano sollievo al dolore.

Il passaggio dalla realtà al sogno avvenne in lui in modo così inavvertibile, che il ricordo del sogno gli restò sempre nella memoria come il ricordo di una cosa realmente accaduta. Mentre, seduto sulla panchina, respirava il profumo delle ultime rose e ascoltava il lieve mormorio dell'acqua ai piedi della terrazza, gli sembrò di sentire una voce che lo stesse chiamando. Era una voce femminile, dolce, limpida e felice. Sembrava lontana, ma la sentiva distintamente, come se la donna che gli parlava fosse stata al suo fianco.

– Archibald! Archibald! – diceva; e poi ancora, più dolce e più chiara di prima: – Archie! Archie!

Balzò in piedi, ma senza sorprendersi troppo.

La voce era così reale che gli sembrò perfettamente normale sentirla.

– Lilias! Lilias! – rispose. – Lilias, dove sei?

– Sono nel giardino – disse la voce che sembrava uscire da un flauto dorato. – Sono nel giardino!

E il sogno si interruppe, ma lui non si svegliò. Dormì profondamente e dolcemente tutta la notte. Quando alla fine aprì gli occhi, era mattina: in piedi accanto a lui c'era un domestico in attesa che si svegliasse. Era un cameriere italiano, abituato, come tutti i domestici della villa, a esaudire senza discutere le strane richieste del gentiluomo straniero. Nessuno sapeva mai quando sarebbe uscito o rientrato, dove avrebbe dormito, se avrebbe passeggiato in giardino o passato la notte sul lago. Il domestico, che reggeva un vassoio con alcune lettere, attese in silenzio che il signor Craven le prendesse.

Quando si fu allontanato, il signor Craven rimase seduto per qualche istante con le lettere in mano, guardando il lago. Provava un senso di sollievo, come se quella cosa terribilmente dolorosa accadutagli un tempo, fosse in realtà diversa: sembrava aver acquisito la capacità di osservare il suo tragico passato da un altro punto di vista. Si ricordò del sogno... quel sogno così reale...

«Nel giardino!», disse stupito a se stesso. «Nel giardino! Ma la porta è chiusa a chiave, e ho sotterrato io stesso la chiave in una buca profonda!»

Quando, pochi minuti dopo, diede un'occhiata alla posta, la sua attenzione fu attratta da una lettera in particolare che arrivava dall'Inghilterra e più precisamente dallo Yorkshire. L'indirizzo era chiaramente scritto da una mano femminile che lui non conosceva. Non immaginava affatto chi avesse potuto spedirgliela. L'aprì e la lesse con una certa curiosità:

«Egregio signore,
sono Susan Sowerby, la donna che un giorno ebbe il coraggio di parlarle, mentre stava attraversando la brughiera. Le parlai allora della signorina Mary. Mi permetto di scriverle ora per dirle, signore, che se io fossi in lei, tornerei subito a casa. Sono sicura che sarebbe molto contento, se venisse. E credo che anche la sua povera moglie le chiederebbe di venire, se fosse qui. La prego di scusarmi e gradisca i miei ossequi.

Susan Sowerby».

Il signor Craven lesse un paio di volte la lettera, prima di rimetterla nella busta. Il ricordo del sogno si era fatto sempre più insistente.

– Tornerò a Misselthwaite! – disse alla fine. – Partirò subito!

Attraversò il giardino e ordinò a Pitcher di preparare le valigie per il suo rientro in Inghilterra.

Rientrò nello Yorkshire pochi giorni dopo. Durante il lungo viaggio in treno, si accorse di pensare a suo figlio molto più spesso di quanto non avesse fatto in quegli ultimi dieci anni. Durante tutto quel tempo, infatti, aveva solo cercato di dimenticare l'esistenza di Colin. Ora, anche senza volerlo, ricordi di lui gli si affollarono con insistenza alla mente. Gli tornarono alla memoria i giorni neri in cui delirava come un pazzo perché il bambino era vivo mentre la madre era morta. Si era rifiutato di vederlo e, quando finalmente si era deciso, gli era sembrato un piccolo essere debole e sparuto,[8] che tutti dicevano sarebbe morto in pochi giorni. Ma i giorni passavano e il bambino continuava a vivere, anche se, secondo il parere dei medici, era destinato a diventare un essere anormale e forse deforme.

Non aveva voluto essere un cattivo padre, ma aveva sempre avuto per il bambino un invincibile senso di repulsione.[9] Lo aveva circondato di medici, bambinaie e infermiere, e non gli aveva mai fatto mancare niente; aveva cercato, però, di non pensare a lui e si era chiuso sempre di più nel suo dolore. La prima volta che tornò a Misselthwaite dopo un anno di assenza, e vide quell'esserino malaticcio sollevare con indifferenza su di lui i grandi occhi grigi dalle ciglia nere, che assomigliavano in modo così orribile agli occhi ridenti che

[8] *sparuto*: magro, gracile.
[9] *repulsione*: rifiuto.

aveva tanto adorato, non riuscì a sopportarne la vista e si allontanò, pallido come un morto. Da allora aveva visto raramente il bambino e solo quando dormiva, e di lui sapeva soltanto che era un invalido[10] inguaribile, con un temperamento irritabile e isterico. Il solo modo di evitare che venisse colto dagli attacchi di isterismo, così dannosi alla sua salute, era quello di lasciargli fare sempre quello che voleva.

Quei ricordi non erano certamente adatti a sollevare lo spirito di un uomo che «stava ricominciando a vivere» e quindi, mentre il treno lo portava in fretta attraverso montagne e pianure assolate, il signor Craven cominciò ad avere nuovi pensieri, sui quali meditò a lungo e profondamente.

«Forse in questi dieci anni ho fatto degli sbagli», diceva a se stesso. «Dieci anni sono tanti. Potrebbe essere tardi per fare qualcosa... forse troppo tardi. A che cosa ho pensato in tutto questo tempo?»

È superfluo dire che quella era cattiva magia: non bisogna mai cominciare col dire che è «troppo tardi». Anche Colin sarebbe stato in grado di dirglielo. Ma il signor Craven non sapeva ancora niente di magia, nera o bianca che fosse. Doveva ancora impararla. Si chiese quindi se Susan Sowerby si fosse fatta coraggio e gli avesse scritto solo perché il suo cuore materno aveva capito che il ragazzo si era aggravato... che la sua malattia si era avviata verso una fatale conclusione. Se non fosse stato sotto l'incanto di quella strana serenità che si era impossessata di lui, sarebbe stato più che mai infelice. Ma la pace del suo animo gli aveva infuso

[10] *invalido*: debole fisicamente.

una specie di coraggio e, con il coraggio, la speranza. Invece di spalancare la porta ai pensieri più brutti, si sorprese ora a credere nelle cose migliori.

«Forse ha pensato che posso essere ancora utile a mio figlio», si disse. «Voglio andare a parlare con lei, prima di raggiungere Misselthwaite.»

Ma quando, lungo la strada che attraversava la brughiera, fece fermare la carrozza davanti alla casa di Susan Sowerby, sette o otto bambini che stavano giocando gli si raccolsero intorno e gli fecero dei piccoli inchini, amichevoli e rispettosi. Gli dissero poi che la mamma era andata di mattina presto dall'altra parte della brughiera, per assistere una donna che aveva avuto un altro bambino. – Il nostro Dickon – aggiunsero – è al castello, come fa quasi ogni giorno per lavorare in un giardino.

Il signor Craven guardò quel gruppetto di ragazzini dall'aspetto sano e robusto, con quei visini tondi e le guance rosee, ciascuno dei quali sorrideva in un modo particolare, e li trovò veramente simpatici. Rispose con un sorriso ai loro sorrisi amichevoli e presa una moneta d'oro dalla tasca, la mise in mano a 'Lizabeth Ellen, che era la maggiore.

– Se la dividete in otto parti uguali, – disse – ciascuno di voi avrà mezza corona.

Tra sorrisi, risatine soffocate, inchini e riverenze riprese il suo viaggio di ritorno, lasciando dietro di sé una scia di felicità, gomitate e piccoli salti di gioia.

La traversata della brughiera in fiore gli dette un senso inaspettato di felicità. Si sentì nuovamente a casa con la netta sensazione di avere una persona cara che lo stesse aspettando: sensazione che da dieci anni credeva di non poter più provare. E poi, quel senso di bellezza della terra e del cielo, e la nostalgia che gli prese il cuore, mentre si avvicinava al vecchio e immenso edificio che da seicento anni era la dimora della sua famiglia! Con che coraggio era partito l'ultima volta, rabbrividendo al pensiero delle stanze chiuse e del ragazzo disteso sul vecchio letto a baldacchino? Era proprio così assurdo pensare di poterlo trovare in condizioni di salute migliori? Sarebbe riuscito a vincere quel senso di repulsione che gli impediva di andare da lui? Com'era stato reale quel sogno! E com'era stata limpida e melodiosa la voce che lo aveva chiamato.

– Cercherò di ritrovare la chiave – disse. – Cercherò di riaprire la porta. Non so perché... ma sento che lo devo fare.

Quando arrivò al castello, i domestici che gli andarono incontro con il solito cerimoniale notarono che aveva un aspetto migliore delle altre volte, e che non andò subito a rinchiudersi negli appartamenti più remoti, dove di solito si rintanava, servito da Pitcher. Andò, invece, in biblioteca e mandò a chiamare la signora Medlock, che si presentò da lui, confusa e agitata.

– Come sta il signorino Colin? – le chiese.

– Bene, signore – rispose la signora Medlock. – È... è cambiato, in un certo senso.

– Sta peggio?

La signora Medlock arrossì.

– Vede, signore, – cercò di spiegare – né il dottor Craven, né l'infermiera, né io siamo riusciti a capirci niente.

– Perché?

– A dire il vero, signore, il signorino Colin potrebbe stare meglio, ma potrebbe stare anche peggio. Il suo appetito è assolutamente instabile e il suo modo di fare…

– È diventato più strano? – le chiese, aggrottando con ansia le sopracciglia.

– Proprio così, signore. Il suo comportamento è molto strano… rispetto a com'era prima, intendo. Prima di solito non mangiava niente… poi all'improvviso ha cominciato a mangiare moltissimo. Poi ha smesso di colpo e ha ricominciato a rimandare in cucina le pietanze senza nemmeno toccarle. Forse lei non lo sa, signore, che prima non ha mai voluto essere portato all'aperto. Quando cercavamo di convincerlo a uscire, i suoi accessi di collera avrebbero fatto tremare chiunque come una foglia. Si agitava talmente tanto che il dottor Craven finì col dichiarare che non si sarebbe assunto la responsabilità delle conseguenze. Ebbene, signore, un giorno, di punto in bianco, poco dopo una delle sue crisi peggiori, è voluto uscire a tutti i costi con la signorina Mary e col figlio di Susan Sowerby, Dickon, che era in grado di spingere la sua sedia a rotelle. Ha molta simpatia per la signorina Mary e per Dickon. Dickon gli ha portato i suoi animaletti addomesticati e ora, signore, che mi creda o no, sta fuori dal mattino alla sera.

– Ma che aspetto ha? – chiese il signor Craven.

– Se mangiasse regolarmente, diremmo che è ingrassato… ma abbiamo paura che sia solamente gonfio. Quando è insieme a Mary non fanno altro che ridere. Prima, invece, non rideva mai. Il dottor Craven verrà subito a parlarle, sempre se lei permette. Anche lui non ci capisce niente.

– Dov'è Colin in questo momento? – chiese il signor Craven.

– Nei giardini, signore. È sempre in un giardino... ma non è permesso a nessuno di andare da quelle parti: non vuole che nessuno lo veda.

Il signor Craven udì a malapena le sue ultime parole.

«Nel giardino!», si disse, e dopo aver congedato la signora Medlock si alzò e ripeté più volte: – Nel giardino!

Dovette fare uno sforzo per tornare in sé e ricordarsi dov'era. E quando si fu ripreso, uscì immediatamente dalla stanza. Prese la strada che aveva percorso Mary il primo giorno: costeggiò il boschetto di allori e le aiuole del laghetto, in cui sbocciavano ora i più bei fiori dell'autunno. Dopo aver attraversato il prato, imboccò il vialetto che fiancheggiava il muro ricoperto di edera. Non aveva fretta, camminava lentamente e teneva gli occhi bassi. Si sentiva inspiegabilmente attratto verso quel luogo che da tanto tempo aveva abbandonato. Quando si avvicinò al giardino segreto, il suo passo si fece più lento. Sapeva dov'era la porticina, anche se l'edera ormai la ricopriva tutta come una spessa cortina, ma non riusciva a individuare esattamente il luogo in cui aveva sotterrato la chiave.

Si fermò e si guardò intorno tranquillamente, poi ebbe un improvviso sussulto e rimase in ascolto come trasognato.

I pesanti tralci di edera nascondevano la porta, la chiave era stata sepolta vicino ad alcuni cespugli, nessuno era potuto entrare nel giardino da dieci lunghi anni... eppure dal giardino provenivano degli strani rumori. Sembrava che dei ragazzi si rincorressero l'un l'altro, sotto gli alberi, con grida soffocate di gioia e allegre risate che cercavano invano di trattenere per non farsi sentire, ma che ogni tanto, a mano a mano che l'allegria cresceva, scoppiavano irrefrenabili. Stava forse sognando? In nome del cielo, che cosa gli sembrava di sentire? Stava forse perdendo la ragione? Era forse questo che aveva voluto dirgli quella voce lontana?

E poi arrivò il momento, il fatidico[11] momento in cui quei rumori gli furono svelati. I passi divennero più rapidi, mentre si avvicinava alla porta del giardino, le grida d'allegria erano incontenibili. La porta si spalancò, l'edera fu sollevata, e un ragazzo che usciva di corsa a testa bassa si trovò, senza volerlo, tra le braccia dell'uomo che stava lì fermo ad ascoltare.

Il signor Craven aveva allargato le braccia appena in tempo per impedirgli di cadere, e quando, stupito di vederlo uscire dal giardino, lo guardò in viso, rimase senza fiato.

Era un ragazzo alto e bello, raggiante di vita. La corsa gli aveva dato uno splendido colorito alle guance. Il ragazzino allontanò una folta ciocca di capelli dalla fronte e alzò sull'uomo due bellissimi occhi grigi dalle lunghe ciglia nere, pieni di gioia infantile. Quegli occhi fecero mancare nuovamente il fiato al signor Craven.

– Chi…? Oh, tu! – balbettò.

Non era quello che Colin si era aspettato. Non era così che doveva avvenire l'incontro che aveva progettato con così tanta cura; anzi, non aveva mai immaginato una scena del genere. Eppure, schizzar fuori dal giardi-

[11] *fatidico*: voluto dal destino, tanto atteso.

no all'improvviso come il vincitore di una gara di corsa, era stato forse molto meglio. Si drizzò in tutta la sua statura. Mary, che aveva corso con lui e che era apparsa sulla porta, ebbe l'impressione che Colin facesse il possibile per sembrare più alto di quanto effettivamente non fosse...

– Papà, – disse – sono Colin. Non riesci a crederci, vero? Neanche a me sembra possibile. Ma sono proprio io, Colin.

Come la signora Medlock, anche lui non riuscì a capire ciò che intese dire suo padre, quando mormorò ripetutamente: – Nel giardino! Nel giardino!

– È stato il giardino – si affrettò ad aggiungere Colin – a compiere il prodigio... e sono stati anche Mary, e Dickon, e i piccoli animali... e la magia. Nessuno lo sa. Abbiamo voluto tenerlo segreto fino al tuo ritorno. Sto bene, come vedi. Posso battere Mary nella corsa. Diventerò un atleta, ne sono sicuro!

Disse quelle parole come le avrebbe dette un ragazzo sano e robusto. Aveva il viso eccitato e le parole gli uscivano velocemente di bocca, per l'impazienza. Il cuore del signor Craven si colmò di un'incredibile gioia.

Colin stese la mano e la posò sul braccio del padre.

– Sei contento, papà? – concluse. – Non sei contento? Vivrò per sempre, per sempre, per sempre!

Il signor Craven posò tutte e due le mani sulle spalle del figlio e lo tenne stretto. Non riusciva ancora a parlare.

– Accompagnami nel giardino, ragazzo mio – disse alla fine. – E raccontami tutto.

Lo accompagnarono nel giardino.

Il giardino era un tripudio di colori autunnali. L'oro

e la porpora si mescolavano al rosso fuoco e all'azzurro violaceo. Da ogni parte si vedevano fasci di gigli bianchi e rossi, sbocciati tardivamente. Il signor Craven ricordava perfettamente che quando i primi gigli erano stati piantati, proprio in quella stagione avevano rivelato il loro tardivo splendore. Le ultime rose rampicanti ricadevano in festoni dai rami, e i raggi del sole, illuminando le foglie ingiallite degli alberi, davano la sensazione di trovarsi sotto la volta dorata di un tempio. Il signor Craven era rimasto in silenzio, proprio come avevano fatto i tre ragazzini quando erano entrati per la prima volta nel giardino. Si guardò intorno, a lungo.

– Credevo fosse morto – disse.

– Anche Mary lo aveva creduto morto, la prima volta che venne qui – disse Colin. – Ma è tornato a vivere.

Si misero poi a sedere sotto il solito albero, a eccezione di Colin, che volle rimanere in piedi per raccontare al padre la storia del giardino.

Era il racconto più curioso che avesse mai ascoltato, andava dicendo tra sé Archibald Craven, mentre gli venivano narrati gli sviluppi nel modo incoerente e precipitoso dei ragazzi. Mistero e magia, gli animaletti di Dickon, lo strano e fatidico incontro notturno con Mary, l'arrivo della primavera, l'orgoglio ferito del giovane rajah, che lo indusse ad alzarsi in piedi per sfidare faccia a faccia il vecchio Ben Weatherstaff. E infine, la bizzarra partecipazione di quest'ultimo e degli animaletti, la finta inappetenza del ragazzo perché fosse creduto sempre malato, tutto questo tenuto accuratamente segreto. L'ascoltatore rise fino alle lacrime, e non di rado le lacrime gli brillarono negli occhi anche quando non rise. L'Atleta, il Conferenziere, lo Scienziato era un ragazzo come tutti gli altri, pieno di salute, simpatico e divertente.

– Ora, – disse Colin alla fine del racconto – non è più necessario che il segreto sia mantenuto. Immagino che la signora Medlock e gli altri avranno le convulsioni quando mi vedranno camminare, ma non voglio più sedermi su quella sedia. Tornerò a casa con te, papà, a piedi.

Per svolgere le mansioni che gli erano state affidate, Ben si allontanava raramente dai giardini. In quella circostanza, però, prese la decisione di portare un po' di verdura in cucina. Sapeva che così facendo la signora Medlock lo avrebbe invitato a bere un bicchiere di birra nella sala dei domestici. Si trovò quindi sul posto, come aveva sperato, quando si verificò il più sensazionale evento che fosse mai accaduto a Misselthwaite Manor negli ultimi anni.

Una finestra che dava sul cortile permetteva di scorgere un breve tratto di prato. Sapendo che Ben era arrivato dalla parte dei giardini, la signora Medlock aveva sperato che avesse visto il signor Craven, e avesse assistito, sia pure per caso, al suo incontro con Colin.

– Ha visto per caso il signor Craven o il signorino Colin? – gli chiese.

Ben allontanò il boccale di birra dalle labbra e si asciugò la bocca con il dorso della mano.

– Certo che li ho visti! – rispose ammiccando con aria furbesca.

– Tutti e due? – riprese la signora Medlock.

– Tutti e due – rispose Ben. – Grazie, signora. Berrei volentieri un altro boccale di birra.

– Erano insieme? – chiese ancora la signora Medlock, affrettandosi a riempire subito il boccale sino a farlo traboccare.

– Sì, signora, erano insieme – e Ben tracannò tutto d'un fiato una buona metà del boccale.

– Dov'era il signorino Colin? Che aspetto aveva? Che cosa si sono detti?

– Non ho sentito niente – disse Ben. – Ero sui gradini della scala e guardavo al di là del muro. Ma le posso dire solo questo: sono successe certe cose in questa casa e nei giardini che lei, e tutti gli altri di casa, non potete neppure immaginare. Ma quello che dovrete sapere lo saprete presto.

E infatti, un paio di minuti dopo aver finito di tracannare la birra fino all'ultima goccia, Ben accennò con il boccale alla finestra dalla quale si scorgeva, al di là del boschetto, un pezzetto di prato.

– Guardi, – disse – se lo vuole proprio sapere. Guardi chi arriva!

La signora Medlock guardò dalla finestra, alzò le braccia al cielo e cacciò un urlo. I domestici e le domestiche che erano nei dintorni attraversarono la sala a precipizio. Nel guardare fuori dalla finestra, non riuscirono a credere ai loro occhi.

Il signore di Misselthwaite veniva verso casa, attraverso il prato, con un'espressione sul viso che molti di loro non gli avevano mai visto. Al suo fianco, a testa alta e con gli occhi ridenti, camminava il signorino Colin, con il passo fermo e sicuro dei ragazzi dello Yorkshire.

INDICE

LETTURE DI NARRATIVA

Edizioni integrali

Bucchioni B., *Di come il bullo divenne... albero e gatto*
Gòrigus, *La grande evasione dei Magnifici Magnolici*
Kipling R., *Capitani coraggiosi*
Mapes Dodge M., *I pattini d'argento*
Milani M., *Garibaldino senza saperlo*
Milani M., *Il paese delle Grandi Orme*
Milani M., *L'avventura di Robin Hood*
Pagano F., *I ragazzi della Torre Saracena*
Pingue A., *Parapista checipista!*
Roversi P., *Gli agenti segreti non piangono*
Russo A., *Il baffo del dittatore*

Edizioni facilitate

Gòrigus, *La grande evasione dei Magnifici Magnolici*
Mapes Dodge M., *I pattini d'argento*
Milani M., *Il paese delle Grandi Orme*
Pagano F., *I ragazzi della Torre Saracena*
Roversi P., *Gli agenti segreti non piangono*